**Scherz Krimis
Die mit den Streifen**

Agatha Christie

Das Eulenhaus

Roman

Scherz

Einzig berechtigte Übertragung aus dem Englischen
von Ursula Gail
Titel des Originals: »The Hollow«
Umschlaggestaltung: ja DESIGN, Bern: Julie Ting & Andreas Rufer
Umschlagbild: AKG, Berlin

21. Auflage 2001, ISBN 3-502-51727-4
Copyright © 1946 by Agatha Christie Mallowan
Alle deutschsprachigen Rechte beim Scherz Verlag,
Bern, München, Wien
Gesamtherstellung: Ebner Ulm

1

Am Freitag morgen um halb sieben schlug Lucy Angkatell die großen blauen Augen auf und war wie immer sofort hellwach. Augenblicklich begann ihr lebhafter Geist sich mit den anstehenden Problemen zu beschäftigen. Da sie das dringende Bedürfnis verspürte, sich mit jemand zu unterhalten und zu beraten, fiel ihr ihre junge Kusine ein, die am Abend zuvor im »Eulenhaus« angekommen war. Lady Angkatell schlüpfte aus dem Bett, warf sich einen Morgenrock um die immer noch anmutigen Schultern und lief über den Flur zu Midges Zimmer. Sie war eine Frau mit einer beunruhigend raschen Auffassungsgabe und begann bereits in Gedanken mit dem Gespräch. Das war ihr schon seit langem zur Gewohnheit geworden. Midges Antworten entsprangen ihrer fruchtbaren Phantasie.
Als sie die Tür zum Zimmer ihrer Kusine aufriß, war die Unterhaltung in ihrem Kopf bereits in vollem Gang.
»...und deshalb, meine Liebe, mußt du wirklich zugeben, daß das Wochenende Schwierigkeiten mit sich bringen wird.«
»Eh? Hua!« seufzte Midge, die aus tiefem, wohligem Schlaf gerissen worden war.
Lady Angkatell schritt zum Fenster und zog mit einer raschen Bewegung die Jalousie hoch. Blasses Septembermorgenlicht fiel herein.
»Die vielen Vögel!« sagte sie, mit freundlicher Miene durch die Scheibe schauend. »Wie süß!«
»Was?«
»Na, jedenfalls wird das Wetter mitspielen. Es sieht so aus, als würde es schön bleiben. Das ist wenigstens etwas. Denn wenn ein Haufen zu verschiedener Leute im Haus eingeschlossen ist, wird alles noch zehnmal schlimmer. Das findest du doch auch, nicht wahr? Gesellschaftsspiele und dergleichen – ähnlich wie letztes Jahr. Das mit Gerda werde ich mir niemals verzeihen! Hinterher sagte ich zu Henry, daß es sehr gedankenlos von mir gewesen sei... und natürlich muß man sie mit dabeihaben, denn es wäre sehr ungezogen, John

ohne sie einzuladen, aber es macht die Geschichte wirklich sehr schwierig... wirklich, manchmal finde ich es seltsam, daß jemand, der so nett ist wie Gerda, so völlig ohne jeden Funken Verstand sein kann, und wenn man so was ausgleichende Gerechtigkeit nennen will, finde ich das ganz und gar nicht fair.«

»Wovon redest du bloß, Lucy?«

»Vom Wochenende, meine Liebe. Von den Leuten, die morgen kommen. Ich hab die ganze Nacht darüber nachgedacht und mir schreckliche Sorgen gemacht. Es ist deshalb wirklich eine Erleichterung, mit dir darüber zu sprechen, Midge. Du bist immer so vernünftig und praktisch.«

»Lucy«, begann Midge düster. »Weißt du eigentlich, wie spät es ist?«

»Nicht genau, meine Liebe. Auf so was achte ich nicht besonders, weißt du.«

»Es ist kurz nach halb sieben.«

»Ja, meine Liebe«, sagte Lady Angkatell, ohne jeden Anflug von Zerknirschung.

Midge musterte sie ernst. Lucy war unmöglich! Wirklich, sie konnte einen verrückt machen, überlegte Midge. Ich begreife nicht, wie wir es mit ihr aushalten!

Doch im selben Augenblick, als sie dies dachte, wußte sie auch schon die Antwort. Lucy Angkatell lächelte, und während Midge sie ansah, spürte sie den Zauber, der von dieser Frau ausging. Sie hatte ihn ihr ganzes Leben lang besessen, und obwohl sie nun schon über sechzig war, hatte er nicht nachgelassen. Menschen aus aller Welt, fremde Potentaten und Regierungsvertreter hatten wegen Lucys Charme Unannehmlichkeiten, Ärger und Verwirrungen in Kauf genommen. Es war das kindliche Vergnügen, mit dem sie alles tat, und ihre Begeisterungsfähigkeit, die jede Kritik entwaffnete und zum Verstummen brachte. Lucy brauchte nur ihre großen blauen Augen aufzureißen, eine zarte Hand auszustrecken und zu murmeln: »Oh! Das tut mir aber schrecklich leid...« Und aller Ärger verschwand.

»Meine Liebe.« Lady Angkatell blickte bekümmert. »Es tut mir schrecklich leid. Du hättest es mir sagen müssen.«

»Ich sage es dir jetzt – bloß ist es schon zu spät. Ich bin völlig wach.«
»Was für eine Schande. Aber du wirst mir helfen, nicht wahr?«
»Wegen des Wochenendes? Wieso? Was ist los?«
Lady Angkatell hockte sich auf die Bettkante. Es war nicht so wie bei andern Leuten, die sich zu einem ans Bett setzten, überlegte Midge. Sie hatte eher das Gefühl, als habe sich ein gewichtsloses Wesen – eine Fee vielleicht – für einen Augenblick niedergelassen.
In einer reizenden, hilflosen Gebärde streckte Lady Angkatell ihre flatternden weißen Hände aus.
»Es kommen die falschen Leute – ich meine, sie passen nicht zusammen. Einzeln sind sie alle ganz reizend, wirklich!«
»Wer kommt denn eigentlich?«
Midge schob sich das dicke, widerspenstige schwarze Haar mit einem kräftigen braunen Arm aus der eckigen Stirn. An ihr war nichts Gewichtsloses oder Feenhaftes.
»Also, da wären einmal John und Gerda. An sich sind die beiden in Ordnung. Ich meine, John ist wunderbar – so attraktiv! Und was die arme Gerda betrifft – na ja, ich finde, wir müssen alle sehr nett sein zu ihr. Sehr, sehr nett.«
»Ach, komm, so schlimm ist sie auch wieder nicht«, antwortete Midge. Warum sie Gerda verteidigte, war ihr nicht ganz klar.
»Sie ist so rührend, meine Liebe. Diese Augen! Und nie scheint sie ein Wort zu verstehen von dem, was man sagt.«
»Das stimmt«, erklärte Midge. »Jedenfalls bei dir, und da kann ich ihr keinen Vorwurf machen. Du denkst so schnell, Lucy, daß du während einer Unterhaltung die verrücktesten Sprünge machst, um den Faden nicht zu verlieren. Alle Verbindungsglieder läßt du weg.«
»Wie ein Affe«, sagte Lady Angkatell zusammenhanglos.
»Wer ist sonst noch eingeladen, außer den Christows? Henrietta?«
Lady Angkatells Gesicht hellte sich auf.
»Ja. Und ich habe das Gefühl, daß sie eine echte Stütze sein wird. So wie immer. Weißt du, bei Henrietta stimmt irgendwie einfach alles, nicht nur äußerlich. Sie wird mir bei der armen Gerda viel helfen. Letztes Jahr war sie großartig. Als wir

Limericks machten und Wortspiele oder passssende Zitate suchten – jedenfalls irgend so etwas war es, und wir waren alle fertig und wollten vorlesen, als wir plötzlich entdeckten, daß die gute Gerda noch nicht mal angefangen hatte. Sie wußte nicht einmal genau, worum es eigentlich ging. Es war schlimm, was, Midge?«

»Warum überhaupt jemand die Angkatells besucht, ist mir ein Rätsel«, erklärte Midge. »Bei der vielen Geistesarbeit, die man hier leisten muß, den vielen Gesellschaftsspielen und deiner komischen Art, sich zu unterhalten, Lucy.«

»Ja, meine Liebe, wir sind wohl sehr anstrengend – und für Gerda muß es geradezu schrecklich sein. Manchmal denke ich, wenn sie nur einen Funken Verstand hätte, würde sie wegbleiben; aber wie auch immer, so war es damals, und die Ärmste sah ganz verlegen aus und – ja, wie versteinert, weißt du. Und John war so ungeduldig. Mir fiel einfach nichts ein, um die Geschichte in Ordnung zu bringen – und darum war ich Henrietta so dankbar. Sie wandte sich sofort zu Gerda und sprach sie auf den Pullover an, den sie trug – ein fürchterliches Ding in blassem Salatgrün, deprimierend, wie aus dem Lumpensack, meine Liebe –, und Gerda wurde sofort wieder fröhlich. Offenbar hatte sie ihn selbst gestrickt, und Henrietta bat sie um die Strickvorlage, Gerda sah richtig glücklich und stolz aus! Und das wollte ich damit von Henrietta sagen. So was kann sie. Es ist eine Art Begabung.«

»Sie gibt sich Mühe«, meinte Midge langsam.

»Ja, und sie weiß, was man in solchen Augenblicken sagen muß.«

»Schon. Aber bei ihr geht es noch weiter. Weißt du, Lucy, daß Henrietta den Pullover wirklich gestrickt hat?«

»Ach!« Lady Angkatell wurde ernst. »Und sie hat ihn auch getragen?«

»Ja. Henrietta macht keine halben Sachen.«

»War es sehr schlimm?«

»Nein. An Henrietta wirkte er sehr hübsch.«

»Ja, natürlich. Das ist eben der Unterschied zwischen den beiden. Alles, was Henrietta tut, tut sie ganz , und es ist immer richtig. Sie weiß einfach immer, wo's langgeht – außer in

ihrem Beruf. Ich möchte behaupten, Midge, wenn dieses Wochenende ein Erfolg wird, dann haben wir es Henrietta zu verdanken. Sie wird zu Gerda nett sein, Henry amüsieren und John bei guter Laune halten. Und mit David wird sie mir auch helfen.«
»David Angkatell?«
»Ja. Er ist von Oxford da – oder vielleicht auch Cambridge. In seinem Alter sind junge Leute so schwierig – vor allem Intellektuelle. Und David ist sehr intellektuell. Ich wünschte, sie könnten es aufschieben, bis sie älter sind. Sie sehen einen immer so düster an und beißen Fingernägel und haben so viele Pickel und manchmal auch noch einen Adamsapfel. Entweder sie reden überhaupt nicht, oder sie sind sehr laut und widersprechen ständig. Aber wie ich schon sagte, ich baue da ganz auf Henrietta. Sie ist sehr taktvoll und stellt immer die richtigen Fragen, und weil sie Bildhauerin ist, respektiert man sie. Schließlich macht sie nicht nur Tiere oder Kinderköpfe, sondern fortschrittlichere Sachen – zum Beispiel dieses komische Gebilde aus Metall und Mörtel, das sie letztes Jahr ausstellte. Es erinnerte mich an eine Leiter von Heath Robinson. Sie nannte es ›Aufsteigender Gedanke‹ oder so ähnlich. Genau das Richtige, um einen jungen Mann wie David zu beeindrucken. Ich persönlich fand es einfach dumm.«
»Aber Lucy!«
»Ein paar Sachen von ihr gefallen mir ganz gut. Die Figur mit der Trauerweide etwa.«
»Ich halte Henrietta für wirklich begabt. Und dazu ist sie noch hübsch und ein angenehmer Mensch.«
Lady Angkatell stand auf und trat wieder ans Fenster. Zerstreut spielte sie mit der Jalousieschnur.
»Warum eigentlich Eicheln?« fragte sie leise.
»Wieso Eicheln?«
»An der Jalousieschnur. Wie Ananasse auf den Eingangstoren. Ich meine, das muß doch einen Grund haben. Es könnte doch genausogut ein Tannenzapfen oder eine Birne sein, aber es ist immer eine Eichel. Im Kreuzworträtsel heißen sie Bucheckern, du weißt schon, als Schweinefutter. Wirklich komisch.«

»Schweif jetzt nicht ab, Lucy! Du kamst herein, um mit mir über das Wochenende zu sprechen, und ich verstehe nicht, was dir solche Sorgen macht. Wenn du es verhindern kannst, daß Gesellschaftsspiele stattfinden, wenn du dich bemühst, mit Gerda klar und zusammenhängend zu sprechen und dir Henrietta deinen intellektuellen David zähmt – wo gibt's dann noch Schwierigkeiten?«
»Also, erstens, meine Liebe, weil auch Edward kommt.«
»Aha, Edward!« Midge schwieg einen Augenblick. Dann fragte sie ruhig: »Was in aller Welt hat dich veranlaßt, Edward für dieses Wochenende einzuladen?«
»Hab' ich gar nicht, Midge. Das ist es ja eben. Er hat sich selbst eingeladen. Er schickte ein Telegramm, ob wir ihn brauchen könnten. Du weißt, wie Edward ist. Wie sensibel. Wenn wir ›Nein‹ zurücktelegrafiert hätten, würde er wahrscheinlich nie wieder angefragt haben. So ist er nun mal.«
Midge nickte langsam. Ja, dachte sie, so war Edward. Für eine Sekunde sah sie sein Gesicht deutlich vor sich, dieses geliebte Gesicht, das etwas von Lucys unwirklichem Zauber besaß. Freundlich, scheu, ironisch...
»Der liebe Edward«, sagte Lucy wie als Echo auf Midges Gedanken. Ungeduldig fuhr sie fort: »Wenn Henrietta sich nur endlich entschließen könnte, ihn zu heiraten. Sie mag ihn doch, das weiß ich genau. Wenn sie mal an einem Wochenende hier wäre ohne die Christows... John Christow hat immer eine höchst unglückliche Wirkung auf Edward. Du weißt schon, was ich meine: John dreht auf, und Edward zieht sich in sein Schneckenhaus zurück. Verstehst du?«
Wieder nickte Midge.
»Und den Christows kann ich nicht absagen, weil wir sie schon vor längerer Zeit eingeladen hatten, aber ich bin überzeugt, Midge, daß alles schwierig sein wird – David brütet vor sich hin und beißt Fingernägel, Gerda fühlt sich ausgeschlossen, John gibt an, und der liebe Edward wird immer stiller –«
»Die Zutaten für diesen Pudding scheinen mir nicht vielversprechend zu sein«, meinte Midge.
Lucy lächelte sie an. »Manchmal lösen sich die Dinge auch ganz von selbst«, sagte sie nachdenklich. »Für Sonntag mittag

habe ich den Mörderfänger eingeladen. Das wird eine Ablenkung sein, meinst du nicht auch?«

»Was für einen Mörderfänger?«

»Sieht aus wie ein Ei«, sagte Lady Angkatell. »Er hat in Bagdad irgendeinen Fall gelöst, als Henry Hochkommissar war. Oder vielleicht erst hinterher? Wir hatten ihn zum Mittagessen eingeladen, zusammen mit ein paar anderen offiziellen Gästen. Er trug einen weißen Leinenanzug, daran erinnere ich mich noch, eine rosafarbene Blume im Knopfloch und schwarze Lackschuhe. Was für ein Fall es war, weiß ich nicht mehr, weil ich die Frage, wer wen umgebracht hat, nicht für sehr interessant halte. Ich meine, wenn jemand tot ist, spielt es doch keine Rolle mehr, warum er sterben mußte. Soviel Wirbel darum zu machen, ist meiner Meinung nach ziemlich dumm...«

»Aber ist denn irgendein Verbrechen passiert, Lucy?«

»Nein, meine Liebe, natürlich nicht. Er wohnt in einem dieser komischen neuen Häuser – du verstehst schon: Balken, so niedrig, daß man sich den Kopf anstößt, eine Menge schöner sanitärer Sachen und die falsche Art von Garten. Die Londoner mögen das. In einem soll eine Schauspielerin wohnen. Sie leben nicht ständig hier, so wie wir. Trotzdem gefällt es ihnen anscheinend.« Lady Angkatell ging auf die Tür zu. »Midge, meine Liebe, du warst ganz reizend und hast mir sehr geholfen.«

»Ich wüßte nicht, wieso.«

»Ach, wirklich?« Lucy Angkatell war erstaunt. »Na, jedenfalls schlaf noch schön und komm zum Frühstück nicht herunter. Und wenn du dann auf bist, darfst du so grob sein, wie du möchtest.«

»Wieso grob?« Midge sah sie verblüfft an. »Warum? Oh!« Sie lachte. »Ich verstehe. Du kannst Gedanken lesen, Lucy. Vielleicht nehme ich dich beim Wort.«

Lady Angkatell nickte ihr zu und ging hinaus. Als sie an der offenen Badezimmertür vorbeikam und den Wasserkessel und den Gaskocher sah, fiel ihr etwas ein.

Alle Leute trinken gern Tee, überlegte sie, und um Midge würde sich in den nächsten Stunden niemand kümmern. Sie

wollte ihr einen Tee machen. Sie stellte den Wasserkessel auf und ging weiter den Gang entlang.
Vor der Schlafzimmertür ihres Mannes blieb sie stehen und drehte den Türgriff. Doch Sir Henry Angkatell, ein tüchtiger Verwaltungsbeamter, kannte seine Lucy. Er liebte sie sehr, aber morgens wollte er ungestört schlafen. Die Tür war abgeschlossen.
Lady Angkatell ging weiter bis zu ihrem eigenen Zimmer. Sie hätte ihren Mann gern um Rat gefragt, nun würde sie es eben später tun. Ein paar Augenblicke blieb sie am offenen Fenster stehen und gähnte. Dann kletterte sie wieder ins Bett, legte den Kopf aufs Kissen und schlief zwei Minuten später friedlich wie ein Kind.
Im Badezimmer begann das Wasser zu kochen und kochte und kochte...
»Wieder ein Topf kaputt, Mr. Gudgeon«, sagte Simmons, das Hausmädchen.
Gudgeon, der Butler, schüttelte den grauen Kopf. Er nahm Simmons den verschmorten Kessel ab, ging in die Anrichte und holte einen neuen aus dem untersten Fach des Geschirrschranks, in dem er ein halbes Dutzend als Vorrat aufbewahrte.
»Hier, Miss Simmons, ist ein neuer. Mylady wird es nie merken.«
»Macht sie so was öfter?« fragte Simmons.
Gudgeon seufzte. »Mylady ist sehr gutherzig und gleichzeitig äußerst vergeßlich, wenn Sie verstehen, was ich meine. Aber in diesem Haus«, fuhr er fort, »sorge ich dafür, daß alles geschieht, um Mylady Ärger oder Sorge zu ersparen.«

2

Henrietta Savernake rollte einen kleinen Streifen Ton zusammen und drückte ihn an seinem Platz fest. Sie modellierte mit geschickten raschen Bewegungen einen Mädchenkopf.
In ihre Ohren drang das hohe Gejammer einer etwas gewöhn-

lich klingenden Stimme, doch sie nahm die Worte nur oberflächlich auf.
»Und ich finde, Miss Savernake, daß ich recht hatte! ›Wirklich‹, sagte ich, ›wenn *das* Ihre Meinung ist!‹ Denn ich glaube, Miss Savernake, daß es sich eine Frau schuldig ist, dagegen was zu unternehmen – wenn Sie verstehen, was ich meine. ›Ich bin derartige Unterstellungen nicht gewöhnt‹, sagte ich, ›und ich kann nur erwidern, daß Sie eine sehr üble Phantasie haben müssen!‹ Jemand etwas Unfreundliches zu sagen ist nicht angenehm, aber meiner Meinung nach war es richtig, sich zu wehren, nicht wahr, Miss Savernake?«
»Ja, unbedingt«, antwortete Henrietta nachdrücklich. Jeder, der sie besser kannte, hätte sofort gemerkt, daß sie nicht genau zuhörte.
»›Und wenn Ihre Frau etwas Derartiges behauptet‹, meinte ich, ›na, dann kann *ich's* auch nicht ändern!‹ Ich weiß auch nicht, wieso, Miss Savernake, aber wo immer ich hinkomme, gibt's Schwierigkeiten, und das ist bestimmt nicht meine Schuld. Männer sind so leicht zu beeindrucken, nicht wahr?«
Ihr Modell ließ ein kokettes kleines Kichern hören.
»Ja, schrecklich leicht«, antwortete Henrietta mit halbgeschlossenen Augen.
Wunderschön, überlegte sie. Schön, die flache Stelle genau unter dem Lid – und die andere Fläche, die ihr entgegenkommt. Der Winkel beim Kinn stimmt nicht... da muß ich Ton wegnehmen und es neu machen. Ziemlich schwierig.
Laut sagte sie mit ihrer warmen, herzlichen Stimme: »Das alles muß für Sie sehr unangenehm gewesen sein.«
»Ich finde, Eifersucht ist irgendwie unfair, Miss Savernake, und so kleinkariert, wenn Sie verstehen, was ich meine. Es ist nichts als Neid, wenn ich das mal so ausdrücken darf, weil jemand besser aussieht und jünger ist.«
»Ja, natürlich«, bestätigte Henrietta zerstreut. Sie arbeitete jetzt am Kinn.
Schon vor Jahren hatte sie gelernt, ihren Verstand wasserdicht abzuschotten. Sie konnte Bridge spielen, ein intelligentes Gespräch führen, einen klar aufgebauten Brief schreiben, ohne auch nur mehr als einen Bruchteil ihrer Konzentration

darauf zu verwenden. Jetzt war sie voll damit beschäftigt, den Kopf der Nausikaa unter ihren Händen entstehen zu sehen, und der dünne Strom von gehässigem Geschwätz, das diese schönen, kindlichen Lippen hervorsprudelten, drang nicht bis in die tieferen Windungen ihres Gehirns. Mühelos hielt sie das Gespräch in Gang. Sie war an redefreudige Modelle gewöhnt. Es waren weniger die Berufsmodelle als die Amateure, die mit weitschweifigen Selbstenthüllungen aufwarteten, da sie sich durch die ungewohnte, aufgezwungene Bewegungslosigkeit unbehaglich fühlten. Deshalb hörte ein kleiner Teil von Henrietta zu und antwortete, und weit, weit entfernt stellte die wahre Henrietta fest: gewöhnliches, gemeines kleines Stück – aber was für Augen! Schöne, schöne, schöne Augen...
Sollte das Mädchen doch reden, solange sie mit den Augen beschäftigt war. Wenn sie zur Mundpartie kam, würde sie sie bitten zu schweigen. Wenn man es genau bedachte, war es doch sehr seltsam, daß diese Gehässigkeiten aus einem Mund mit so vollkommenen Lippen kamen.
Oh, verdammt, dachte Henrietta, plötzlich wütend werdend. Jetzt mache ich den Schwung der Augenbraue kaputt. Was, zum Teufel, ist bloß los mit mir? Ich hab' den Knochen zu sehr betont – er ist feiner, nicht so kräftig...
Sie trat wieder zurück und blickte stirnrunzelnd von dem Tonkopf zu dem Wesen aus Fleisch und Blut auf dem Podest. Doris Saunders plapperte weiter: »›Also‹, sagte ich, ›ich finde nichts dabei, wenn Ihr Mann mir was schenkt, und Sie sollten da auch nicht so gemeine Andeutungen machen.‹ Es war ein so hübsches Armband, Miss Savernake, wirklich, ganz entzückend. Natürlich konnte sich der arme Kerl so was Teures eigentlich gar nicht leisten, aber ich fand es wahnsinnig nett von ihm. Es fiel mir nicht im Traum ein, es zurückzugeben!«
»Ja, ja«, murmelte Henrietta.
»Und es war auch nicht so, daß zwischen uns was gewesen wäre, jedenfalls nichts Schmutziges – so was nicht!«
»Ja, davon bin ich überzeugt.«
Ihre Stirn glättete sich. Die nächste halbe Stunde arbeitete sie wie eine Verrückte. Ton klebte an ihrer Stirn, hängte sich in ihr

Haar, als sie es mit einer ungeduldigen Handbewegung zurückstrich. In ihren Augen lag ein Ausdruck von Besessenheit. Sie würde es schaffen. Der Funke hatte gezündet...
In ein paar Stunden würde alle Qual ein Ende haben, die in den letzten zehn Tagen immer größer geworden war.
Nausikaa – sie war Nausikaa gewesen, war mit Nausikaa aufgestanden, hatte mit Nausikaa gefrühstückt und war mit ihr aus dem Haus gegangen. Nervös und ruhelos lief sie durch die Straßen, unfähig, an etwas anderes zu denken als an ein schönes, leeres Gesicht, irgendwo verborgen in ihrem Innern. Es war da, nur konnte sie es nicht deutlich sehen. Sie hatte mit Modellen gesprochen, sich griechische Gesichter angesehen und war jedesmal aufs neue enttäuscht gewesen...
Sie brauchte irgend etwas, ein auslösendes Moment, das die Vorstellung, die sie von dem Gesicht hatte, zum Leben erweckte. Sie war weite Strecken gelaufen, bis zur körperlichen Erschöpfung. Es hatte ihr gutgetan; doch immer noch trieb sie jene unstillbare Sehnsucht weiter, Nausikaa ... zu *sehen*.
Auch in ihren Augen lag ein leerer Ausdruck. Sie nahm ihre Umgebung kaum wahr. Die ganze Zeit konzentrierte sie sich nur auf eines – daß sie das Gesicht, das sie im Geiste vor sich sah, deutlicher erkennen konnte. Sie fühlte sich krank, elend, mutlos.
Und dann, plötzlich, hatte sich der Nebel gelichtet, und mit ganz normalen menschlichen Augen erblickte sie in irgendeinem Bus auf dem Platz ihr gegenüber – Nausikaa. Ja, da saß sie! Ein kleines, kindliches Gesicht mit halbgeöffneten Lippen und Augen – schönen, leeren Augen.
Das Mädchen drückte auf den Signalknopf und stieg an der nächsten Haltestelle aus. Henrietta folgte ihr. Sie war jetzt ganz gelassen und sachlich. Sie hatte gefunden, was sie brauchte – die Seelenqualen der ziellosen Suche waren vorüber.
»Entschuldigen Sie, wenn ich Sie so einfach anspreche«, sagte sie. »Ich bin Bildhauerin, und um es gleich offen zu gestehen: Ihr Kopf ist genau das, was ich suche.« Sie war freundlich, charmant und überzeugend – wie immer, wenn sie etwas haben wollte.

Doris Saunders reagierte unsicher, aber auch geschmeichelt.
»Nun, ich weiß eigentlich nicht, ich bin mir nicht klar...
Wenn es nur der *Kopf* ist? Ich habe so was natürlich noch nie gemacht.«
Noch ein kurzes Zögern und vorsichtige Fragen über die finanzielle Seite.
»Natürlich müßte ich darauf bestehen, daß Sie die gleiche Gage annehmen wie ein Berufsmodell!«
Und nun saß Nausikaa auf dem Podest vor ihr und genoß die Vorstellung, daß ihre Reize unsterblich gemacht wurden, obwohl sie Henriettas im Atelier herumstehende Arbeiten scheußlich fand. Außerdem freute es sie, für die Geschichten über ihre Person eine Zuhörerin zu haben, die soviel Aufmerksamkeit und Anteilnahme zu zeigen schien.
Auf dem Tisch neben Doris lag ihre Brille. Aus Eitelkeit setzte sie sie so selten wie möglich auf und tastete lieber wie blind herum, denn sie war, wie sie Henrietta gestand, so kurzsichtig, daß sie ohne Brille kaum ein paar Schritte weit sehen konnte.
Henrietta nickte mitfühlend. Das also war der Grund für das bezaubernde leere Starren.
Die Zeit verging. Plötzlich legte Henrietta ihr Werkzeug hin und reckte sich. »Sehr schön«, sagte sie. »Wir haben's geschafft. Hoffentlich sind Sie nicht zu erschöpft?«
»Ach, nein, Miss Savernake. Es war wirklich sehr interessant. Wollen Sie damit sagen, daß schon alles fertig ist – so schnell?«
Henrietta lachte. »Nein, nein, ganz soweit ist es noch nicht. Ich muß noch eine Menge daran arbeiten. Aber soweit es Sie betrifft, bin ich fertig. Ich habe, was ich wollte, der Entwurf steht.«
Langsam trat das Mädchen von dem Podest herunter. Sie setzte die Brille auf. Unschuld und hilfloser Charme des Gesichts verschwanden augenblicklich. Übrig blieb nur noch eine oberflächliche, nichtssagende Hübschheit.
Sie trat neben Henrietta und betrachtete das Modell aus Ton.
»Oh!« sagte sie zweifelnd. Es klang enttäuscht. »Es ist mir nicht sehr ähnlich, wie?«
Henrietta lächelte. »Nein, es ist schließlich kein Porträt.«

Eigentlich hatte der Kopf überhaupt keine Ähnlichkeit mit Doris. Der Schnitt der Augen – die Linie der Wangenknochen, das waren für Henrietta die wesentlichen Punkte bei ihrer Vorstellung von Nausikaa gewesen. Dieser Kopf war nicht Doris Saunders, es war ein blindes Mädchen, über das man ein Gedicht machen könnte. Die Lippen waren geöffnet wie die von Doris, doch sie glichen den ihren nicht. Diese hier hätten eine andere Sprache gesprochen und Gedanken geäußert, die Doris nie in den Sinn gekommen wären.
Kein Zug des Gesichts trat deutlich und klar hervor. Es war mehr die Erinnerung an Nausikaa, nicht ihr Bild.
»Tja«, sagte Miss Saunders zweifelnd. »Vermutlich wird es besser, wenn Sie noch etwas dran gearbeitet haben. Sie brauchen mich wirklich nicht mehr?«
»Nein, vielen Dank«, erwiderte Henrietta und fügte insgeheim hinzu: Und darüber bin ich, weiß Gott, froh! »Sie waren einfach großartig. Ich bin Ihnen sehr dankbar.«
Sie komplimentierte Doris geschickt hinaus und ging dann in die Küche, um sich Kaffee zu machen. Sie war müde, schrecklich müde. Aber auch glücklich, glücklich und mit sich im reinen.
Jetzt kann ich wieder ein Mensch sein, dachte sie. Gott sei Dank! Und sofort wanderten ihre Gedanken zu John. Ein warmes Gefühl stieg ihr in die Wangen, ihr Herz machte einen Satz. Morgen fahre ich ins »Eulenhaus«, dachte sie. Ich werde John sehen...
Entspannt lehnte sie sich in die Sofakissen zurück und trank den heißen, starken schwarzen Kaffee. Sie trank drei Tassen und spürte, wie ihre Energie zurückkehrte.
Schön, dachte sie, sich wieder als menschliches Wesen fühlen zu können. Schön, nicht mehr elend und ruhelos herumzuhetzen. Schön, nicht mehr unglücklich durch die Straßen laufen und etwas suchen zu müssen, wovon man nicht einmal wußte, wie es eigentlich aussah. Jetzt wartete nur noch harte Arbeit auf sie, Gott sei Dank – und was war schon Arbeit?
Sie stellte die leere Tasse ab, stand auf und schlenderte zu Nausikaa hinüber. Sie betrachtete den Kopf lange, und

schließlich bildete sich eine kleine, scharfe Falte zwischen ihren Brauen.
Es war nicht – es war nicht so ganz...
Was stimmte denn nicht?
Die blinden Augen.
Blinde Augen, die schöner waren als sehende. Bei denen einem weh wurde ums Herz, weil sie blind waren... hatte sie das ausdrücken können oder nicht?
Ja, doch, es war ihr gelungen, aber sie hatte noch etwas anderes hineingelegt, das sie nicht beabsichtigt, an das sie nicht gedacht hatte... Die Form war richtig, natürlich. Aber woher kam nur dieser Anflug von Gemeinheit? Die Andeutung, daß in diesem Kopf ein gemeiner, häßlicher Geist wohnte?
Sie hatte Doris nicht zugehört, jedenfalls nicht genau. Doch irgendwie hatten deren Worte durch die Ohren bis in ihre Finger fortgewirkt und weiter in den Ton.
Und sie würde nicht noch einmal von vorn anfangen können. Niemals! Das wußte sie genau.
Henrietta wandte sich abrupt ab. Vielleicht bildete sie sich alles nur ein. Ja, es war nichts als Einbildung. Morgen früh würde sie völlig anders darüber denken. Wie verletzlich man doch ist, dachte sie voll Unbehagen.
Grübelnd wanderte sie zum anderen Ende des Ateliers und blieb vor einer Figur stehen. Es war »Die Anbetung«.
Ja, hier stimmte alles, ein schönes Stück Birnbaumholz, mit der richtigen Maserung. Sie hatte es jahrelang aufgehoben und gehütet.
Kritisch musterte sie es genauer. Ja, es war eine gute Arbeit, kein Zweifel, das Beste, was sie seit langem geschaffen hatte – es war für die Internationale Ausstellung bestimmt, genau das richtige Stück.
Sie hatte es wirklich gut gemacht. Die Demut stimmte, der kräftige Nackenmuskel, die gebeugten Schultern, das leicht erhobene Gesicht – ein Gesicht ohne bestimmte Züge, denn die Anbetung löscht die Person aus.
Ja, Unterwerfung, Anbetung – und jene endgültige Versunkenheit, die nicht mehr von dieser Welt ist.

Henrietta seufzte. Wenn nur John nicht so ärgerlich geworden wäre, dachte sie. Sein Ärger hatte sie verblüfft. Er hatte ihr etwas über ihn verraten, wovon er selbst nichts ahnte.
»So was kannst du nicht ausstellen!« hatte er nur gesagt.
Und sie hatte kurz und bündig geantwortet: »O doch!«
Langsam ging sie zu Nausikaa zurück. Kein Problem, dachte sie, es würde sich reparieren lassen. Sie sprühte den Kopf ein und hüllte ihn in feuchte Tücher. Sie konnte erst Montag oder Dienstag weitermachen. Es hatte keine Eile mehr. Ihr Drang, etwas zu schaffen, hatte sich erfüllt, alles Wesentliche war da. Jetzt brauchte sie nur noch Geduld.
Vor ihr lagen drei glückliche Tage mit Lucy und Henry und Midge – und John!
Sie gähnte und reckte sich genußvoll wie eine Katze, so daß sie alle Muskeln ihres Körpers einzeln zu spüren schien. Plötzlich merkte sie, wie erschöpft sie war.
Sie badete heiß und ging zu Bett. Sie lag auf dem Rücken und starrte zu den Sternen hoch, die durch das Oberlicht hereinsahen. Dann glitt ihr Blick zu dem Licht, das sie immer anließ, eine kleine Birne, die die Glasmaske anstrahlte. Die Maske war eine ihrer ersten Arbeiten gewesen. Ziemlich auffallendes Stück, dachte sie jetzt, konventionell in der Auffassung.
Wie gut, überlegte sie, daß man sich weiterentwickelt.
Und jetzt schlaf! Der starke schwarze Kaffee, den sie getrunken hatte, würde sie nicht wach halten, es sei denn, sie wollte das. Schon seit langer Zeit beherrschte sie eine Technik, jederzeit einschlafen zu können.
Man wählte Gedanken aus, irgendwelche, und ließ sie, ohne länger bei ihnen zu verweilen, durch die Finger seines Verstandes schlüpfen. Man hielt sie nicht fest, blieb niemals an ihnen hängen, man ließ sie einfach freundlich an sich vorüberziehen – ohne jede Konzentration.
Draußen im Hof wurde ein Motor angelassen. Von irgendwoher klangen lautes Rufen und Lachen. Der Strom ihrer Entspanntheit trug die Geräusche mit sich fort.
Der Motor war ein brüllender Tiger, dachte sie... gelb und schwarz... gestreift wie gestreifte Blätter, Blätter und Schatten, im heißen Dschungel... und dann den Fluß hinunter,

einen breiten Strom im Tropenwald... bis zum Meer, wo das große Schiff wartete... und laute Abschiedsrufe... John stand neben ihr an Deck... sie und John machten eine Reise, das blaue Meer, unten war der Speisesaal... er lächelte ihr über den Tisch hinweg zu, wie beim Essen im »Maison Dorée«, der arme John, er war so ärgerlich... draußen die Nacht, und der Wagen, wie er schneller wurde, mühelos, leise, die Fahrt von London... über Shovel Down... bis zum »Eulenhaus«... die Bäume... Anbetung der Bäume... Lucy... John... die Ridgewaysche Krankheit... der liebe John...
Sie war dabei, in selige Bewußtlosigkeit zu sinken.
Und dann spürte sie ein bohrendes Unbehagen, ein seltsames Schuldgefühl, das sie zurückholte. Sie mußte noch irgend etwas erledigen, irgend etwas, das sie absichtlich verdrängt hatte.
Nausikaa?
Langsam und unlustig kletterte Henrietta aus dem Bett, machte das Licht an und ging zum Werktisch. Sie wickelte die Tücher ab.
Sie holte tief Luft. Das war nicht Nausikaa – das war Doris Saunders!
Es gab Henrietta einen Stich. Sie versuchte, sich einzureden, daß sie den Kopf ändern könnte.
»Mach dir nichts vor!« sagte sie laut. »Du weißt ganz genau, was du zu tun hast.«
Denn wenn sie sich jetzt nicht dazu aufraffte, jetzt, sofort – morgen würde sie nicht mehr den Mut haben. Es war, als zerstöre man einen Teil von sich selbst. Ja, es tat weh.
Sie zog scharf die Luft ein, packte den Tonkopf und drehte ihn aus der Befestigung. Als sei er nichts weiter als ein schwerer großer Erdbrocken, trug sie ihn zum Tonbottich und warf ihn hinein.
Keuchend stand sie da und starrte auf ihre tonverschmierten Hände hinunter. Sie spürte noch den Nachhall der körperlichen und geistigen Anstrengung. Langsam wischte sie sich die Hände ab.
Seltsam leer, doch mit einem Gefühl des Friedens kletterte sie wieder zurück ins Bett.

Nausikaa, dachte sie traurig, würde nicht mehr wiederkommen. Sie war geboren worden, beschmutzt worden und gestorben.
Seltsam, dachte Henrietta, wie Dinge von einem Besitz ergreifen können, ohne daß man es merkt.
Sie hatte zugehört – wenn auch nicht richtig zugehört, und so war sie von Doris' kleinem häßlichem Geist angesteckt worden. Unbewußt hatte er ihre Hände geführt.
Und jetzt war das Ding, das Nausikaa – oder Doris – gewesen war, nur noch Ton, Rohmaterial, aus dem sie bald etwas Neues formen würde.
Ist das der Tod? fragte sich Henrietta träumerisch. Ist das, was wir Persönlichkeit nennen, nur die Form – der Ausdruck eines Gedankens? Wessen Gedanke? Gottes?
War das nicht auch die Frage von Peer Gynt? Zurück in den Schmelzlöffel des Knopfgießers. Wie sagt Peer Gynt noch zu Solveig: »Wo war ich, in der Brust den göttlichen Geist, auf der Stirn den Namenszug, den Er geschrieben?«
Dachte John auch so? Er war an jenem Abend so müde gewesen, so entmutigt. Die Ridgewaysche Krankheit... In keinem Buch hatte sie etwas über diesen Ridgeway gefunden. Zu dumm, sie hätte so gern Näheres gewußt... die Ridgewaysche Krankheit.

3

John Christow saß in seinem Sprechzimmer und hörte einer Patientin zu. Sie war die vorletzte an diesem Vormittag. Er blickte die Frau freundlich und aufmunternd an, während sie berichtete, erklärte, sich in Einzelheiten erging. Hin und wieder nickte er verständnisvoll. Er stellte Fragen, gab Anweisungen. Dankbarkeit erfüllte die Patientin, Dr. Christow war wirklich fabelhaft! Er interessierte sich für alles, er fühlte mit einem. Allein sich mit ihm zu unterhalten gab einem Kraft.
John Christow nahm einen Bogen und begann zu schreiben. Vermutlich war es das beste, ihr ein Abführmittel zu verord-

nen. Dieses neue amerikanische Präparat würde das richtige sein, dekorativ verpackt in Cellophan, lachsrosa Pillen, die sehr hübsch aussahen. Außerdem auch teuer und schwer zu bekommen. Nicht alle Apotheken führten es. Sie würde sicherlich zu dem kleinen Laden in der Wardour Street gehen müssen. Um so besser. Ein oder zwei Monate würde sie das aufmöbeln, dann mußte er sich etwas anderes einfallen lassen. Er konnte ihr nicht helfen. Eine schwächliche Konstitution und wenig Energie. Nichts, wo man hätte einhaken können. Das ganze Gegenteil von der alten Crabtree...
Ein langweiliger Vormittag. Finanziell gesehen erfreulich – aber nichts weiter. Mein Gott, war er müde. Wie satt er die Klagen der kranken Frauen und ihr Gejammer hatte. Medikamente verschreiben und die Leute trösten, darauf lief es doch hinaus. Manchmal fragte er sich, ob es die Sache überhaupt wert war. Aber dann fiel ihm immer wieder das St.-Christopher-Krankenhaus ein und die lange Reihe von Betten in der Margaret-Russell-Abteilung und Mrs. Crabtree, die mit pfiffigem Lächeln zu ihm aufsah.
Sie beide verstanden sich! Sie war eine Kämpfernatur, keine solche lahme Ente wie die Frau im Nachbarbett. Sie war auf seiner Seite, sie wollte leben, obwohl Gott allein wußte, warum, wenn man bedachte, in was für einem Loch sie hauste, mit einem Mann, der trank, und einem Haufen Kinder. Tag und Nacht mußte sie arbeiten, endlose Böden in endlosen Büros putzen. Harte, schlechtbezahlte Arbeit und wenig Freude! Aber sie wollte leben, sie genoß das Leben, genau wie er, John Christow, es genoß! Die Umstände spielten dabei keine Rolle, es war einfach das Leben selbst, das ihnen Spaß machte, das Gefühl zu existieren. Eine komische Sache, die man nicht erklären konnte. Er sollte sich einmal mit Henrietta darüber unterhalten.
Er erhob sich, um seine Patientin zur Tür zu begleiten. Freundlich aufmunternd drückte er ihr die Hand. Auch seine Stimme hatte einen ermutigenden Klang, voller Interesse und Mitgefühl. Sie ging beschwingt hinaus, fast glücklich. Dr. Christow verströmte soviel Anteilnahme!
Noch während sich die Tür hinter ihr schloß, hatte John

Christow sie bereits vergessen. Auch als sie vor ihm saß, hatte er ihre Existenz kaum wahrgenommen. Er hatte nur seine Pflicht getan. Alles funktionierte ganz automatisch. Doch obwohl sein Kopf kaum beschäftigt gewesen war, hatte es ihn Kraft gekostet, und er fühlte sich ausgelaugt, ohne Kraft.
Mein Gott, bin ich müde, dachte er wieder.
Nur noch eine Patientin – und dann ein schönes, erholsames Wochenende! Seine Gedanken begannen zu wandern. Goldenes Laub, das in allen Rot- und Brauntönen schimmerte, der sanfte, feuchte Geruch des Herbstes... der Weg durch den Wald, die Herbstfeuer. Lucy, die einzigartige Lucy, reizend und charmant in ihrer seltsam zerstreuten Art, ein Irrwisch. Henry und Lucy waren ihm die liebsten Gastgeber, die er sich denken konnte. Und das »Eulenhaus« war das schönste Haus, das er kannte. Am Sonntag würde er mit Henrietta durch den Wald wandern, hinauf auf den Hügel, den Kamm entlang. Bei Henrietta würde er vergessen, daß es irgendwelche kranken Menschen gab auf der Welt. Henrietta fehlte, Gott sei Dank, nie etwas, dachte er. Und dann ergänzte er in einem Anflug von Galgenhumor: Und wenn, würde sie es mir nie verraten.
Die eine Patientin – er sollte jetzt auf den Summerknopf auf seinem Schreibtisch drücken. Doch merkwürdig, er zögerte. Dabei war er schon spät dran. Oben im Eßzimmer stand das Mittagessen bestimmt schon auf dem Tisch. Gerda und die Kinder würden warten. Er mußte weitermachen.
Trotzdem rührte er sich nicht. Er war so müde – so entsetzlich müde.
Diese Müdigkeit spürte er erst in letzter Zeit. Schuld daran war die ständig wachsende Gereiztheit, die er nicht wieder loswerden konnte. Arme Gerda, dachte er, du mußt dir eine Menge gefallen lassen. Wenn sie nur nicht so unterwürfig wäre! Wenn sie nur nicht immer sofort annehmen würde, daß sie im Unrecht sei, obwohl es mehr als einmal *sein* Fehler war. Es gab Tage, an denen alles, was Gerda sagte oder tat, ihn ärgerte. Vor allem ihre guten Eigenschaften brachten ihn auf, wie er sich beschämt eingestand, ihre Geduld, ihre Uneigennützigkeit, daß sie ihre Bedürfnisse hinter den seinen immer zurückstellte. Und sie nahm ihm seine Wutanfälle nie übel, wollte

nie recht haben, versuchte nie, ihre eigene Meinung durchzusetzen.
Nun ja, dachte er, deshalb hast du sie schließlich geheiratet, oder etwa nicht? Warum beklagst du dich also? Nach jenem Sommer in San Miguel...
Wenn er es genau bedachte, war es seltsam, daß er gerade die Eigenschaften, die ihn an Gerda störten, bei Henrietta vermißte. Was ihn an Henrietta irritierte – nein, das war das falsche Wort, es irritierte ihn nicht, es ärgerte ihn –, was ihn also an Henrietta ärgerte, war ihre unbeirrbare Aufrichtigkeit ihm gegenüber. Sie stand völlig im Widerspruch zu ihrer Haltung gegenüber allen andern. Einmal hatte er zu ihr gesagt:
»Ich glaube, du bist die größte Lügnerin, die ich kenne.«
»Vielleicht.«
»Du erzählst den Leuten die unmöglichsten Sachen – Hauptsache, es gefällt ihnen.«
»Ich finde das sehr wichtig.«
»Wichtiger, als die Wahrheit zu sagen?«
»Viel wichtiger.«
»Warum kannst du dann in Gottes Namen nicht auch bei mir ein bißchen lügen?«
»Möchtest du das wirklich?«
»Ja.«
»Tut mir leid, John, das kann ich nicht.«
»Du weißt genau, was ich oft gern von dir hören würde...«
Nimm dich zusammen, dachte er, du darfst jetzt nicht an Henrietta denken! Heute nachmittag würde er sie sehen. Jetzt mußte er weitermachen! Auf den Summerknopf drücken und die letzte verdammte Patientin behandeln. Noch so ein kränkelndes Geschöpf. Höchstens jede zehnte hatte echte Schmerzen, die anderen bildeten es sich nur ein. Nun, warum sollte sie ihren Zustand nicht genießen, wenn sie dafür bezahlte? Es war der Ausgleich für die Crabtrees dieser Welt.
Aber er saß da und rührte sich nicht.
Er hatte das Gefühl, schon seit einer Ewigkeit ständig müde zu sein. Er sehnte sich nach etwas – aber wonach?
Und dann dachte er plötzlich: Ich möchte nach Hause.
Er war verblüfft. Woher war dieser Gedanke gekommen? Und

was bedeutete er? Zu Hause? Er hatte nie ein Zuhause gehabt. Seine Eltern hatten in Indien gelebt, er war bei Verwandten aufgewachsen und zwischen Onkeln und Tanten hin und her geschoben worden, mal verbrachte er die Ferien bei dem einen, mal beim andern. Das erste wahre Zuhause, das er je gehabt hatte, war sein Haus in der Harley Street.
Hatte er wirklich das Gefühl, dort hinzugehören? Er schüttelte den Kopf. Er wußte, daß es nicht stimmte.
Aber seine ärztliche Neugier war erwacht. Was hatte der Gedanke, der so plötzlich in ihm aufgetaucht war, zu bedeuten?
Er schloß halb die Augen. Es mußte doch einen Grund dafür geben.
Und dann sah er vor seinem inneren Auge ganz deutlich das dunkelblaue Wasser des Mittelmeers, Palmen, Kakteen und Feigenbäume. Er roch die staubige heiße Sommerluft und erinnerte sich wieder an das herrliche frische Gefühl, wenn er aus dem Wasser gekommen war und sich in den sonnigen Sand gelegt hatte. San Miguel!
Er war überrascht – ein wenig beunruhigt. Seit Jahren hatte er nicht mehr an San Miguel gedacht. Ganz bestimmt würde er nicht dorthin zurück wollen. All das gehörte einem Kapitel seines Lebens an, das längst vergangen war.
Es mußte zwölf, nein, vierzehn, fünfzehn Jahre her sein. Und er hatte sich richtig entschieden! Sein Entschluß war gut gewesen. Er hatte Veronika sehr geliebt, doch es wäre ein Fiasko geworden. Veronika würde ihn mit Haut und Haaren verschlungen haben. Sie war eine große Egoistin und hatte das auch offen zugegeben. Alles, was sie haben wollte, hatte Veronika sich einfach genommen, nur bei ihm war es ihr nicht gelungen. Er war ihr durch die Finger geschlüpft. Nach konventionellen Maßstäben hatte er sie vermutlich schlecht behandelt. Anders ausgedrückt, er hatte sie sitzengelassen. Aber die Wahrheit war, daß er sein eigenes Leben hatte leben wollen, und das hätte sie niemals zugelassen. Sie wollte vielmehr *ihr* Leben leben und John sozusagen als Dreingabe mitnehmen.

Es hatte sie überrascht, als er sich weigerte, mit ihr nach Hollywood zu gehen.
»Wenn du tatsächlich Arzt werden willst«, hatte sie gemeint, »dann kannst du dein Examen sicherlich auch drüben machen. Aber es ist doch ziemlich überflüssig. Du hast genug eigenes Geld, und *ich* werde einen Haufen verdienen.«
»Aber ich liebe diesen Beruf«, hatte er protestiert. »Ich werde mit Radley arbeiten.« Seine Stimme, eine junge begeisterte Stimme, klang ehrfürchtig.
Veronika zog verächtlich die Nase hoch. »Mit diesem komischen alten Kauz?«
»Dieser komische alte Kauz«, antwortete er wütend, »hat höchst wichtige Forschungen über die Prattsche Krankheit gemacht −«
»Wen interessiert schon die Prattsche Krankheit«, unterbrach sie ihn. »Kalifornien hat ein herrliches Klima. Und ist es nicht wunderbar, die Welt zu sehen?« fügte sie hinzu. »Ohne dich ist das alles nichts. Ich will dich haben, John – ich *brauche* dich.«
Und dann hatte er den für Veronika erstaunlichen Vorschlag gemacht, doch das Angebot aus Hollywood abzulehnen und mit ihm nach London zu kommen.
Sie war nur amüsiert darüber. Sie würde nach Hollywood gehen, und sie liebte John, und John sollte sie heiraten und mitfahren. Sie zweifelte nicht, daß ihre Schönheit und ihre Macht über ihn siegen würden.
Er hatte nur einen einzigen Ausweg gesehen. Er schrieb ihr, daß er die Verlobung löse.
Das war ihm alles andere als leichtgefallen, doch er bedauerte seinen Entschluß nicht. Er kehrte nach London zurück und begann mit seiner Arbeit bei Radley, und ein Jahr später heiratete er Gerda, die nicht die geringste Ähnlichkeit mit Veronika besaß.
Die Tür öffnete sich, und seine Sprechstundenhilfe, Beryl Collier, trat ein. »Mrs. Forrester wartet noch draußen«, sagte sie.
»Ich weiß«, antwortete er kurz.
»Ich dachte, Sie hätten es vielleicht vergessen.«

Sie ging durch den Raum und verschwand durch die Tür am anderen Ende. Seine Augen folgten ihr. Sie war ruhig und gelassen wie immer. Ein einfaches Mädchen, diese Beryl, aber verdammt tüchtig, dachte er. Sie arbeitete schon seit sechs Jahren für ihn. Nie machte sie einen Fehler, nie war sie aufgeregt oder besorgt oder in Eile. Sie hatte schwarzes Haar, eine unreine Haut und ein energisches Kinn. Ihre klaren grauen Augen hinter den dicken Brillengläsern musterten ihn und die übrige Welt mit der gleichen kühlen Aufmerksamkeit. Er hatte eine durchschnittlich aussehende Sprechstundenhilfe haben wollen, und die hatte er auch bekommen, ruhig und sachlich. Gegen alle Logik bedauerte er das manchmal. Beryl hätte sich hoffnungslos in ihren Arbeitgeber verlieben müssen, wie das in jedem besseren Roman oder Theaterstück passierte. Aber er hatte immer gewußt, daß er Beryl kaltließ. Nichts von Anbetung und Selbstverleugnung. Sie betrachtete ihn als ein fehlbares menschliches Wesen wie alle andern und blieb von seiner Persönlichkeit, seinem Charme unbeeindruckt. Manchmal bezweifelte er sogar, daß sie ihn überhaupt mochte.

Einmal hatte er gehört, wie sie am Telefon zu einer Freundin sagte: »Nein, ich finde eigentlich nicht, daß er noch selbstsüchtiger ist als früher. Vielleicht unaufmerksamer und rücksichtsloser.«

Er wußte, daß sie von ihm sprach, und in den nächsten vierundzwanzig Stunden hatte er sich ziemlich darüber geärgert.

Obwohl ihn Gerdas kritiklose Bewunderung irritierte, paßte ihm Beryls kühle Sachlichkeit seiner Person gegenüber auch nicht. Eigentlich, dachte er, geht mir in letzter Zeit so ziemlich alles auf die Nerven.

Etwas stimmte nicht mit ihm. Überarbeitet? Vielleicht. Nein, das war keine Entschuldigung. Diese wachsende Ungeduld, diese unerklärbare Müdigkeit mußten einen tieferen Grund haben. So geht es nicht mehr weiter, dachte er. Was ist bloß los mit mir? Wenn ich verschwinden könnte...

Da war er wieder, der Gedanke an Flucht: *Ich will nach Hause.* Verdammt, Harley Street 404 war sein Zuhause!

Und Mrs. Forrester saß noch immer im Wartezimmer, eine unangenehme Person mit zuviel Geld und zuviel Zeit, über ihre Wehwehchen nachzudenken.
»Sie müssen doch die vielen reichen, eingebildeten Kranken satt haben«, hatte einmal jemand zu ihm gesagt. »Arme Leute zu behandeln, macht sicher mehr Freude. Die kommen doch nur, wenn ihnen tatsächlich etwas fehlt!« Er hatte nur gegrinst. Komisch, was für unsinniges Zeug die Leute oft über »die Armen« dachten. Sie hätten mal die alte Mrs. Pearstock sehen sollen. Sie war in fünf verschiedenen Krankenhäusern gewesen, jedesmal nach einer Woche wieder putzmunter. Sie hatte die Medikamente flaschenweise abgeschleppt, Linderungsmittel für ihren Rücken, Säfte für ihren Husten, Verdauungsmittelchen, Abführmittel. »Vierzehn Jahre nehme ich die braune Medizin jetzt schon, Doktor, es ist die einzige, die was hilft. Letzte Woche hat mir ein junger Arzt eine *helle* verschrieben. Die taugt überhaupt nichts! Ist doch auch klar, nicht, Doktor? Ich meine, ich nehme die braune Medizin seit vierzehn Jahren, und wenn ich das flüssige Paraffin nicht habe und die braunen Pillen...«
Er konnte ihre jammernde Stimme direkt hören. Dabei war sie kerngesund, kräftig. Nicht einmal die vielen Medikamente hatten ihr was anhaben können.
Sie waren Schwestern im Geiste, Mrs. Pearstock aus Tottenham und Mrs. Forrester aus der Park Lane Court. Man hörte ihnen zu und kritzelte etwas auf ein Blatt teures dickes Papier oder auf einen Krankenhauszettel, je nachdem... Wie satt er es hatte.
Er sah wieder das blaue Meer, roch den zarten Mimosenduft, den heißen Staub. Das war fünfzehn Jahre her. Aus und vorbei, Gott sei Dank. Er hatte den Mut gehabt, den Knoten durchzuhauen.
Wieso Mut? fragte eine kleine teuflische Stimme in seinem Innern. Nennst du so was Mut?
Nun, jedenfalls war es das Vernünftigste gewesen. Es war ihm nicht leichtgefallen. Verdammt, es hatte sogar sehr weh getan. Aber er hatte es durchgestanden, reinen Tisch gemacht, war nach England zurückgekehrt und hatte Gerda geheiratet.

Er hatte eine unkomplizierte Sprechstundenhilfe und eine unkomplizierte Frau. Das hatte er doch so gewollt, oder etwa nicht? Von schönen Frauen hatte er genug gehabt. Er hatte erlebt, was eine Frau wie Veronika mit ihrer Schönheit anrichten kann – erlebt, was für eine Wirkung sie auf jedes männliche Wesen hatte, das in ihre Nähe kam. Nach Veronika wollte er nur noch Sicherheit. Sicherheit und Geborgenheit und Hingabe und die friedlichen dauerhaften Dinge des Lebens. Er hatte jemanden wie Gerda gebraucht! Er hatte eine Frau gesucht, die seine eigenen Vorstellungen vom Leben teilte, die sich seinen Entscheidungen unterordnete und die niemals, auch nicht einen Augenblick lang, ihren Willen durchzusetzen versuchte...
Wer hatte noch gesagt, die wahre Tragödie im Leben sei, wenn man kriegt, was man haben will?
Ärgerlich drückte er auf den Summer an seinem Schreibtisch. Mrs. Forrester sollte hereinkommen.
Es dauerte nur eine Viertelstunde. Wieder war es leicht verdientes Geld. Wieder hörte er nur zu, stellte einige Fragen, tröstete und gab ihr etwas von seiner eigenen heilenden Kraft. Wieder verordnete er ein teures Medikament.
Die kränkliche neurotische Frau, die mit hängenden Schultern ins Sprechzimmer getreten war, verließ es mit festem Schritt. Die Farbe war in ihre Wangen zurückgekehrt. Sie hatte das Gefühl, das Leben sei vielleicht doch lebenswert.
John Christow lehnte sich in seinem Stuhl zurück. Jetzt war er frei, frei für Gerda und die Kinder, die oben auf ihn warteten, frei für ein ganzes Wochenende ohne Patientenklagen und Krankenberichte.
Trotzdem blieb diese seltsame Unlust, sich zu rühren, eine Entschlußlosigkeit, die er bis jetzt nicht an sich gekannt hatte. Er war so müde, so schrecklich müde.

4

Im Eßzimmer der Wohnung über der Praxis saß Gerda Christow da und starrte den Lammbraten an.
Sollte sie ihn zum Warmstellen in die Küche zurückschicken oder nicht?
Wenn John noch länger ausbliebe, würde das Fleisch auskühlen und trocken werden, und das wäre schrecklich.
Andrerseits war der letzte Patient längst gegangen. John mußte jeden Augenblick erscheinen. Wenn sie den Braten zurücktragen ließ, würde das den Beginn des Essens verzögern, und John war so ungeduldig. »Aber du wußtest doch, daß ich gleich komme...« Und in seiner Stimme schwang dann wieder dieser Ton unterdrückter Empörung, den sie so gut kannte und fürchtete. Außerdem würde die Lammkeule zu weich werden oder zäh – John haßte so was.
Aber kalt gewordenes Essen haßte er auch.
Sie überlegte hin und her, und ihr wurde immer ängstlicher und elender zumute. Die ganze Welt war zu einer Lammkeule zusammengeschrumpft, die vor ihr auf der Platte kalt wurde.
»Borsalze brennen grün, Natriumsalze gelb«, sagte ihr zwölfjähriger Sohn Terence, der ihr am Tisch gegenübersaß.
Gerda blickte zerstreut in sein offenes sommersprossiges Gesicht. Sie hatte keine Ahnung, wovon er sprach.
»Wußtest du das, Mutter?«
»Was, mein Liebling?«
»Wie die Salze brennen.«
Gerdas Augen wanderten zum Salznäpfchen. Ja, Salz und Pfeffer standen auf dem Tisch. Das war in Ordnung. Letzte Woche hatte Lewis sie vergessen. John war darüber verärgert gewesen. Irgend etwas war immer...
»Es ist eine chemische Reaktion«, sagte Terence sinnend. »Mächtig interessant, finde ich.«
»Ich hab' Hunger. Können wir nicht anfangen, Mutter?« jammerte Zena. Sie war neun und hatte ein hübsches, leeres Gesicht.
»Gleich, Liebling, wir müssen auf Vater warten.«

»*Wir* könnten doch schon loslegen«, meinte Terence. »Vater macht das nichts aus. Du weißt ja, wie schnell er ißt.«
Gerda schüttelte den Kopf. Den Braten anschneiden? Sie wußte nie, welches die richtige Seite war. Sicherlich hatte Lewis ihn korrekt auf die Platte gelegt, aber manchmal tat sie es auch nicht, und John regte sich immer auf, wenn das Fleisch gegen die Faser geschnitten war. Mein Gott, wie kalt die Sauce schon ist, dachte Gerda verzweifelt. Sie sollte sie warm stellen lassen. Doch wenn John dann kam...
Ihre Gedanken liefen im Kreis wie gefangene Tiere im Käfig.

Unten im Sprechzimmer saß John Christow und trommelte mit den Fingern auf der Schreibtischplatte. Er war sich wohl bewußt, daß oben das Mittagessen auf ihn wartete. Trotzdem hatte er nicht die Kraft, aufzustehen und hinaufzugehen.
San Miguel, dachte er, das blaue Meer, der Duft der Mimosen, rote Blütenähren zwischen grünen schmalen, langen Blättern, die heiße Sonne, Staub, verzweifelte Liebe und Trauer. Nein, überlegte er, so was nicht noch einmal. Das ist vorbei.
Plötzlich wünschte er, er hätte Veronika nie gekannt, Gerda nie geheiratet, Henrietta niemals gesehen.
Mrs. Crabtree war mehr wert als sie alle zusammen. Letzte Woche – das war ein schlimmer Nachmittag gewesen. Er hatte sich über die Reaktionen so gefreut. Sie vertrug jetzt schon eine Dosierung von 005. Und dann war die Toxizität alarmierend angestiegen, die D.L.-Reaktionen verliefen negativ statt positiv.
Die Alte war blau angelaufen dagelegen, hatte nach Atem gerungen und ihn mit ihren listigen Augen angesehen. »Sie benützen mich wohl als Meerschweinchen, was, mein Lieber?« hatte sie gefragt. »Um neue Sachen auszuprobieren, wie?«
»Wir wollen, daß Sie wieder gesund werden«, hatte er geantwortet und auf sie hinuntergelächelt.
»Sie kennen alle Tricks!« Sie grinste plötzlich. »Macht nichts. Tun Sie, was Sie tun müssen, Doktor! Jemand muß schließlich der erste sein, nicht? Als ich ein junges Mädchen war,

ließ ich mir Dauerwellen machen. Damals war so was noch eine große Sache. Ich sah aus wie ein Nigger, wirklich. Ich kam nicht mal mit dem Kamm durch. Aber – es hat mir Spaß gemacht. *Sie* können auch ihren Spaß haben. Ich bin zäh.«
»Sie fühlen sich ziemlich miserabel, nicht wahr?« Seine Hand lag jetzt an ihrem Puls. Seine Energie übertrug sich auf die alte, keuchende Frau im Bett.
»Mir geht's dreckig, ja, da haben Sie recht. Es funktionierte nicht so, wie Sie dachten, was? Macht nichts. Nur nicht den Mut verlieren, ich halte eine Menge aus, wirklich.«
»Großartig«, sagte John Christow herzlich. »Ich wünschte, alle meine Patienten wären so.«
»Ich möchte gesund werden, das ist alles. Ich möchte bloß gesund werden. Meine Mutter, die wurde achtundachtzig, und meine Großmutter war neunzig, als sie sich hinlegte. Wir leben alle lange in unserer Familie, soviel steht fest.«
Er war völlig entmutigt, der Zweifel nagte an ihm. Wo lag der Fehler? Wie konnte man die Toxizität verringern, den Hormonspiegel halten und gleichzeitig das Pantratin neutralisieren?
Er war seiner Sache so sicher gewesen, überzeugt, alle Möglichkeiten genau bedacht zu haben.
Und genau damals, auf den Stufen vor dem Klinikeingang, hatte ihn zum ersten Mal diese Müdigkeit, gemischt mit Verzweiflung, überfallen, der Haß auf die viele mühselige Krankenhausarbeit, und dann mußte er an Henrietta denken, ganz plötzlich, aber nicht an sie als Person, sondern an ihre Schönheit und Kraft, ihre Gesundheit und Vitalität und an den schwachen Duft nach Primeln in ihrem Haar.
Er war sofort zu Henrietta gefahren, hatte nur kurz zu Hause angerufen, daß er länger wegbleiben werde. Er war ins Atelier gekommen und hatte Henrietta mit einer Heftigkeit in die Arme genommen, die sie bis jetzt nicht an ihm gekannt hatte.
Sie hatte ihm einen überraschten Blick zugeworfen, sich von ihm gelöst und Kaffee gekocht, wobei sie ihm ein paar zusammenhanglose Fragen stellte. Ob er direkt vom Krankenhaus hergefahren sei, wollte sie wissen.
Er wollte nicht vom Krankenhaus reden. Er wollte Henrietta

lieben und die Klinik vergessen – und Mrs. Crabtree und die Ridgewaysche Krankheit und all den andern Kram!
Aber dann beantwortete er doch ihre Fragen, erst zögernd, dann immer bereitwilliger. Und plötzlich lief er im Atelier auf und ab, und eine Flut von fachlichen Erklärungen und Vermutungen brach aus ihm hervor. Ein- oder zweimal hielt er inne und suchte nach einfacheren Worten, um ihr etwas genauer erklären zu können.
»Verstehst du, es muß eine Reaktion eintreten –«
Henrietta fiel ihm ins Wort: »Ja, ja, die D.L.-Reaktion muß positiv sein. Das verstehe ich. Nur weiter.«
»Wieso weißt du über so was Bescheid?« fragte er scharf.
»Ich habe mir ein Buch besorgt.«
»Was für ein Buch? Von wem?«
Sie nickte zu dem kleinen Büchergestell hin. Er sah sich das Buch an, das zuoberst lag, und meinte: »Scobell. Der taugt nichts. Ganz schlecht. Hör mal, wenn du was darüber lesen willst, dann –«
Wieder unterbrach sie ihn. »Ich wollte nur ein paar Fachausdrücke nachschauen, damit ich dich verstehen kann und du nicht ständig unterbrechen mußt, um mir die Sache zu erklären. Rede doch weiter. Ich kann dir sehr wohl folgen.«
»Na, schön«, sagte er zweifelnd. »Aber vergiß nicht, Scobell taugt nichts!« Er redete weiter. Er redete zweieinhalb Stunden lang. Er analysierte die Rückschläge, überlegte Möglichkeiten, entwarf neue Theorien. Daß Henrietta zuhörte, war ihm kaum bewußt, obwohl es ihre schnellen intelligenten Zwischenfragen waren, die ihn weitertrieben, wenn er zu zögern begann. Sie schien seine Überlegungen schon zu kennen, noch ehe er sie aussprach. Er war jetzt wieder voll da, sein Selbstvertrauen kehrte langsam zurück. Die Haupttheorie stimmte, er hatte recht gehabt, und es gab noch mehr Möglichkeiten, mehr als eine, die toxischen Symptome zu bekämpfen.
Und dann plötzlich fühlte er sich wie ausgehöhlt. Er sah jetzt vollkommen klar. Morgen früh würde er weitermachen. Er würde Neill anrufen, ihm sagen, daß er die beiden Mittel zusammen ausprobieren sollte. Ja, sie mußten es versuchen. Bei Gott, er hatte nicht die Absicht, sich geschlagen zu geben!

»Ich bin müde«, sagte er abrupt. »Schrecklich müde.« Er warf sich aufs Sofa und schlief ein. Er schlief wie ein Toter.
Als er erwachte, war es hell. Henrietta lächelte ihm zu und machte Tee.
»So hatte ich es mir eigentlich nicht vorgestellt«, sagte er grinsend.
»Macht es was?«
»Nein, nein. Du bist wirklich ein feiner Kerl, Henrietta.« Sein Blick wanderte zum Bücherregal. »Wenn dich die Sache wirklich interessiert, besorge ich dir die richtigen Bücher.«
»Sie interessiert mich aber nicht. Mich interessiert nämlich nur eines: du, John.«
»Jedenfalls solltest du Scobell nicht lesen.« Er nahm das Buch nachdenklich in die Hand. »Er ist ein Scharlatan.«
Da hatte sie gelacht. Er konnte nicht begreifen, warum seine Kritik an Scobell sie so amüsierte.
Das war etwas, das ihn an Henrietta verblüffte: Sie konnte aus den unerfindlichsten Gründen plötzlich über ihn lachen. Er fand das sehr beunruhigend.
Er war so etwas nicht gewohnt. Gerda nahm ihn immer sehr ernst. Und Veronika hatte immer nur an sich gedacht. Aber Henrietta hatte eine Art, ihren Kopf zurückzuwerfen, ihn mit einem halb zärtlichen, halb spöttischen Lächeln anzusehen, die Augen leicht geschlossen, als wollte sie sagen: »Diesen komischen Kerl namens John möchte ich mir mal genau anschauen, so von ganz, ganz weit weg möchte ich ihn betrachten...«
Wenn sie ihre Arbeit ansah oder ein Bild, machte sie genauso kleine Augen. Es war so – so verdammt sachlich, überlegte John. Er wollte, daß Henrietta nur an ihn allein dachte und sich durch nichts und niemand von ihm ablenken ließ. Dabei ist es genau das, was du an Gerda haßt, flüsterte die kleine teuflische Stimme in seinem Innern.
Die Wahrheit war, daß er einfach nicht wußte, was er wollte. Was hatte er sich nur gedacht bei diesem lächerlichen »Ich möchte nach Hause«? Es war absurd.
In ein oder zwei Stunden würden sie London verlassen, er würde alle Kranken mit ihrem säuerlichen »falschen« Geruch

vergessen und Rauch riechen und Tannen und feuchte Herbstblätter. Schon allein die Ruhe des Fahrens würde ihn trösten, die Geschwindigkeit.
Aber so würde es ja gar nicht sein, fiel ihm plötzlich ein. Er hatte sich das Handgelenk leicht verstaucht, und Gerda mußte fahren, und Gerda würde es niemals richtig lernen, weiß Gott! Jedesmal, wenn sie schaltete, würde er im stillen die Zähne zusammenbeißen, um nichts zu sagen, denn bittere Erfahrungen hatten ihn gelehrt, daß sie noch schlechter fuhr, wenn er ihr gute Ratschläge gab. Komisch, daß kein Mensch ihr je hatte beibringen können, wie man korrekt schaltet, nicht einmal Henrietta. Er hatte Henrietta darum gebeten, weil er dachte, daß sie mit ihrer Autobegeisterung bei Gerda vielleicht mehr ausrichten würde als seine Ermahnungen.
Denn Henrietta liebte Autos. Sie sprach von ihnen in schwärmerischen Worten wie andere Leute vom Frühling oder dem ersten Schnee.
»Ist er nicht eine Schönheit, John? Wie ruhig der Motor vor sich hinschnurrt. Er nimmt Bale Hill im dritten Gang, ohne jede Anstrengung, mühelos! Hör doch nur, wie leicht er sich schalten läßt.«
Bis er schließlich wütend herausplatzte: »Glaubst du nicht, Henrietta, daß du den verdammten Wagen für ein paar Minuten vergessen und dich mit mir beschäftigen könntest?«
Hinterher schämte er sich jedesmal. Er wußte nie, wann er explodieren würde. Es geschah immer wie aus heiterem Himmel.
Bei ihren Arbeiten war es das gleiche. Er wußte, daß sie eine gute Bildhauerin war. Er bewunderte und haßte ihre Werke gleichzeitig. Sie hatten sich darüber schon häufig heftig gestritten.
Eines Tages hatte Gerda berichtet, daß Henrietta sie gebeten habe, ihr Modell zu stehen.
»Was?« rief er verblüfft. Sein Erstaunen war nicht gerade schmeichelhaft gewesen. »*Du?*«
»Ja, ich gehe morgen zu ihr ins Atelier.«
»Was, in aller Welt, will sie von dir?«
Ja, er war nicht besonders höflich gewesen. Aber glücklicher-

weise hatte Gerda es nicht gemerkt. Sie war sehr stolz über Henriettas Bitte gewesen. Er hatte Henrietta sofort im Verdacht, sie wollte nur freundlich sein zu Gerda. Vielleicht hatte Gerda ihr gegenüber einmal angedeutet, daß sie gern Modell spielen würde. Irgend so etwas.
Ungefähr zehn Tage später hatte Gerda ihm eine kleine Tonfigur gezeigt, ein hübsches Ding, technisch perfekt, wie alle Arbeiten von Henrietta. Es war eine idealisierte Gerda, und Gerda war begeistert.
»Ich finde die Figur wirklich entzückend, John.«
»Das soll Henrietta gemacht haben? Es ist nichtssagend, völlig nichtssagend. Ich begreife nicht, warum sie so was tut.«
»Natürlich ist es anders als ihre abstrakten Arbeiten, aber ich finde die Figur gut, John, wirklich.«
Er hatte nichts weiter gesagt, er wollte Gerda schließlich nicht die Freude verderben. Aber bei der nächsten Gelegenheit hatte er Henrietta darauf angesprochen.
»Warum hast du diese idiotische Figur von Gerda gemacht? Sie ist deiner nicht wert. Sonst sind deine Sachen doch immer recht ordentlich.«
»Ich finde sie nicht schlecht«, antwortete Henrietta langsam. »Gerda hat sie jedenfalls gefallen.«
»Sie war entzückt. Das ist verständlich. Sie kann ein Ölbild nicht von einem Farbfoto unterscheiden.«
»Es ist kein Kitsch, John, nur eine harmlose Porträtfigur, ganz und gar nicht protzig.«
»Normalerweise verschwendest du mit so was nicht deine Zeit.« Er schwieg und starrte eine fast lebensgroße Figur aus Holz an. »Nanu! Was haben wir denn da?«
»Das ist eine Arbeit für die Internationale Ausstellung: Birnbaumholz. Ich nenne sie ›Die Anbetung‹.«
Henrietta beobachtete ihn. Er starrte die Figur an, dann lief sein Nacken plötzlich rot an, und er schrie wütend: »Aha, dazu brauchtest du Gerda also! Wie kannst du es wagen ...«
»Ich war neugierig, ob du es merkst.«
»Merken? Natürlich, es ist doch offensichtlich.« Er berührte den breiten, kräftigen Nacken.
Henrietta nickte. »Ja, den Nacken und die Schultern – die

brauchte ich von ihr –, und wie sie sich vorbeugt, voll
Demut, mit niedergeschlagenem Blick. Es ist großartig.«
»Großartig? Hör zu, Henrietta, ich erlaube so was nicht. Laß
Gerda in Ruhe.«
»Gerda wird sich in der Gestalt nicht wiedererkennen. Und
auch sonst kein Mensch. Außerdem ist es gar nicht Gerda.
Es ist überhaupt niemand.«
»Ich habe sie wiedererkannt, stimmt's?«
»Du bist anders, John. Du siehst mehr.«
»Es ist diese verdammte Wange. Ich erlaube es nicht, Henrietta! Ich lasse es nicht zu. Siehst du nicht ein, daß es
unverantwortlich war von dir?«
»Wirklich?«
»Merkst du es nicht? Kannst du es nicht *fühlen*? Du bist
doch sonst so sensibel.«
»Du begreifst mich nicht«, sagte Henrietta langsam. »Du
wirst es nie verstehen. Du weißt nicht, was man fühlt, wenn
man etwas unbedingt haben will, wenn man Tag für Tag
danach sucht, nach dieser Nackenlinie, diesem Muskelschwung, dem Winkel, wie der Kopf sich hebt, dem runden
Kinn. Jedesmal, wenn ich Gerda ansah, wollte ich das modellieren. Und am Ende konnte ich nichts mehr dagegen
tun.«
»Das ist gewissenlos!«
»Ja, vermutlich. Aber wenn man etwas so unbedingt haben
will, dann muß man es sich nehmen.«
»Was bedeutet, daß dir die andern völlig egal sind. Gerda ist
dir egal, und –«
»Sei kein Dummkopf, John. Deshalb habe ich ja die kleine
Porträtfigur für sie gemacht. Damit sie sich freut. Ich bin
kein Unmensch.«
»Genau das bist du!«
»Sag mal ehrlich, glaubst du wirklich, daß Gerda sich wiedererkennt?«
Unwillig betrachtete John die Statue. Sein Interesse regte
sich, Ärger und Empörung schwanden. Es war eine seltsame
Unterwürfigkeit in der Figur, als bete sie eine unsichtbare
Gottheit an. Das Gesicht erhoben, blind, leer, ergeben –

etwas Unheimliches, Fanatisches lag in der Geste. »Ziemlich beeindruckend, was du da gemacht hast, Henrietta«, gab er zu.
Henrietta erschauerte leicht. »Ja, ich glaube auch.«
»Wen sieht sie eigentlich an?« fragte er scharf. »Wer steht vor ihr?«
Henrietta zögerte. Dann erwiderte sie mit einem seltsamen Unterton in der Stimme. »Ich weiß auch nicht, John. Vielleicht du?«

5

Im Eßzimmer war Terence immer noch bei der Chemie. »Bleisalze sind in kaltem Wasser eher löslich als in heißem. Wenn man Kaliumjodid hinzufügt, erhält man einen gelben Niederschlag von Bleijodid.«
Er sah seine Mutter erwartungsvoll an, doch ohne viel Hoffnung. Seiner Meinung nach enttäuschten einen Eltern immer.
»Wußtest du das, Mutter?«
»Von Chemie verstehe ich überhaupt nichts, mein Kleiner.«
»Du könntest mal ein Buch drüber lesen«, erwiderte Terence. Es war eine völlig sachliche Bemerkung, doch es schwang so etwas wie Resignation in seiner Stimme mit.
Gerda merkte nichts. Sie war zu sehr mit ihrem eigenen Unglück beschäftigt. Immer noch drehten sich ihre Gedanken im Kreis. Schon seit heute früh fühlte sie sich deprimiert, seit ihr klargeworden war, daß das von ihr so gefürchtete Wochenende bei den Angkatells nicht mehr zu verhindern war. Das »Eulenhaus« war für sie ein Alptraum. Sie fühlte sich dort immer verloren und eingeschüchtert. Lucy Angkatell mit ihren halben Sätzen, ihrer Sprunghaftigkeit und ihrer gezwungenen Freundlichkeit ihr gegenüber war die Person, die sie am meisten fürchtete. Aber die andern waren fast genauso schlimm. Das Wochenende bedeutete für Gerda zwei Tage Marterqualen, die sie nur John zuliebe ertrug.
Denn John hatte beim Aufstehen, während er sich streckte,

voller Begeisterung gesagt: »Herrlich, sich vorzustellen, daß wir das Wochenende auf dem Land sind. Es wird dir guttun, Gerda, es ist genau das, was du brauchst.«
Sie hatte automatisch gelächelt und selbstlos wie immer geantwortet: »Ja, es wird schön sein.«
Ihr unglücklicher Blick wanderte durchs Schlafzimmer. Die hellgelbe Tapete mit dem schwarzen Fleck neben dem Schrank, den Ankleidetisch aus Mahagoni mit dem etwas zu großen Spiegel, den hellblauen Teppich, die Aquarelle vom Seendistrikt – all diese vertrauten Dinge würde sie bis Montag nicht mehr sehen.
Statt dessen würde morgen früh ein Dienstmädchen mit raschelndem Kleid ins fremde Schlafzimmer kommen und ein hübsches kleines Teetablett neben dem Bett abstellen. Dann würde sie die Jalousien hochziehen und Gerdas Sachen herauslegen – schon bei der bloßen Vorstellung wurde Gerda ganz unbehaglich zumute. Sie lag dann immer deprimiert da und tröstete sich mit dem Gedanken, daß morgen alles vorbei sei. Wie in der Schule, wenn sie die Tage zählte.
In der Schule war Gerda nicht glücklich gewesen. Dort hatte sie sich noch weniger sicher gefühlt als anderswo. Zu Hause war es besser, obwohl es auch dort noch schlimm genug gewesen war. Denn natürlich waren die andern schneller und intelligenter. Ihre raschen, ungeduldigen, wenn auch nicht unfreundlichen Bemerkungen sausten ihr um die Ohren wie Hagelkörner in einem Sturm. »Ach, mach schnell, Gerda!« – »Gib's lieber mir, du bist so ungeschickt!« – »Ach, laß das bloß nicht Gerda machen, die braucht dafür Jahre.« – »Gerda versteht das nie...«
Hatten sie denn nicht begriffen, daß sie dadurch alles nur noch schlimmer machten? Sie wurde noch ungeschickter, noch begriffsstutziger, starrte nur noch hoffnungsloser ins Leere, wenn man sie ansprach.
Bis sie plötzlich in ihrer Verzweiflung einen Ausweg fand. Eigentlich war es eher Zufall, daß sie diesen Schutzschild entdeckte.
Sie wurde noch langsamer, ihr erstaunter Blick noch leerer. Doch wenn jemand ungeduldig sagte: »Ach, Gerda, sei doch

nicht so schwer von Kapee, verstehst du denn nicht, was ich meine?« dann gelang es ihr jetzt, sich hinter ihrem leeren Ausdruck zu verschanzen und sich mit einem Geheimnis zu trösten – daß sie nicht so begriffsstutzig war, wie die andern glaubten. Oft tat sie, als verstehe sie nicht, obwohl sie sehr wohl begriff. Und häufig machte sie absichtlich langsam und lächelte in sich hinein, wenn jemand ungeduldig wurde und ihr eine Sache aus der Hand nahm.

Denn insgeheim zu wissen, daß sie den andern überlegen war, war ein herrliches Gefühl. Manchmal war sie beinahe ein wenig amüsiert darüber. Ja, es war komisch, daß sie mehr wußte, als die andern vermuteten, daß sie sehr wohl zu vielen Dingen fähig war, ohne daß die andern etwas davon ahnten.

Und es hatte den Vorteil, auch das entdeckte sie plötzlich, daß man ihr Arbeiten abnahm. Das ersparte einem eine Menge Probleme. Und wenn sich die Leute schließlich angewöhnt hatten, manche Dinge für einen zu erledigen, brauchte man es nicht mehr selbst zu tun, und kein Mensch merkte, wie unbeholfen man war. Und so hatte man das Gefühl, sich in der Welt doch behaupten zu können.

Nur bei den Angkatells funktionierte das System nicht. Die Angkatells waren einem immer so weit voraus, daß man manchmal das Gefühl hatte, nicht einmal im selben Haus mit ihnen zu sein. Wie sie sie haßte! Für John waren sie die richtigen Leute, es gefiel ihm bei ihnen. Er war nachher weniger müde und manchmal auch weniger gereizt.

Lieber John, dachte sie. John war wundervoll. Alle Leute dachten das. Ein so guter Arzt, immer freundlich zu seinen Patienten. Er rieb sich auf. Und wie er sich für seine Kranken in der Klinik interessierte. Die viele zusätzliche Arbeit, für die er so wenig bezahlt bekam. John war selbstlos, von Grund auf edel.

Von Anfang an hatte sie gewußt, daß John tüchtig war und seinen Weg machen würde. Und er hatte *sie* gewählt, obwohl er viel klügere Frauen hätte heiraten können. Es störte ihn nicht, daß sie langsam von Begriff war und nicht besonders hübsch. »Ich kümmere mich schon um dich«, hatte er

gesagt, freundlich und etwas von oben herab. »Mach dir keine Sorgen, Gerda, ich bin immer für dich da.«
Genau wie ein Mann sein sollte. Es war schön, daß John ausgerechnet sie hatte haben wollen.
Einmal hatte er mit seinem anziehenden, halb bittenden Lächeln, das so typisch für ihn war, gesagt: »Man muß mir meinen Willen lassen, weißt du, Gerda.«
Nun, damit war sie natürlich einverstanden. Sie hatte sich immer bemüht nachzugeben, in allem. Und wenn er noch so schwierig und nervös war, wie seit kurzem. Alles, was sie tat, schien falsch zu sein. Aber man konnte ihm keine Vorwürfe machen. Er hatte so viel zu tun, er war so selbstlos...
Mein Gott, der Braten! Sie hätte ihn doch warm stellen lassen sollen. Von John war immer noch nichts zu sehen oder zu hören. Warum konnte sie nicht mal die richtige Entscheidung treffen? Wieder schlugen die dunklen Wellen der Verzweiflung über ihr zusammen. Die Lammkeule! Das schreckliche Wochenende bei den Angkatells. Sie spürte einen scharfen Stich in ihren Schläfen. Jetzt würde sie auch noch wieder ihr Kopfweh kriegen! Und John ärgerte sich darüber immer so. Er gab ihr niemals etwas dagegen, was doch ganz leicht für ihn gewesen wäre, schließlich war er Arzt. Statt dessen sagte er immer: »Denk nicht mehr dran. Es hat keinen Sinn, sich mit Medikamenten vollzustopfen. Mach einen ordentlichen Spaziergang!«
Die Lammkeule! Sie konnte an nichts anderes mehr denken, ihr Hirn war wie ein Echo. Vor Selbstmitleid kamen ihr die Tränen. Warum läuft bei mir nie mal was richtig, dachte sie verzweifelt.
Terence blickte seine Mutter über den Tisch hinweg an und betrachtete dann den Braten. Warum essen wir bloß nicht? dachte er. Wie dumm die Erwachsenen sind. Sie haben überhaupt keinen Verstand!
»Nicholson Minor und ich wollen im Sträuchergarten bei ihm zu Hause Nitroglyzerin herstellen«, sagte er vorsichtig. »Er wohnt in Streatham.«
»Tatsächlich? Das wird sicher lustig sein«, sagte Gerda. Es war immer noch Zeit genug. Wenn sie gleich läutete und Lewis befahl, den Braten wegzunehmen...
Leicht erstaunt musterte Terence sie. Instinktiv hatte er ge-

spürt, daß die Herstellung von Nitroglyzerin nicht eben eine Beschäftigung war, zu der Eltern ihre Kinder ermuntern würden. Doch optimistisch, wie er war, hatte er sich einen Augenblick für seine Mitteilung ausgesucht, wo er einigermaßen sicher sein konnte, daß er damit durchkommen würde. Und er hatte die Situation richtig eingeschätzt. Wenn es jetzt Aufregung gab, das heißt, wenn sich der Besitz von Nitroglyzerin als problematisch erweisen sollte, konnte er immer noch mit unschuldiger Miene erklären: »Ich habe es Mutter doch gesagt.«

Trotzdem war er irgendwie enttäuscht.

Selbst sie müßte über Nitroglyzerin Bescheid wissen, dachte er. Er seufzte. Er fühlte sich so schrecklich allein gelassen. Sein Vater war zu ungeduldig, um zuzuhören, und seine Mutter zu zerstreut. Zena war nur ein dummes kleines Mädchen.

So viele wichtige chemische Versuche! Und niemand interessierte sich dafür. Niemand.

Peng! Gerda zuckte zusammen. Die Tür zu Johns Sprechzimmer. John kam die Treppe hochgerannt.

Er platzte förmlich ins Zimmer, voller Energie und Tatkraft, die so typisch für ihn waren. Er wirkte fröhlich und ungeduldig.

»Mein Gott«, rief er, als er saß und mit schwungvollen Bewegungen das Tranchiermesser am Schleifstahl schärfte, »wie ich kranke Menschen hasse.«

»O John!« Gerdas Stimme klang vorwurfsvoll. »Sag doch so was nicht! Sie denken dann, du meinst es ernst.« Sie nickte leicht in Richtung der Kinder.

»Aber ich meine es auch ernst«, antwortete John. »Es sollte keine Kranken geben.«

»Vater macht Spaß«, sagte Gerda rasch zu Terence.

Terence musterte seinen Vater sachlich und aufmerksam, wie er es bei allem tat. »Ich glaube nicht«, sagte er.

»Wenn du kranke Leute haßtest, wärst du kein Arzt, Liebling«, sagte Gerda und lachte leicht.

»Im Gegenteil«, meinte John. »Kein Arzt mag Krankheit. Mein Gott, das Fleisch ist ja eiskalt. Warum, um alles in der Welt, hast du es nicht warm stellen lassen?«

»Tja, ich wußte nicht, ich dachte, du würdest gleich kommen, verstehst du...«
John läutete, es klang energisch und unwillig. Lewis erschien sofort.
»Nehmen Sie ihn mit und sagen Sie der Köchin, sie soll ihn aufwärmen!« befahl er kurz angebunden.
»Ja, Sir.« Lewis drückte durch die Art, wie sie diese beiden harmlosen Worte aussprach, genau das aus, was sie von einer Hausherrin hielt, die einfach am Tisch saß und zusah, wie der Braten kalt wurde.
»Es tut mir so leid, Liebling!« versuchte Gerda weiter, sich verwirrt zu rechtfertigen. »Es ist alles meine Schuld. Erst dachte ich, du kämst gleich, verstehst du, und dann dachte ich, also, ich dachte, wenn ich ihn zurückschickte...«
»Ach, was soll's«, unterbrach John sie ungeduldig. »Es ist nicht wichtig. Kein Grund für so einen Wirbel.« Dann fragte er. »Ist der Wagen da?«
»Ja, ich glaube. Collie hat sich darum gekümmert.«
»Wir können also gleich nach dem Essen losfahren.«
Über die Albert Bridge, überlegte er, dann durch Clapham Common – die Abkürzung am »Crystal Palace« vorbei, dann Croydon, Purley Way, bei der Weggabelung nach rechts den Metherly Hill hinauf, um die Hauptstraße zu vermeiden, den Haverston Ridge entlang, plötzlich war man auf dem Land, Comerton, Shovel Down hinauf, Bäume mit goldrotem Laub, Wald und Wiesen, so weit der Blick reichte, der milde Herbstduft, und dann über den Kamm des Hügels hinunter ins Tal.
Lucy und Henry. Und Henrietta...
Er hatte Henrietta vier Tage nicht gesehen. Beim letzten Zusammensein mit ihr war er wütend gewesen. Sie hatte wieder jenen Blick in den Augen gehabt, nicht geistesabwesend, nicht unaufmerksam – er konnte den Ausdruck nicht richtig beschreiben. Als würde sie etwas sehen, das gar nicht da war, etwas, das nichts mit ihm zu tun hatte, und das war der wunde Punkt dabei.
Ich weiß ja, daß sie Bildhauerin ist, dachte er. Und ich weiß auch, daß ihre Arbeiten hervorragend sind. Aber, ver-

dammt, kann sie ihren Beruf nicht mal vergessen? Kann sie nicht mal nur an *mich* denken – und an sonst nichts?
Er war unfair. Und er wußte, daß er es war. Henrietta sprach selten von ihrer Arbeit und war sogar weniger besessen als die meisten Künstler, die er kannte. Nur sehr selten war sie innerlich so mit ihrem nächsten Werk beschäftigt, daß sie sich nicht voll auf ihn konzentrierte. Aber es brachte ihn jedesmal zur Weißglut.
Einmal hatte er sie sogar herausfordernd gefragt: »Würdest du all das aufgeben, wenn ich dich darum bäte?«
»Was alles?« Ihre warme Stimme klang erstaunt.
»All dies.« Er wies mit großer Geste durch das Atelier.
Und sofort dachte er: Du Idiot. Warum fragst du so was? Aber ja, sie soll es sagen. »Natürlich«, soll sie sagen. Sie soll mich anlügen. Es ist mir egal, ob sie es meint oder nicht. Sie soll es nur aussprechen. Ich *muß* meinen Frieden finden.
Doch Henrietta schwieg. Ihre Augen blickten verträumt. Sie schien mit den Gedanken weit weg zu sein. Dann sagte sie leise und etwas grübelnd. »Vermutlich schon. Wenn es nötig ist.«
»Wieso nötig? Was soll das heißen?«
»Ich weiß es auch nicht so genau, John. Notwendig wie zum Beispiel eine Amputation.«
»Muß es gleich ein so drastisches Beispiel sein?«
»Jetzt bist du wütend. Was hast du denn für eine Antwort erwartet?«
»Das weißt du ganz genau! Ein einziges Wort hätte genügt: Ja. Warum konntest du es nicht aussprechen? Du erzählst den Leuten alles mögliche, nur um ihnen eine Freude zu machen, und es ist dir gleichgültig, ob es wahr ist oder nicht. Warum tust du es bei mir nicht genauso? Warum nicht?«
»Ich weiß es nicht, John«, antwortete sie langsam. »Wirklich, John. Ich kann es einfach nicht, das ist alles. Ich kann nicht.«
Schweigend wanderte er im Atelier hin und her. Schließlich sagte er: »Du treibst mich noch zum Wahnsinn, Henrietta! Keinen Augenblick habe ich das Gefühl, daß ich auch nur den geringsten Einfluß auf dich habe!«

»Warum auch?«
»Keine Ahnung.« Er warf sich in einen Sessel. »Ich möchte einfach die Nummer eins sein bei dir.«
»Bist du doch, John.«
»Nein. Wenn ich tot bin, wirst du sofort mit tränenüberströmtem Gesicht irgendeine verdammte trauernde Frau modellieren, irgendein Symbol des Kummers und des Grams.«
»Ich überlege. Ich glaube – ja, vielleicht würde ich's tun. Es wäre schrecklich.« Sie hatte dagesessen und ihn mit entsetztem Blick angesehen.

Der Pudding war angebrannt. John zog die Brauen hoch, und Gerda stürzte sich in Entschuldigungen.
»Es tut mir leid, Liebling. Ich begreife nicht, wie so etwas passieren konnte. Es ist meine Schuld. Gib mir das Obere, du nimmst das Untere.«
Der Pudding war angebrannt, weil er, John Christow, noch eine Viertelstunde im Sprechzimmer gesessen hatte, an Henrietta und Mrs. Crabtree gedacht und in sentimentalen Erinnerungen an San Miguel geschwelgt hatte. Es war allein sein Fehler. Wie idiotisch von Gerda, den Sündenbock zu machen und ihm das bessere Stück zu geben. Warum mußte sie immer die Märtyrerin spielen? Warum starrte Terence ihn so an? Warum, o mein Gott, warum mußte Zena ständig schniefen? Warum gingen sie ihm alle so auf die Nerven? Sein Ärger entlud sich über Zena.
»Warum putzt du dir nicht endlich die Nase?«
»Sie hat sich ein bißchen erkältet, Liebling.«
»Nein, absolut nicht. Das denkst du immer gleich. Sie ist völlig gesund.«
Gerda seufzte. Sie hatte nie begreifen können, warum einem Arzt, der sein Leben damit verbrachte, Kranke zu heilen, die Gesundheit der eigenen Familie so gleichgültig war. Schon die Vorstellung, einer von ihnen könnte krank sein, spielte er herunter.
»Vor dem Essen habe ich achtmal geniest«, sagte Zena wichtig.
»Nur wegen der Wärme!« erwiderte John.

»So warm ist es aber nicht«, warf Terence ein. »Das Thermometer in der Halle zeigt vierzehn Grad.«
John stand auf. »Seid ihr fertig? Gut, fahren wir. Bist du soweit, Gerda?«
»In einer Minute, John. Ich muß nur noch ein paar Dinge zusammenpacken.«
»Das hättest du bestimmt auch früher tun können. Was hast du denn den ganzen Vormittag gemacht?«
Empört stürmte er hinaus. Gerda eilte ins Schlafzimmer. Wenn sie sich jetzt bemühte, alles so schnell wie möglich zu verstauen, würde überhaupt nichts mehr funktionieren. Warum war sie auch nicht fertig? Johns eigener Koffer stand gepackt in der Halle...
Zena lief zu ihrem Vater. In der Hand hielt sie ein ziemlich klebriges Kartenspiel. »Soll ich dir die Zukunft voraussagen, Daddy? Ich weiß, wie's geht. Ich habe es schon bei Mutter gemacht und Terry und Lewis und Jane und bei der Köchin.«
»Na schön.« Er fragte sich, wie lange Gerda wohl brauchen würde. Er wollte weg aus diesem schrecklichen Haus und der schrecklichen Straße und der schrecklichen Stadt voll von kranken, schnüffelnden, jammernden Menschen. Er wollte in den Wald, zum feuchten Laub und zur unbeschwerten Lucy Angkatell, die so körperlos zu sein schien.
Mit großer Geste teilte Zena die Karten aus.
»Die Karte in der Mitte, Vater, das bist du – Herz-König. Das ist immer die Person, für die man weissagt. Die anderen Karten teile ich verdeckt aus, zwei links, zwei rechts von dir, eine darüber – die hat Macht über dich –, eine drunter – die hast du in der Gewalt. Und die hier, die lege ich auf dich! Und nun«, Zena holte tief Luft, »nun drehen wir sie um... Rechts liegt Karo-Dame, ziemlich nahe.«
Das ist Henrietta, dachte er. Zenas Ernst amüsierte ihn.
»Und die nächste Karte ist Treff-Bube, irgendein netter junger Mann. Links liegt Pik-Acht, ein heimlicher Feind. Hast du Feinde, Vater?«
»Nicht, daß ich wüßte.«
»Und daneben ist Pik-Dame, das muß eine ältere Dame sein.«
»Lady Angkatell.«

»Und nun die Karte, die über dir liegt und Macht über dich hat – Herz-Dame.«
Veronika, überlegte er. Es ist Veronika. Und dann: Sei kein Dummkopf. Veronika bedeutet dir nichts mehr.
»Und die Karte zu deinen Füßen, über die du die Macht hast – Treff-Dame.«
Gerda stürzte ins Zimmer. »Ich bin fertig, John.«
»Wart einen Augenblick, Mutter, warte! Ich lege Daddy gerade die Karten. Wir sind bei der letzten. Es ist die wichtigste, Daddy, weil sie dich zudeckt.« Mit ihren kleinen, klebrigen Fingern drehte sie die Karte um und stieß ein erschrockenes Keuchen aus. »Oh – es ist Pikas. Das bedeutet normalerweise Tod, aber –«
»Deine Mutter wird unterwegs einen armen Fußgänger über den Haufen fahren«, unterbrach John sie. »Komm, Gerda, gehen wir. Wiedersehen, ihr beiden. Seid schön brav und benehmt euch!«

6

Midge Hardcastle kam am Sonnabend vormittag gegen elf Uhr herunter. Sie hatte im Bett gefrühstückt, ein bißchen gelesen, noch etwas gedöst und war schließlich aufgestanden. Ein schönes Gefühl, so faul zu sein. Es wurde Zeit, daß sie mal richtig Urlaub machte. Madame Alfrege und das Modegeschäft gingen einem auf die Nerven, das stand fest.
Sie trat durch die Haustür in die milde Herbstsonne hinaus. Sir Henry Angkatell saß in einem Korbstuhl und las die *Times*. Er blickte auf und lächelte. Er mochte Midge.
»Hallo, meine Liebe.«
»Bin ich sehr spät dran?«
»Das Mittagessen hast du noch nicht versäumt«, antwortete Sir Henry freundlich.
Aufseufzend setzte sich Midge neben ihn. »Es ist schön hier.«
»Du wirkst ein wenig mitgenommen.«
»Ach, ich bin schon in Ordnung. Wie erfreulich, daß es hier

keine dicken Weiber gibt, die sich in viel zu enge Kleider zwängen wollen.«

»Stell' ich mir auch unangenehm vor!« Sir Henry schwieg einen Augenblick und fügte dann mit einem Blick auf seine Uhr hinzu: »Edward kommt um zwölf Uhr fünfzehn an.«

»Ach, wirklich? Ich habe ihn lange nicht gesehen.«

»Er hat sich überhaupt nicht verändert«, meinte Sir Henry. »Er rührt sich selten von ›Ainswick‹ weg.«

»Ainswick«, dachte Midge. Das schöne »Ainswick«! Ihr Herz machte einen wehmütigen Satz. Was für herrliche Zeiten sie dort verbracht hatte. Schon Monate vorher hatte sie sich immer auf jeden der Besuche dort gefreut. Nächtelang lag sie wach und träumte davon. Und dann war der Tag endlich da! Der kleine, stille Bahnhof, auf dem der Zug, der große Schnellzug aus London, halten mußte, wenn man es dem Schaffner sagte. Der Daimler wartete schon. Dann die Fahrt, das große Tor und durch den Wald hinauf, bis man plötzlich das Haus in den Wiesen sah – groß und weiß und freundlich. Onkel Geoffrey in seinem alten Tweedmantel.

»Na dann, ihr jungen Leute, amüsiert euch!« Und was für Spaß sie gehabt hatten! Henrietta war aus Irland da, Edward aus Eton und sie selbst aus einer Industriestadt im kalten Norden. Es war der Himmel auf Erden gewesen.

Alles drehte sich um Edward, den großen, freundlichen und scheuen Edward. Aber natürlich hatte er sie nie weiter beachtet, denn Henrietta war ja da. Er war immer so zurückhaltend gewesen, hatte sich nie anders als wie ein Gast benommen, und so war sie sehr verblüfft gewesen, als Tremlet, der Obergärtner, einmal bemerkte: »Der Besitz wird mal Mr. Edward gehören.«

»Wieso denn, Tremlet? Er ist doch nicht Onkel Geoffreys Sohn.«

»Er ist der *Erbe*, Miss Midge. Miss Lucy, Mr. Geoffreys einziges Kind, ist als Frau nicht erbberechtigt, und Mr. Henry, ihr Mann, ist nur ein Vetter zweiten Grades, also nicht so nah verwandt wie Mr. Edward.«

Und jetzt lebte Edward auf »Ainswick«, allein. Er fuhr nur selten weg. Midge fragte sich manchmal, ob es Lucy etwas ausmachte. Lucy benahm sich immer so, als bedrücke sie nie etwas.

»Ainswick« war ihr Zuhause gewesen und Edward nur ihr Vetter, über zwanzig Jahre jünger als sie. Ihr Vater, der alte Geoffrey Angkatell, hatte in seiner Gegend als großer Mann gegolten und war auch sehr reich gewesen. Lucy hatte fast alles geerbt. Edward war vergleichsweise arm, sein Vermögen reichte gerade aus, um den Besitz zu unterhalten.

Nicht daß Edward kostspielige Neigungen gehabt hätte. Er war eine Zeitlang Diplomat gewesen, doch als er »Ainswick« erbte, hatte er seinen Posten aufgegeben, um dort leben zu können. Er war ein Bücherwurm, sammelte Erstausgaben und schrieb hin und wieder ironische kleine Artikel für unbekannte Zeitschriften. Dreimal hatte er Henrietta Savernake, seiner Kusine zweiten Grades, einen Heiratsantrag gemacht.

Midge saß in der Herbstsonne und dachte an vergangene Zeiten. Sie war sich nicht klar, ob sie sich über das Wiedersehen mit Edward freute oder nicht. Sie war nie drüber weggekommen, wie es so schön hieß. Jemanden wie Edward konnte man nicht vergessen. Der Edward, der jetzt in »Ainswick« wohnte, war für sie so real wie der Edward, mit dem sie sich einmal in einem Restaurant in London verabredet hatte. Sie liebte Edward, solange sie sich erinnern konnte.

Sir Henrys Frage holte sie in die Gegenwart zurück. »Wie findest du Lucy?«

»Sie sieht glänzend aus, wie immer.« Midge lächelte leicht. »Vielleicht sogar noch besser.«

»Hm – ja.« Sir Henry zog an seiner Pfeife. Überraschend fügte er hinzu: »Manchmal mache ich mir wegen Lucy Sorgen, Midge.«

»Wieso?« Midge sah ihn erstaunt an.

Sir Henry schüttelte den Kopf. »Lucy begreift nicht, daß es auch für sie Grenzen gibt.«

Midge starrte ihn verblüfft an.

»Sie kann sich alles erlauben«, fuhr Sir Henry fort. »Das war schon immer so.« Er lächelte. »Als wir in Indien waren, hat sie alle politischen Spielregeln ignoriert und sich um die richtige Sitzordnung bei den offiziellen Abendempfängen überhaupt nicht gekümmert, und das, liebe Midge, ist wirklich ein Verbrechen. Sie hat Todfeinde nebeneinander an einen Tisch gesetzt und Rassenprobleme diskutiert. Aber statt daß es zu einem riesigen Krach kam und jeder sich mit jedem in den Haaren lag und sie Schande über unser Land brachte – ja, es war verrückt, aber sie hatte sogar Erfolg damit. Sie hat so eine Art – wie sie die Leute anlächelt und anschaut, als könnte sie nichts dafür. Bei den Angestellten ist es dasselbe. Ständig gibt es ihretwegen irgendeinen Trouble, aber sie vergöttern sie.«

»Ich weiß, was du meinst«, antwortete Midge nachdenklich. »Dinge, die man sich von keinem andern gefallen lassen würde – bei Lucy findet man nichts dabei. Was ist es nur? Charme? Zauberei?«

Sir Henry zuckte mit den Schultern. »Sie war schon als Kind so. Nur manchmal habe ich das Gefühl, daß es schlimmer wird. Sie begreift nicht, daß es auch für sie Grenzen gibt. Wirklich, Midge«, fügte er amüsiert hinzu, »ich bin überzeugt, daß Lucy sogar glaubt, sie könnte einen Mord begehen, ohne daß man ihr auf die Schliche kommt.«

Henrietta holte den Delage aus der Garage im Hof und fuhr los, nachdem sie noch etwas mit ihrem Freund Albert gefachsimpelt hatte. Albert kümmerte sich um das Wohlergehen des Delage.

»Genießen Sie die Fahrt!« sagte Albert. Henrietta lächelte und gab Gas. Sie genoß es jedes Mal von neuem, allein zu fahren. Dann konnte sie sich dem Rausch der Geschwindigkeit voll hingeben.

Sie hatte Freude an ihrer eigenen Geschicklichkeit, mit der sie den Wagen durch den Londoner Verkehr steuerte. Ständig tüftelte sie neue Abkürzungen und Schleichwege aus. Sie kannte alle Straßen, wie der beste Taxifahrer.

Als sie den langen Kamm von Shovel Down erreichte, war es halb eins. Die Aussicht von hier oben hatte sie schon immer geliebt. Sie hielt genau an der Stelle, wo sich die Straße zu senken begann. Um sie her und unter ihr war nichts zu sehen als Bäume, deren Laub in allen Gold- und Brauntönen

schimmerte. Es war ein unglaublich prächtiger Anblick, beleuchtet von den kräftigen Strahlen der hellen Herbstsonne.
Wie ich den Herbst liebe, dachte Henrietta. Er ist soviel reicher als der Frühling.
Und plötzlich stieg in ihr ein tiefes Glücksgefühl auf, wie sie es selten spürte, der Glaube, daß die Welt schön sei und daß sie diese Schönheit fühlen konnte.
Ich werde nie wieder so glücklich sein wie in diesem Augenblick, dachte sie, nie.
Eine Minute lang betrachtete sie diese goldene Welt, die in sich zu wogen und zu schwimmen schien, wie trunken von der eigenen Schönheit.
Dann fuhr sie ins Tal, durch den Wald und die lange, steile Straße zum »Eulenhaus« hinunter.

Als Henrietta ankam, saß Midge auf der niedrigen Terrassenmauer und winkte fröhlich. Henrietta freute sich, sie zu sehen. Sie mochte Midge.
Lady Angkatell tauchte aus dem Haus auf und sagte: »Ah, da bist du ja, Henrietta. Wenn du deinen Wagen in den Stall gebracht und ihm Futter gegeben hast, können wir essen.«
»Was für eine passende Bemerkung Lucy doch gemacht hat«, sagte Henrietta, während sie um das Haus fuhren, zu Midge, die sich auf das Trittbrett gestellt hatte. »Weißt du, ich hatte mir immer eingebildet, daß ich den Pferdetick meiner irischen Vorfahren völlig abgelegt hätte. Wenn man unter Menschen aufwächst, die von nichts anderem als von Pferden reden können, kommt man sich sehr überlegen vor, weil man sich nicht für sie interessiert. Und eben hat Lucy mir bewiesen, daß ich meinen Wagen behandle, als wär's ein Pferd. Und es stimmt. Ich tu's tatsächlich.«
»Ja, Lucy ist phantastisch. Gestern früh sagte sie zu mir, ich könnte so unhöflich sein, wie ich wollte, solange ich hier bin.«
Henrietta dachte einen Augenblick über die Bemerkung nach und nickte dann. »Natürlich«, sagte sie. »Sie dachte an das Geschäft.«
»Ja. Wenn man tagein, tagaus in so einer verdammten klei-

nen Schachtel arbeitet und zu taktlosen Frauen höflich sein und sie Madam nennen muß, wenn man ihnen Kleider über die Köpfe ziehen und alles schlucken muß, was sie zu einem sagen – na, dann platzt man einfach irgendwann mal. Ich frage mich immer wieder, warum die Leute finden, als Dienstmädchen zu arbeiten sei demütigend. In einem Laden als Verkäuferin zu arbeiten finden sie großartig, dabei hat man da viel mehr Unverschämtheiten einzustecken als Gudgeon oder Simmons oder sonst ein Angestellter.«
»Es muß wirklich schlimm sein, Midge. Ich wünschte, du wärst nicht so stolz und würdest nicht darauf bestehen, dir deinen Lebensunterhalt selbst zu verdienen.«
»Jedenfalls ist Lucy ein Engel. An diesem Wochenende werde ich zu allen Leuten ausgesprochen widerlich sein.«
»Wer wird denn alles dasein?« fragte Henrietta, während sie ausstieg.
»Die Christows kommen.« Midge schwieg einen Augenblick. »Edward ist schon hier«, fügte sie dann hinzu.
»Edward? Wie schön. Ich habe ihn eine Ewigkeit nicht mehr gesehen. Und wer noch?«
»David Angkatell. Lucy findet, daß du dich bei ihm nützlich machen kannst. Du sollst ihn am Nägelknabbern hindern.«
»So was paßt gar nicht zu mir«, meinte Henrietta. »Ich hasse es, mich in anderer Leute Angelegenheiten zu mischen. Es würde mir nicht einmal im Traum einfallen, jemandem Verhaltensmaßregeln zu geben. Was meinte Lucy wirklich?«
»Sicherlich genau das! Er hat auch einen Adamsapfel.«
»Soll ich deswegen etwa auch was unternehmen?« fragte Henrietta besorgt.
»Und du sollst zu Gerda freundlich sein.«
»Wenn ich Gerda wäre, würde ich Lucy aus tiefster Seele hassen.«
»Und morgen kommt jemand zum Mittagessen, der Verbrecher jagt.«
»Wir machen doch nicht etwa Gesellschaftsspiele?«
»Glaube ich nicht. Es ist wohl nur gutnachbarliche Gastfreundschaft.« Dann fügte Midge in etwas anderem Ton hinzu: »Da kommt Edward, um dich zu begrüßen.«

Der liebe Edward, dachte Henrietta. Plötzlich stieg ein warmes Gefühl der Zuneigung in ihr auf.
Edward Angkatell war sehr groß und schlank. Lächelnd schritt er auf die beiden jungen Frauen zu. »Hallo, Henrietta. Ich habe dich über ein Jahr nicht gesehen.«
»Hallo, Edward!«
Wie nett er doch war. Sein scheues Lächeln, die kleinen Falten in den Augenwinkeln, diese knochige Schlaksigkeit. Gerade seine Hagerkeit gefällt mir, dachte Henrietta. Die Stärke ihrer Gefühle für Edward beunruhigte sie etwas. Sie hatte vergessen, wie sehr sie Edward mochte.

»Komm, machen wir einen kleinen Waldmarsch, Henrietta«, sagte Edward nach dem Mittagessen. Natürlich wurde es keine große Wanderung, sondern nur ein gemütlicher Spaziergang, wie immer bei Edward.
Sie schlenderten den Zickzackweg hinter dem Haus hinauf. Der Wald hier ist genau wie in »Ainswick«, überlegte Henrietta. Das schöne »Ainswick«, was für Spaß sie immer gehabt hatten. Sie sprach mit Edward darüber, und bald schwelgten sie in Erinnerungen.
»Erinnerst du dich an unser Eichhörnchen? Das sich die Pfote gebrochen hatte? Und wir bauten einen Stall, und es wurde wieder gesund?«
»Natürlich weiß ich das noch. Es hatte so einen komischen Namen – wie hieß es gleich...«
»Es hieß Cholmondeley-Marjoribanks!«
»Genau!«
Sie lachten.
»Und die alte Mrs. Bondy, die Haushälterin – sie behauptete immer, es würde eines Tages durch den Kamin verschwinden.«
»Und wir waren empört.«
»Und dann war es weg.«
»Sie war schuld«, erklärte Henrietta bestimmt. »Sie hat das Eichhörnchen dazu angestiftet.« Sie schwieg einen Augenblick und fuhr dann fort: »Ist alles noch so wie früher, Edward? Oder hat sich etwas verändert? In meiner Phantasie ist alles beim alten geblieben.«

»Warum kommst du nicht mal und überzeugst dich selbst, Henrietta? Es ist lange, sehr lange her, daß du dort warst.«
»Ich weiß.«
Warum hatte sie soviel Zeit verstreichen lassen, überlegte sie. Sie war so beschäftigt gewesen, an so vielem interessiert, hatte sich mit zu vielen Menschen abgegeben...
»Du weißt, daß du dort immer willkommen bist.«
»Wie lieb von dir, Edward!«
»Es freut mich, daß du ›Ainswick‹ so magst, Henrietta.«
»Für mich der schönste Fleck auf der Welt«, antwortete sie verträumt.
Ein Mädchen mit langen Beinen und einer Mähne von unordentlichem braunen Haar... ein Mädchen, das keine Ahnung hatte, was ihm das Leben noch alles antun würde... ein Mädchen, das Bäume liebte...
Wie glücklich sie gewesen war. Und sie hatte es nicht gewußt. Wenn ich das Rad zurückdrehen könnte, dachte sie. Und laut fügte sie hinzu: »Steht Yggdrasil noch?«
»Der Blitz hat in sie eingeschlagen.«
»Unmöglich!« Sie war bestürzt. Sie hatte die alte Eiche selbst so getauft: Yggdrasil. Wenn die Götter Yggdrasil fällen konnten, war nichts mehr sicher. Besser, sie fuhr nicht wieder hin.
»Erinnerst du dich noch an das von dir erfundene Symbol, das Yggdrasil-Symbol?«
»An den Baum meiner Phantasie, den ich auf jedes erreichbare Stückchen Papier malte? Ich zeichne ihn immer noch, Edward! Aufs Löschpapier, aufs Telefonbuch oder auf Bridgeblöcke, andauernd. Gib mir was zu schreiben.«
Er reichte ihr einen Bleistift und sein Notizbuch, und lachend malte sie ihren komischen Baum.
»Ja«, sagte er. »Das ist Yggdrasil, der Weltenbaum.«
Sie hatten jetzt die Hügelkuppe erreicht. Henrietta ließ sich auf dem Stamm eines umgefallenen Baumes nieder. Edward setzte sich neben sie. Sie sahen durch die Bäume hinunter zum Haus.
»Es ist ein bißchen wie in ›Ainswick‹, eine Westentaschenausgabe sozusagen. Manchmal frage ich mich... glaubst du,

daß Lucy und Henry deswegen hierhergezogen sind, Edward?«
»Möglich.«
»Man weiß nie, was in Lucys Kopf vorgeht«, grübelte Henrietta. Dann fügte sie hinzu: »Was hast du mit dir angefangen, Edward, seit ich dich zum letztenmal gesehen habe?«
»Nichts, Henrietta.«
»Das klingt sehr friedlich.«
»Ich war nie groß im Machen, im Tun.«
Sie warf ihm einen kurzen Blick zu. Ein seltsamer Unterton hatte in seiner Stimme mitgeschwungen. Aber er lächelte sie nur ruhig an. Wieder spürte sie diese tiefe Zärtlichkeit für ihn.
»Vielleicht ist das sehr weise.«
»Wieso weise?«
»Daß man nichts erreichen will.«
»Seltsam, daß du so denkst, Henrietta, du, die du so erfolgreich bist.«
»Du findest, daß ich Erfolg habe? Wie komisch.«
»Aber es stimmt, Henrietta. Du bist eine Künstlerin. Du mußt stolz sein auf dich, du kannst gar nicht anders.«
»Ja, das sagen die Leute oft zu mir. Sie übersehen dabei das wesentlichste. Du auch, Edward. Man kann nicht einfach beschließen, Bildhauerin zu werden und Erfolg zu haben. Es ist vielmehr eine Sache, die dich bedrängt, an dir nagt, dich heimsucht – bis man, früher oder später, nachgibt. Und dann hat man ein bißchen Frieden, bis die ganze Geschichte von vorn beginnt.«
»Du sehnst dich nach Frieden?«
»Manchmal denke ich, es wäre das schönste auf der Welt, seine Ruhe zu haben.«
»In ›Ainswick‹ hättest du sie. Ich bin überzeugt, du wärst dort glücklich. Selbst – selbst wenn du dabei mich in Kauf nehmen müßtest. Was meinst du, Henrietta? Möchtest du nicht nach ›Ainswick‹ kommen, für immer? Es wartet auf dich.«
Henrietta wandte langsam den Kopf und antwortete leise:
»Wenn ich dich doch nicht so schrecklich gern hätte, Edward! Deshalb fällt es mir noch schwerer, wieder nein zu sagen.«
»Also – nein?«

»Es tut mir so leid.«
»Du hast schon früher nicht gewollt, doch diesmal dachte ich, es sei anders. Du warst heute nachmittag so glücklich. Das kannst du nicht leugnen, Henrietta.«
»Ich war sehr glücklich.«
»Du sahst wieder richtig jung aus, anders als heute mittag.«
»Ja.«
»Wir waren glücklich zusammen, sprachen von ›Ainswick‹, dachten an ›Ainswick‹. Begreifst du nicht, was das bedeutet?«
»*Du* begreifst nicht, Edward! Wir haben die ganze Zeit nur in der Vergangenheit gelebt.«
»Das ist manchmal gar nicht zu verachten.«
»Man kann die Uhr nicht zurückdrehen. Das ist eine unumstößliche Tatsache. Es geht nicht.«
Er schwieg lange. Dann sagte er mit seiner gelassenen, angenehmen Stimme sehr ruhig: »In Wirklichkeit ist es doch so, daß du mich wegen John Christow nicht heiraten willst.«
Henrietta schwieg.
»Es stimmt doch, nicht?« fragte Edward. »Wenn es John Christow nicht gäbe, würdest du mich nehmen.«
»Ich kann mir die Welt ohne ihn nicht vorstellen«, antwortete Henrietta schroff. »Das mußt du einfach einsehen.«
»Wenn es so ist, warum läßt sich der Kerl dann nicht scheiden und heiratet dich?«
»John möchte sich von seiner Frau nicht trennen. Und ich bin mir nicht sicher, ob ich ihn überhaupt heiraten möchte. Es ist – es ist ganz anders, als du denkst.«
»John Christow«, sagte Edward grübelnd. »Es gibt zu viele John Christows auf dieser Welt.«
»Du irrst dich. Wie John sind die wenigsten.«
»Dann – dann ist es vielleicht gut so. Zumindest glaube ich das.« Er stand auf. »Gehen wir zurück.«

7

Während Gerda in den Wagen stieg und Lewis die Haustür zuwarf, gab es ihr einen schmerzhaften Stich, als schicke man sie ins Exil. Der Knall, mit dem die Tür zuschlug, hatte so etwas Endgültiges. Sie war ausgesperrt – nichts als dieses entsetzliche Wochenende war noch da. Dabei hätte sie noch so viele Dinge zu erledigen gehabt. Hatte sie eigentlich den Badewannenhahn zugedreht? Und der Wäschezettel, wo hatte sie ihn bloß hingelegt? Würden die Kinder bei Mademoiselle gut aufgehoben sein? Mademoiselle war so – so... Würde Terence auch nur ein einziges Mal gehorchen, wenn sie etwas befahl? Französische Erzieherinnen schienen nicht die geringste Autorität bei Kindern zu besitzen.

Sie glitt hinters Steuer, immer noch niedergeschlagen, und drückte auf den Anlasser. Sie drückte noch einmal und noch einmal. Da sagte John: »Du hättest mehr Glück, wenn du vorher die Zündung einschalten würdest.«

»O Gott, wie dumm von mir.« Sie warf ihm einen besorgten Blick zu. Wenn John jetzt schon ärgerlich wurde... aber zu ihrer Erleichterung lächelte er.

Er ist guter Laune, dachte Gerda mit plötzlichem Scharfsinn, weil er sich so auf die Angkatells freut.

Armer John, er arbeitete so viel. Er war so selbstlos, dachte immer nur an die andern. Kein Wunder, daß ihm das Wochenende so viel bedeutete. Sie legte den ersten Gang zu ruckartig ein, und der Wagen machte einen Satz. Doch sie war mit den Gedanken noch beim Mittagessen und sagte deshalb:

»Weißt du, John, du solltest wirklich keine Scherze über kranke Menschen machen, und wie du sie haßt. Es ist schön von dir, daß du uns mit deinen Problemen nicht belasten willst, das verstehe ich sehr gut. Aber die Kinder nicht. Vor allem Terry nimmt alles so wörtlich.«

»Manchmal kommt mir Terry fast menschlich vor«, sagte John. »Im Gegensatz zu Zena. Wie lange sind kleine Mädchen eigentlich nichts als ein Bündel Gefühle?«

Gerda lächelte zärtlich. Sie wußte, daß John sie nur necken wollte. Doch Gerda war hartnäckig und blieb bei ihrem

Thema. »Meiner Meinung nach ist es gut für die Kinder, wenn sie erkennen, wie selbstlos und aufopfernd ein Arzt sein muß.«
»O Gott!« sagte John.
Gerda wurde abgelenkt. Die Verkehrsampel, auf die sie zufuhren, war schon länger grün gewesen. Bestimmt wird sie umspringen, ehe wir dort sind, überlegte Gerda. Sie nahm den Fuß vom Gaspedal. Immer noch grün.
John vergaß seinen Vorsatz, nichts zu Gerdas Fahrstil zu sagen, und rief: »Warum bremst du?«
»Ich dachte, das Licht wechselt...«
Sie gab etwas Gas, der Wagen wurde ein wenig schneller, doch genau hinter der Ampel begann der Motor zu stottern. Das Licht sprang um, andere Autofahrer hupten ärgerlich.
»Du bist wirklich die unmöglichste Fahrerin, die ich kenne«, sagte John.
»Verkehrsampeln machen mich immer so unsicher. Ich weiß nie, wann sie wechseln.« Jetzt hatte sie den Wagen wieder unter Kontrolle.
John warf ihr einen Blick von der Seite zu. Sie sah unglücklich und ängstlich aus.
Alles beunruhigt Gerda, dachte er und versuchte, sich vorzustellen, was für ein Leben das sein mochte. Doch da er kein Mann von viel Phantasie war, gelang es ihm nicht.
»Verstehst du nicht?« Gerda ließ nicht locker. »Ich habe mich immer bemüht, den Kindern begreiflich zu machen, was es bedeutet, Arzt zu sein, seine Selbstaufopferung, sein Wunsch, andern Menschen zu dienen, ihre Schmerzen zu lindern. Es ist so etwas Edles. Und ich bin stolz darauf, daß du deine ganze Zeit und Kraft –«
John unterbrach sie. »Ist dir niemals in den Sinn gekommen, daß ich gern Arzt bin, daß es mir Spaß macht, daß es für mich kein Opfer ist? Verstehst du, ich finde meinen Beruf ganz einfach verdammt interessant!«
Nein, dachte er, sie würde es nie begreifen! Wenn er ihr von Mrs. Crabtree und dem Krankenhaus erzählte, würde sie in ihm nur den rettenden Engel der Armen sehen.
»Sie schwelgt in Sentimentalität«, murmelte er vor sich hin.

»Was hast du gesagt?« fragte Gerda.
Er schüttelte nur den Kopf. Wenn er ihr erzählte, daß er auf der Suche nach einem Mittel gegen Krebs sei, würde sie nur emotional reagieren. Doch die seltsame Faszination, die das Rätsel der Ridgewayschen Krankheit auf ihn ausübte – die würde sie niemals verstehen. Er bezweifelte sogar, daß er ihr begreiflich machen konnte, was diese Krankheit war. Vor allem, dachte er mit einem Grinsen, weil wir uns selbst noch nicht ganz klar darüber sind. Eigentlich wissen wir nicht genau, warum die Großhirnrinde degeneriert.
Plötzlich fiel ihm ein, daß Terence, so klein er noch war, sich eher für die Sache interessieren könnte. Es hatte ihm gefallen, wie sein Sohn ihn beim Mittagessen sachlich angesehen und gesagt hatte, daß er nicht an einen Scherz glaube.
In den letzten Tagen war Terence etwas in Ungnade gefallen, weil er die Kaffeemaschine kaputtgemacht hatte. Irgendein unsinniges Experiment zur Herstellung von Ammoniak. Komisches Kind, warum ausgerechnet Ammoniak? Aber eigentlich ganz interessant, wenn man es recht bedachte.
Gerda war über Johns Schweigen erleichtert. Sie konnte sich besser aufs Fahren konzentrieren, wenn sie nicht abgelenkt wurde. Außerdem, wenn John in Gedanken vertieft war, würde er nicht gleich merken, wie der Gang beim Schalten manchmal ächzte. Wenn es nicht unbedingt sein mußte, legte sie ungern den niedrigeren Gang ein.
Manchmal fuhr sie recht ordentlich, das wußte Gerda sehr wohl, doch nie, wenn John mit im Wagen saß. Ihre nervöse Entschlossenheit, alles richtig zu machen, war geradezu verhängnisvoll. Ihre Hand wurde unsicher, mal gab sie zuviel Gas, mal zuwenig, und die Gänge legte sie zu hastig und ungeschickt ein, so daß es jedesmal krachte.
»Laß ihn hineingleiten, Gerda, einfach hineingleiten!« hatte Henrietta sie einmal vor Jahren angefleht. Sie hatte es ihr gezeigt. »Spürst du nicht, wie er geführt werden will? Laß deine Hand flach darauf liegen, bis du es fühlst. Nicht mit Gewalt – mit Gefühl!«
Aber Gerda hatte noch nie etwas für den Knüppel einer Gangschaltung empfinden können. Wenn sie ihn mehr oder

weniger in die richtige Richtung drückte, würde er schon einrasten! Man sollte Autos produzieren, die keine so entsetzlichen Geräusche von sich gaben.
Alles in allem, dachte Gerda, während sie den Mersham Hill hinauffuhren, ist es diesmal nicht so schlimm. John war noch immer in Gedanken versunken und hatte ihr geräuschvolles Schalten in Croydon nicht bemerkt. Während der Wagen schneller wurde, schaltete sie optimistisch in den dritten Gang, und sofort wurde er langsamer. Natürlich schreckte John hoch.
»Warum schaltest du ausgerechnet dann, wenn es steil wird?« rief er.
Gerda biß die Zähne zusammen. Es war nicht mehr weit. Nicht daß sie sich danach sehnte anzukommen. Nein, sie wäre viel lieber noch stundenlang weitergefahren, selbst wenn John ständig an ihr herumnörgelte.
Doch jetzt fuhren sie schon am Shovel Down entlang, nichts als leuchtende Herbstwälder um sie herum.
»Herrlich, aus London rauszukommen und so etwas zu sehen!« begeisterte sich John. »Denk doch nur, Gerda, wie oft wir nachmittags im dunklen Wohnzimmer Tee trinken! Manchmal müssen wir sogar das Licht anmachen.«
Das Bild des tatsächlich etwas düsteren Wohnzimmers stieg so verlockend vor Gerdas innerem Auge auf wie eine Fata Morgana. Ach, wenn sie jetzt nur dort sein könnte!
»Die Gegend ist wunderschön«, sagte sie tapfer.
Die steile Straße hinunter – jetzt gab es kein Entrinnen mehr. Die vage Hoffnung, daß irgend etwas dazwischenkommen und sie vor diesem Alptraum retten würde, hatte sich in nichts aufgelöst. Sie waren da.
Es tröstete sie etwas, daß Henrietta mit Midge und einem großen, dünnen Mann auf der Terrassenmauer saß, als sie vorfuhren. Sie hatte ein gewisses Vertrauen zu Henrietta, die ihr manchmal ganz unvermutet zu Hilfe kam, wenn es besonders schlimm wurde.
John freute sich auch, daß Henrietta wartete – genau das passende Ende einer Fahrt durch die schönen Herbstwälder. Henrietta trug den grünen Tweedmantel und den Rock, den er

besonders gern hatte. Er fand, daß ihr solche Sachen besser standen als Stadtkleider. Ihre langen Beine, die sie ausgestreckt hatte, steckten in glänzend geputzten braunen Laufschuhen.
Sie lächelten sich kurz zu als Zeichen, daß sich der eine über die Gegenwart des anderen freute. John wollte jetzt gar nicht mit Henrietta sprechen. Er genoß nur das Gefühl, daß sie da war. Ohne sie wäre das Wochenende trüb und leer gewesen. Lady Angkatell trat aus dem Haus und begrüßte sie. Um ihre Gefühle für Gerda zu überspielen, war sie zu ihr viel herzlicher als sonst zu ihren Gästen. »Ach, wirklich reizend, Sie wiederzusehen, Gerda. Es ist *so* lange her! Und da ist ja auch John.« Sie behandelte Gerda wie einen langersehnten Gast und John, als sei er nur ein Anhängsel. Doch damit machte sie alles nur noch schlimmer. Gerda wurde es immer unbehaglicher zumute.
»Sie kennen Edward?« fragte Lucy. »Edward Angkatell?« John nickte ihm zu und sagte: »Nein, ich glaube nicht.«
Die Strahlen der Nachmittagssonne ließen Johns helles Haar und seine blauen Augen aufleuchten. So mußte ein Wikinger ausgesehen haben, der gelandet war, um ein Schloß zu erobern. Seine volle Stimme schmeichelte dem Ohr, und die Ausstrahlung seiner Persönlichkeit beherrschte die Szene.
Seine Wärme und Lebendigkeit schadete Lucy nicht. Im Gegenteil, ihre seltsame Elfenhaftigkeit und Zerbrechlichkeit wurde dadurch noch unterstrichen. Nur Edward wirkte plötzlich im Vergleich zu John blutleer – eine schattenhafte Gestalt, die etwas die Schultern hängen ließ.
Henrietta schlug Gerda vor, mit ihr in den Gemüsegarten zu gehen.
»Lucy will uns bestimmt den Steingarten und ihre Herbstblumen zeigen«, sagte sie, während sie Gerda vorausging. »Aber ich finde Gemüsegärten immer so still und freundlich. Man kann sich auf den Rand vom Gurkenfrühbeet setzen oder ins Gewächshaus gehen, wenn es kalt wird, kein Mensch stört einen, und manchmal findet man was zu naschen.«
Sie entdeckten tatsächlich ein paar späte Erbsen, die Henrietta roh aß. Gerda machte sich nicht viel aus ihnen. Sie war froh,

Lucy Angkatell entkommen zu sein. Sie fand sie noch schlimmer als beim letztenmal.
Sie begann, sich mit Henrietta fast lebhaft zu unterhalten. Henrietta schien immer Fragen zu stellen, auf die sie, Gerda, eine Antwort wußte. Nach zehn Minuten fühlte Gerda sich schon etwas besser und war bereit zu glauben, daß das Wochenende vielleicht doch nicht so schlimm werden würde. Zena nahm jetzt Tanzstunden und hatte ein neues Kleid bekommen. Gerda beschrieb es genau. Sie hatte auch einen Lederartikelladen entdeckt. Henrietta fragte, ob es wohl sehr schwierig sei, eine Handtasche selbst zu machen. Ob Gerda es ihr zeigen könnte.
Es ist wirklich einfach, dachte sie, Gerda ein bißchen glücklich zu machen. Wie anders sie aussah, wenn sie keine sorgenvolle Miene zog. Eigentlich möchte Gerda nur eines, überlegte Henrietta: sich zusammenrollen und schnurren.
Sie saßen unbeschwert auf dem Rand des Gurkenfrühbeets und ließen sich von der tief im Westen stehenden Sonne bescheinen. Es war fast sommerlich warm.
Das Schweigen wurde plötzlich drückend. Gerda verlor ihr fröhliches Aussehen, sie ließ die Schultern hängen und saß da wie ein Bild des Jammers. Sie zuckte zusammen, als Henrietta fragte: »Warum kommst du her, wenn du es so haßt?«
»Nein, nein«, erwiderte Gerda hastig. »Ich verstehe nicht, wieso du denkst, daß –« Sie schwieg einen Augenblick und fügte dann hinzu: »Es ist herrlich, aus London rauszukommen, und Lady Angkatell ist wirklich *sehr* freundlich.«
»Lucy? Absolut nicht.«
Gerda schien etwas entsetzt zu sein. »Oh, doch. Sie ist immer ganz reizend zu mir.«
»Lucy hat gute Manieren und kann entzückend sein. Aber sie ist auch ziemlich herzlos. Ich denke immer, es kommt daher, daß sie kein Mensch ist wie wir – sie weiß nicht, wie gewöhnliche Leute denken und fühlen. Und du bist alles andere als gern hier, Gerda, das ist dir durchaus klar. Warum kommst du her, wenn du nicht möchtest?«
»Nun, verstehst du, John gefällt es...«
»Ja, schon. Aber kannst du ihn nicht allein fahren lassen?«

»Das würde er nicht wollen. Ohne mich macht es ihm keinen Spaß. John ist so selbstlos. Er meint, die Landluft würde mir guttun.«
»Aufs Land zu fahren ist ja recht und schön«, antwortete Henrietta. »Aber müssen es denn ausgerechnet die Angkatells sein?«
»Ich möchte nicht, daß du mich für undankbar hältst...«
»Meine liebe Gerda, warum solltest du uns mögen? Ich fand immer, daß die Angkatells eine schreckliche Familie sind. Wir glucken immer zusammen und unterhalten uns in einer Sprache, die Fremde nicht verstehen. Es wundert mich nicht, daß die Leute uns manchmal am liebsten umbringen würden.« Dann fügte sie hinzu: »Ich glaube, es ist Zeit für den Tee. Gehen wir hinein.«
Während sie aufstanden und auf das Haus zuschlenderten, beobachtete Henrietta immer wieder Gerdas Gesicht. Interessant, dachte sie, so muß eine Christin ausgesehen haben, bevor die Römer sie in die Arena schickten.
Als sie aus dem eingezäunten Gemüsegarten traten, hörten sie Schüsse, und Henrietta bemerkte: »Klingt, als würde man schon anfangen, die Angkatells zu massakrieren.«
Wie sich herausstellte, sprachen Sir Henry und Edward über Waffen und hatten mit Revolvern geschossen. Henry Angkatell war ein Waffennarr und besaß eine beachtliche Sammlung.
Er hatte ein paar Revolver und Zielscheiben geholt, und die beiden Männer veranstalteten ein Wettschießen.
»Hallo, Henrietta, möchtest du mal probieren, ob du einen Einbrecher erwischst?« Henrietta nahm Sir Henry die Waffe ab.
»Ja, so hältst du ihn richtig«, sagte Sir Henry. »Und jetzt zielen und...« Peng. »Daneben!« stellte er fest.
»Versuch du's mal, Gerda!« sagte Henrietta.
»Oh, ich glaube nicht –«
»Nur Mut, Mrs. Christow! Es ist ganz einfach.«
Gerda feuerte mit geschlossenen Augen. Der Schuß ging noch weiter daneben als der von Henrietta.
»Laßt mich mal«, rief Midge, die sich jetzt auch zu der

Gruppe gesellt hatte. »Hm, es ist schwieriger, als man denkt«, meinte sie nach ein paar Schüssen. »Aber es gefällt mir.«
Lucy tauchte aus dem Haus auf. In ihrem Schlepptau erschien ein großer, mürrisch aussehender junger Mann mit einem auffallenden Adamsapfel. »Hier ist David«, verkündete sie.
Sie nahm Midge die Waffe ab, und während ihr Mann David Angkatell begrüßte, lud sie und feuerte wortlos dreimal. Alle drei Kugeln trafen beinahe ins Schwarze.
»Gut gemacht, Lucy!« lobte Midge. »Ich wußte nicht, daß die Schießkunst auch zu deinen Talenten gehört.«
»Lucy trifft immer«, sagte Sir Henry feierlich. Dann begann er in Erinnerungen zu schwelgen. »Einmal hat sie uns damit gerettet. Erinnerst du dich noch an die Kerle, meine Liebe, die uns mal auf der asiatischen Seite des Bosporus überfielen? Ich prügelte mich mit zweien am Boden, die mir an die Kehle wollten.«
»Und was tat Lucy da?« fragte Midge.
»Sie schoß zweimal in das Durcheinander. Ich wußte gar nicht, daß sie eine Waffe dabei hatte. Einen traf sie ins Bein, den andern in die Schulter. So knapp war ich noch nie davongekommen. Ein Wunder, daß sie nicht mich traf!«
Lady Angkatell lächelte ihn an. »Man muß eben etwas riskieren«, erwiderte sie freundlich. »Und man muß sich rasch entscheiden, ohne lange zu überlegen.«
»Ein bewundernswerter Standpunkt, meine Liebe«, erklärte Sir Henry. »Aber es hat mich immer etwas betrübt, daß es mein Risiko war, nicht deines.«

8

Nach dem Tee schlug John Henrietta vor, mit ihm spazierenzugehen, und Lady Angkatell sagte, daß sie Gerda unbedingt den Steingarten zeigen müsse, obwohl es natürlich nicht die richtige Jahreszeit sei.
Wie anders es doch war, mit John zu laufen als mit Edward, dachte Henrietta.

Mit Edward trödelte man meistens nur so dahin. Er war der geborene Herumlungerer. Bei John dagegen mußte sie sich anstrengen, um überhaupt mit ihm Schritt halten zu können. Als sie schließlich oben auf dem Shovel Down waren, sagte sie atemlos: »Es ist kein Marathonlauf, John!«
Er lachte und ging etwas langsamer. »Hetze ich dich zu sehr?«
»Ich komme schon mit – aber muß es denn sein? Es fährt uns doch kein Zug davon. Wozu dieser wilde Energieausbruch? Läufst du vor dir selber weg?«
Er blieb abrupt stehen. »Warum sagst du das?«
Henrietta sah ihn neugierig an. »Es sollte keine Anspielung sein.«
John ging wieder weiter, doch weniger schnell als vorher. »Eigentlich bin ich nämlich ziemlich erledigt. Entsetzlich müde«, sagte er.
Henrietta merkte auch am Ton seiner Stimme, wie ihm zumute war. »Wie geht's der Crabtree?« fragte sie.
»Es ist wohl noch zu früh für ein endgültiges Urteil, Henrietta, aber ich glaube, ich bin auf der richtigen Spur. Wenn ich recht habe –«, sein Schritt wurde wieder schneller, »... wird das gewisse Theorien revolutionieren. Das Problem der Hormonproduktion wird völlig anders angegangen werden müssen.«
»Heißt das, daß die Ridgewaysche Krankheit geheilt werden kann? Daß man daran nicht mehr sterben muß?«
»Ja, das zufällig auch.«
Wieso zufällig, dachte Henrietta. Was für seltsame Leute Ärzte doch waren.
»Wissenschaftlich gesehen ergeben sich völlig neue Möglichkeiten.« Er holte tief Luft. »Es tut gut, ins Freie zu kommen und frische Luft in die Lungen zu pumpen – es tut auch gut, dich zu sehen.« Er lächelte sie an. »Und Gerda hat es auch nötig.«
»Gerda kommt natürlich gern ins ›Eulenhaus‹!«
»Selbstverständlich. Ach, übrigens – sollte ich Edward Angkatell kennen?«
»Du bist ihm schon zweimal begegnet«, erwiderte Henrietta trocken.
»Ich kann mich nicht erinnern. Er ist ein so blasser Typ. Man vergißt ihn sofort wieder.«

»Edward ist ein lieber Kerl. Ich mochte ihn immer sehr.«
»Na ja, verschwenden wir keine Zeit mit Leuten wie ihm. Er zählt nicht.«
»Manchmal habe ich richtig Angst vor dir, John«, sagte Henrietta leise.
»Angst vor mir? Was soll das heißen?« Er musterte sie erstaunt.
»Du bist so ohne Gespür, so – ja, so *blind*!«
»Blind! Wieso?«
»Du weißt nicht... du erkennst nicht... du bist so seltsam unsensibel! Du spürst nie, was andere Leute fühlen oder denken.«
»Ich behaupte genau das Gegenteil.«
»Du siehst, was du sehen willst, ja. Du bist wie – wie eine Taschenlampe. Du richtest das Licht nur auf die Stelle, die dich interessiert, dahinter und daneben bleibt alles dunkel.«
»Mein Gott, Henrietta, was ist denn bloß los?«
»Es ist gefährlich, John. Du denkst, daß alle Leute dich mögen, daß sie es gut mit dir meinen. Zum Beispiel Menschen wie Lucy.«
»Mag sie mich denn nicht?« fragte er erstaunt. »Ich habe eine große Schwäche für sie.«
»Und schon nimmst du an, daß es umgekehrt genauso ist. Aber ich bin da nicht so sicher. Und Gerda und Edward – ja, und Midge und Henry: Weißt du, was sie für dich empfinden?«
»Und wie steht's mit Henrietta? Weiß ich, was sie fühlt?« Er ergriff ihre Hand. »Wenigstens bei dir kann ich sicher sein.«
Sie machte sich los. »Das kannst du bei niemandem auf der Welt, John!«
Er war ernst geworden. »Nein, ich weigere mich, so was zu glauben. Ich kenne dich, und ich kenne mich.« Plötzlich machte er ein nachdenkliches Gesicht.
»Was hast du, John?« fragte Henrietta.
»Weißt du, wobei ich mich heute ertappte? Es war ziemlich lächerlich. Ich dachte plötzlich: Ich möchte nach Hause. Es ist mir ein Rätsel, was das bedeutet.«
»Irgendwelche Bilder in deinem Innern müssen dich dazu

angeregt haben«, antwortete Henrietta langsam.
»Nein, ganz und gar nicht!« sagte er scharf.

Beim Abendessen saß Henrietta neben David. Lucy, die am Ende des Tisches saß, zog mehrmals die zarten Brauen bedeutungsvoll hoch. Sie signalisierte keinen Befehl – Lucy befahl nie etwas –, sondern eine Bitte.
Sir Henry tat sein bestes, um Gerda zu unterhalten, und hatte sogar einigen Erfolg. John verfolgte mit amüsierter Miene die Gedankensprünge, die Lucys unsteter Verstand machte. Midge redete in etwas gestelzten Worten auf Edward ein, der noch zerstreuter wirkte als gewöhnlich.
David grollte und zerkrümelte nervös ein Stück Brot. Er war nur höchst widerwillig ins »Eulenhaus« gekommen. Sir Henry und Lady Angkatell kannte er bisher nur vom Hörensagen, und da er das Britische Königreich verachtete, war er auch bereit, diese Verwandten, die das Land in Indien repräsentiert hatten, nicht zu mögen. Edward war in seinen Augen ein Nichtstuer, weshalb er ihn haßte. Auch ihn hatte er bisher noch nicht persönlich getroffen. Mit kritischem Blick taxierte er die andern vier Gäste. Verwandte waren widerlich, dachte er. Immer wurde von einem erwartet, daß man sich mit den Leuten unterhielt, was er verabscheute.
Midge und Henrietta zählten nicht, die hatten nur Stroh im Kopf. Dieser Dr. Christow war der typische Angeber, nichts als Fassade, ein Scharlatan, der die Menschen geschickt manipulierte. Seine Frau war offensichtlich eine Null.
David drehte den Hals im Kragen hin und her und wünschte sich sehnlichst, daß alle diese Leute wüßten, wie wenig er von ihnen hielt. Sie waren wirklich alle ziemlich unbedeutend.
Nachdem er diesen Gedanken im stillen dreimal wiederholt hatte, fühlte er sich etwas besser. Er grollte immer noch, doch es gelang ihm, das Stück Brot in Ruhe zu lassen.
Henrietta, die auf Lucys bittend hochgezogene Brauen pflichtschuldig reagierte, hatte Mühe, eine Unterhaltung mit David in Gang zu bringen. Davids kurze Antworten waren fast beleidigend verächtlich. Schließlich schlug sie eine Tak-

tik ein, die schon öfter bei schweigsamen jungen Leuten gewirkt hatte.
Absichtlich machte sie eine anmaßende und nicht ganz gerechtfertigte Bemerkung über einen modernen Komponisten, denn sie wußte, daß David sehr viel von Musik und den neuesten Richtungen verstand.
Zu ihrer Belustigung funktionierte ihr Plan. David richtete sich aus seiner gekrümmten Haltung auf und sagte mit einer Stimme, die nicht mehr leise und undeutlich klang: »Ihre Worte verraten, daß Sie nicht die geringste Ahnung von der Sache haben.« Dabei blickte er sie mit kalten Augen an.
Von da an hielt er ihr bis zum Ende des Essens einen logischen und witzigen Vortrag über moderne Musik, und Henrietta spielte die bescheidene Zuhörerin, die sich gern belehren ließ.
Lucy Angkatell lächelte ihnen wohlwollend zu, und Midge grinste in sich hinein.
»Das war sehr klug von dir, meine Liebe«, murmelte Lady Angkatell, während sie sich bei Henrietta einhakte, um mit ihr ins Wohnzimmer zu gehen. »Wenn die Menschen weniger im Kopf hätten, wüßten sie mehr mit ihren Händen anzufangen. Wie bedauerlich das doch ist. Meinst du, wir sollten Bridge oder Rommé spielen, oder lieber etwas ganz, ganz einfaches wie Tiereraten?«
»Ich glaube, Gesellschaftsspiele wären für David eine Zumutung.«
»Vielleicht hast du recht. Also dann Bridge. Sicherlich hält er davon auch nicht viel, aber so kann er sich wenigstens erhaben über uns fühlen.«
Es wurden zwei Tische. Henrietta spielte mit Gerda gegen John und Edward und fand das nicht gerade die beste Zusammensetzung. Sie hatte Gerda von Lucy trennen wollen und wenn möglich auch von John, aber John hatte sich nicht abwimmeln lassen. Und Edward hatte Midge abgehängt.
Die Atmosphäre war für Henriettas Gefühl nicht besonders gemütlich, doch sie konnte auch nicht sagen, woran es lag. Jedenfalls wollte sie dafür sorgen, daß Gerda gewann, falls sie auch nur ein wenig Kartenglück hatten. Gerda war keine schlechte Spielerin, wenn sie nicht John als Partner hatte, doch

sie reagierte immer nervös, schätzte den Gegner falsch ein und berechnete den Wert ihres Blattes nie genau. John spielte gut, vielleicht ein wenig zu riskant. Edward war ein glänzender Spieler.
Der Abend schritt voran, und an Henriettas Tisch war man noch immer beim ersten Rubber. Die Zahlenkolonnen auf den Bridgeblöcken wurden immer länger. Eine seltsame Spannung hatte sich über die Spieler gelegt. Nur Gerda merkte nichts davon.
Für sie war es ein Spiel wie viele andere, nur daß sie diesmal fast so etwas wie Spaß daran hatte. Ja, es machte ihr direkt Freude. Schwierige Entscheidungen wurden ihr durch Henriettas Zwischengebote abgenommen, und meistens spielte Henrietta auch.
Manchmal konnte John seine Kritik nicht mehr zurückhalten, und Gerdas Selbstvertrauen wurde mehr erschüttert, als er ahnte. Dann rief er zum Beispiel: »Warum, um alles in der Welt, hast du bloß Treff ausgespielt, Gerda?« Doch Henrietta fing seine Empörung sofort ab und erwiderte schnell: »Unsinn, John, natürlich war Treff richtig. Sie hatte gar keine Wahl!«
Schließlich zog Henrietta mit einem Seufzer einen Schlußstrich unter ihre Berechnung. »Ein volles Spiel, und der Rubber ist gemacht. Aber ich glaube, wir haben nicht sehr hoch gewonnen, Gerda.«
»Ein Glück, daß der letzte Schnitt saß«, sagte John fröhlich.
Henrietta musterte ihn mißtrauisch. Sie kannte diesen Ton. Sie sahen sich an, dann schlug Henrietta die Augen nieder. Sie stand auf und trat zum Kamin. John folgte ihr. »Du schaust doch den Leuten nicht *immer* absichtlich in die Karten?« fragte er ohne jeden Vorwurf.
»Vielleicht habe ich es ein bißchen zu auffällig gemacht«, antwortete sie. »Wie gräßlich, wenn man beim Spiel gewinnen will!«
»Du wolltest, daß Gerda den Rubber gewinnt, meinst du wohl. Damit andere sich freuen, schreckst du nicht mal vor Schummeleien zurück.«
»Wie häßlich das klingt. Aber du hast ja so recht – wie immer.«

»Mein Partner schien deiner Meinung zu sein.«
Es war ihm also auch aufgefallen, dachte Henrietta. Sie hatte sich schon gefragt, ob sie es sich nur einbildete. Edward war ein so glänzender Spieler – und es hatte sich nichts ereignet, was nach Absicht aussah. Einmal reizte er nicht das volle Spiel, ein andermal spielte er die technisch richtige Karte aus, obwohl er hätte erkennen müssen, daß es klüger gewesen wäre, gleich Trumpf zu ziehen.
Es beschäftigte Henrietta. Sie wußte, daß Edward niemals so spielen würde, damit sie gewann. Dafür galt ihm als Engländer Sportlichkeit zu viel. Nein, überlegte sie, er hätte nur nicht ertragen, daß John auch hier wieder der Sieger gewesen wäre. Plötzlich war sie irgendwie alarmiert und – besorgt. Lucys Fest gefiel ihr ganz und gar nicht.
Das war der Augenblick, in dem unerwartet und höchst dramatisch Veronika Cray in einer der Terrassentüren erschien. Es hatte etwas von der Unwirklichkeit eines Bühnenauftritts an sich.
Da der Abend warm war, hatte man sie nicht geschlossen, sondern nur angelehnt. Veronika stieß sie weit auf, trat über die Schwelle, lächelte charmant und leicht entschuldigend und sagte, nachdem sie einen winzigen Augenblick gezögert hatte, damit ihr auch wirklich alle zuhörten: »Sie müssen verzeihen, daß ich so einfach bei Ihnen eindringe. Ich bin Ihre Nachbarin, Lady Angkatell, ich wohne in dem kleinen Haus ›Dovecotes‹. Und mir ist etwas Furchtbares passiert.« Ihr Lächeln wurde tiefer, humorvoller. »Kein Streichholz! Kein einziges Streichholz im Haus! Und das am Sonnabend abend. Wie dumm von mir. Was sollte ich tun? Ich bin gekommen, um Sie um Hilfe zu bitten – meinen einzigen Nachbarn weit und breit!«
Keiner sagte ein Wort. Veronika besaß diese Wirkung. Sie war hübsch – nicht überwältigend schön, aber sie wußte sich so in Szene zu setzen, daß es einem den Atem verschlug. Wellen von hellem glänzenden Haar, geschwungene Lippen, Weißfuchs, der sich um ihre Schultern schmiegte, und ein elegant fallendes weißes Samtkleid.
Charmant blickte sie von einem zum andern. »Und ich rau-

che«, sagte sie. »Ich rauche wie ein Schlot. Und mein Feuerzeug ist auch kaputt. Und morgen das Frühstück, wenn ich den Gasherd nicht...« Sie streckte mit großer Geste die Hände aus. »Ich komme mir vor wie ein kompletter Idiot.«
Lucy trat mit anmutigen Schritten auf sie zu. Sie wirkte leicht amüsiert. »Nun, selbstverständlich –«, begann sie, doch Veronika fiel ihr ins Wort.
»John!« rief sie. Sie sah John Christow an. Ein Ausdruck höchsten Erstaunens und fassungsloser Freude breitete sich auf ihrem Gesicht aus. Sie hielt die Hände immer noch ausgestreckt und machte einen Schritt auf ihn zu. »Ist das nicht John Christow! Was für ein Zufall! Ich habe dich so viele Jahre nicht gesehen. Und nun treffe ich dich hier!«
Dann lagen ihre Hände in den seinen. Sie war ganz Wärme und Begeisterung. Sie wandte sich halb zu Lady Angkatell um und sagte: »Was für eine großartige Überraschung! John ist ein guter alter Freund von mir. Ach was, John war meine erste Liebe. Ich war ganz verrückt nach dir, John!«
Sie lachte jetzt fast – eine Frau, die voller Rührung an ihre Jugendliebe zurückdenkt. »Für mich war John immer der herrlichste Mann auf der Welt!«
Höflich und gewandt war Sir Henry zu ihr getreten und erklärte, daß sie unbedingt etwas trinken müsse. Er reichte ihr ein gefülltes Glas. Lady Angkatell bat Midge zu läuten.
Als Gudgeon eintrat, sagte Lucy: »Bringen Sie eine Schachtel Streichhölzer, Gudgeon – ich hoffe doch, die Köchin hat genug?«
»Heute wurde ein Dutzend geliefert, Mylady.«
»Dann bringen Sie sechs Schachteln, Gudgeon.«
»O nein, Lady Angkatell – eine genügt.« Veronika protestierte lachend. Sie trank einen Schluck und lächelte in die Runde.
»Das ist meine Frau, Veronika«, stellte John Christow Gerda vor.
»Ich bin entzückt, Sie kennenzulernen.« Veronika sah die verlegene Gerda strahlend an.
Gudgeon brachte die Streichholzschachteln. Sie lagen auf einem silbernen Tablett. Lady Angkatell deutete auf Veronika, und Gudgeon trug das Tablett zu ihr.

»Ach, meine liebe Lady Angkatell, doch nicht alle!«
Lucy machte eine lässige Bewegung mit der Hand. »Es ist doch sehr lästig, wenn man alles nur einmal hat. Wir können sie sehr gut entbehren.«
Sir Henry fragte freundlich: »Und wie gefällt es Ihnen in Ihrem Häuschen?«
»Ich bin begeistert. Es ist wunderschön hier, so nahe bei London, und doch ist man für sich.«
Veronika stellte ihr Glas ab, zog sich das Weißfuchscape enger um die Schultern und lächelte.
»Vielen, vielen Dank. Sie waren sehr freundlich.« Die Worte schienen an Sir Henry, Lady Angkatell und aus einem unerfindlichen Grund auch an Edward gerichtet zu sein. »Jetzt werde ich meine Beute nach Hause tragen. John, du mußt mich zu meinem Schutz begleiten. Ich möchte so furchtbar gern hören, was du all die Jahre über getrieben hast! Natürlich komme ich mir jetzt schrecklich alt vor.«
Sie ging zur Terrassentür, und John folgte ihr. Sie wandte sich noch einmal strahlend lächelnd um und sagte: »Es tut mir so leid, daß ich Sie wegen dieser lächerlichen Streichhölzer gestört habe. Vielen, vielen Dank, Lady Angkatell.« Dann ging sie mit John hinaus.
Sir Henry, der am Fenster stand, blickte ihnen nach. »Ein schöner, warmer Abend«, sagte er.
Lady Angkatell gähnte. »Entschuldigung«, murmelte sie. »Wir sollten zu Bett gehen, Henry. Vielleicht sehen wir uns mal einen Film mit ihr an. Nach der Kostprobe von heute abend zu urteilen, wird es bestimmt ein Genuß sein.«
Sie gingen alle hinauf. Midge wünschte Lucy eine gute Nacht und fragte: »Was meintest du mit ›Kostprobe‹?«
»Hattest du nicht diesen Eindruck, meine Liebe?«
»Willst du damit andeuten, Lucy, daß sie keine Streichhölzer brauchte?«
»Vermutlich hat sie sie haufenweise herumliegen. Aber wir dürfen nicht hartherzig sein. Und es war wirklich eine schöne Vorstellung!«
Türen schlossen sich, Stimmen murmelten Gute-Nacht-Wünsche. Sir Henry sagte noch: »Ich lasse die Terrassentür für John

offen.« Dann verschwand er.
»Was für Spaß einem Schauspieler machen können«, sagte Henrietta zu Gerda. »Sie inszenieren sich immer so herrliche Auftritte und Abgänge.«

Veronika ging geschmeidig den schmalen Weg zwischen den Kastanienbäumen hindurch. John folgte ihr. Dann traten sie aus den Bäumen auf den freien Platz beim Swimming-pool. Dort stand ein kleiner Pavillon, wo die Angkatells gern saßen, wenn es sonnig, dabei aber kühl und windig war.
Veronika blieb stehen. Sie drehte sich um und sah John an. Dann wies sie lächelnd auf das Schwimmbecken mit den im Wasser treibenden Blättern. »Nicht gerade das Mittelmeer, was, John?«
Da wußte er, worauf er so lange gewartet hatte. Er erkannte, daß Veronika immer bei ihm geblieben war, trotz der fünfzehn Jahre langen Trennung. Das blaue Meer, der Duft der Mimosen, die Hitze – verdrängt, doch nie vergessen. Das alles bedeutete nur eines: Veronika. Damals war er ein junger Mann von vierundzwanzig gewesen, unsterblich verliebt. Diesmal würde er nicht davonlaufen.

9

John trat aus den Bäumen auf den Rasenhang vor dem Haus. Der Mond schien, und das in fahles Licht getauchte Haus mit seinen zugezogenen Gardinen und heruntergelassenen Jalousien wirkte seltsam unschuldig. John sah auf seine Armbanduhr.
Es war drei. Er holte tief Luft. Seine Miene war besorgt. Er war auch nicht im entferntesten mehr der junge verliebte Mann von vierundzwanzig Jahren, sondern ein erfahrener, praktisch denkender Mann von fast vierzig mit einem Verstand, der klar und sachlich arbeitete.
Was für ein Dummkopf er gewesen war, was für ein unglaublicher Dummkopf! Doch er bedauerte nichts. Denn er erkannte

jetzt, daß er endlich frei war, Herr seiner selbst. Es war, als habe er jahrelang eine Eisenkugel am Bein mit sich geschleppt. Jetzt war sie verschwunden. Er war frei.
Und er begriff, daß dem John Christow von heute, dem erfolgreichen Arzt aus der Harley Street, Veronika Cray nichts mehr bedeutete. Sie gehörte der Vergangenheit an. Denn solange er den Konflikt nicht offen mit sich ausgetragen hatte, solange er unter der demütigenden Angst gelitten hatte, eigentlich nur davongelaufen zu sein, war er den Gedanken an Veronika nie losgeworden. Heute abend war sie wie aus einem Traum aufgetaucht, er hatte diesen Traum angenommen, und jetzt war er ihn Gott sei Dank für alle Zeit los. Er war in die Gegenwart zurückgekehrt, um drei Uhr morgens, und vielleicht hatte er ein ziemliches Durcheinander angerichtet. Er hatte drei Stunden mit Veronika verbracht. Sie war hereingesegelt wie ein Seeräuberschiff, hatte ihn gekapert und war mit ihrer Beute abgerauscht. Was mußten die andern von der ganzen Geschichte halten?
Was zum Beispiel würde Gerda denken?
Und Henrietta? Doch ihretwegen machte er sich weiter keine Sorgen. Er würde ihr die Sache im Handumdrehen erklären können, Gerda dagegen niemals.
Und er war fest entschlossen, nichts und niemanden zu verlieren. Sein Leben lang war er ein Mann gewesen, der bereit war, gewisse Risiken einzugehen – bei Patienten, bei Behandlungsmethoden, bei Geldanlagen. Doch nie hatte er sich auf phantastische Abenteuer eingelassen, immer nur einen Schritt über die Sicherheitsgrenze hinaus.
Wenn Gerda etwas ahnte, wenn sie auch nur den geringsten Verdacht hatte...
War das möglich? Wieviel wußte er eigentlich von ihr? Gewöhnlich würde sie Weiß für Schwarz halten, wenn er es befahl. Aber in diesem Fall...
Wie hatte er ausgesehen, als er hinter der triumphierenden Veronika durch die Terrassentür verschwand? Was für ein Gesicht hatte er gemacht? Hatte er gewirkt wie ein liebeskranker junger Esel? Oder wie ein Mann, der nur aus Höflichkeit seiner gesellschaftlichen Pflicht nachkam? Er wußte es nicht.

Er hatte Angst – Angst um sein geordnetes, angenehmes, sicheres Leben. Er war einfach verrückt gewesen, völlig verrückt, dachte er außer sich, aber dann gab ihm dieser Gedanke einen gewissen Trost. Kein Mensch würde bei ihm eine solche Verrücktheit für möglich halten.
Alle lagen im Bett und schliefen, soviel stand fest. Die eine Terrassentür des Wohnzimmers hatte man halb offengelassen, damit er ins Haus konnte. Er blickte zu den stillen Fenstern hoch. Das schlafende Haus wirkte so unschuldig, irgendwie sogar zu unschuldig.
Plötzlich zuckte er zusammen. Er hatte das schwache Geräusch einer sich schließenden Tür gehört. Oder war es eine Täuschung gewesen?
Er wandte den Kopf. Wenn ihnen jemand zum Swimmingpool gefolgt war, hätte der Betreffende über einen etwas höher gelegenen Weg zurückkehren und durch die Seitentür ins Haus gelangen können. Die Seitentür zum Garten würde beim Schließen genau das Geräusch machen, das er gerade vernommen hatte.
Mißtrauisch sah er wieder zu den Fenstern im ersten Stock hinauf. Hatte sich da nicht ein Vorhang bewegt? Es war Henriettas Zimmer.
Nein, dachte er voller Panik, ich würde es nicht ertragen, Henrietta zu verlieren. Am liebsten hätte er eine Handvoll Kies gegen die Scheibe geworfen und sie gebeten herunterzukommen. »Gehen wir durch den Wald zum Shovel Down, ich muß dir etwas erzählen«, würde er zu ihr sagen. »Ich muß dir etwas über mich erzählen – falls du es nicht längst weißt.«
Und weiter wollte er zu ihr sagen: »Ich fange neu an. Heute beginnt ein neues Leben. Die Dinge, die mich bedrückt und daran gehindert haben, wirklich zu leben, gibt es nicht mehr. Du hattest heute nachmittag recht, als du fragtest, ob ich vor mir davonliefe. Das hab' ich tatsächlich getan, schon seit Jahren. Denn mir war nie klar, ob ich mich aus Schwäche oder aus Stärke von Veronika getrennt hatte. Ich hatte Angst vor mir selbst, Angst vor dem Leben, Angst vor dir.«
Wenn er Henrietta doch wecken könnte und sie jetzt herunterkäme, damit sie gemeinsam durch den Wald gehen und vom

Hügel aus sehen könnten, wie die Sonne über dem Rand der Welt auftauchte.

»Du bist verrückt«, sagte er laut. Er fröstelte. Es war ziemlich kühl, schließlich hatten sie bereits Ende September. »Was ist bloß los mit dir?« fragte er. »Du hast dich heute nacht schon idiotisch genug benommen! Wenn du mit einem blauen Auge davonkommst, kannst du von Glück reden!« Was mußte Gerda denken, wenn er die ganze Nacht wegblieb und erst mit dem Milchmann zurückkehrte?

Und da er schon mal dabei war – was würden die Angkatells von der Geschichte halten?

Doch beunruhigte ihn diese Frage eigentlich weniger. Die Angkatells lebten nach einem Rhythmus, den Lucy bestimmte. Und für Lucy war das Außergewöhnliche immer etwas völlig Vernünftiges.

Doch Gerda war leider keine Angkatell. Mit Gerda mußte er sich auseinandersetzen. Am besten ging er jetzt endlich hinein und brachte die Sache so schnell wie möglich hinter sich.

Angenommen, es war Gerda gewesen, die ihm gefolgt war? Es hatte keinen Zweck, sich einreden zu wollen, daß sie zu so etwas nicht fähig sei. Als Arzt wußte er nur zu gut, was Menschen, ehrbare, einfühlsame, intelligente und weniger intelligente Menschen immer wieder taten: Sie lauschten an Türen, öffneten Briefe, beobachteten und spionierten, und dies nicht etwa, weil sie so etwas billigten, sondern weil sie empört oder verzweifelt waren.

Alles arme Schweine, dachte er. Für Schwächlinge hatte er kein Mitleid, wohl aber für Menschen, die litten, denn nur die Starken waren zu intensiven Gefühlen fähig.

Wenn Gerda Bescheid wußte – Unsinn, überlegte er, warum sollte sie? Sie lag im Bett und schlief fest. Sie besaß keine Phantasie, hatte nie welche besessen.

Er trat durch die Terrassentür, machte eine Lampe an und verriegelte die Tür. Dann schaltete er das Licht wieder aus und verließ das Wohnzimmer. In der Halle fand er den Lichtschalter, knipste die Deckenbeleuchtung an und lief rasch und leise die Treppe hinauf. Oben drehte er an einem anderen Schalter

und löschte das Deckenlicht. Einen Augenblick zögerte er vor der Schlafzimmertür, die Hand am Griff, dann drehte er ihn und ging hinein.
Der Raum war dunkel. Er konnte Gerdas regelmäßige Atemzüge hören. Während er die Tür hinter sich schloß, bewegte sie sich. Dann fragte sie mit schläfriger Stimme: »Bist du das, John?«
»Ja.«
»Kommst du nicht sehr spät? Wieviel Uhr ist es?«
»Keine Ahnung«, antwortete er. »Tut mir leid, daß ich dich geweckt habe. Ich mußte noch was mit ihr trinken.« Er ließ seine Stimme absichtlich gelangweilt und müde klingen.
»Ach, ja? Dann gute Nacht, John!« murmelte Gerda. Sie drehte sich auf die andre Seite, die Kissen raschelten.
Es war alles in Ordnung. Er hatte Glück gehabt – wie immer. Der Gedanke, wie oft es in seinem Leben schon so gewesen war, ernüchterte ihn ein wenig. Immer wieder hatte es Momente gegeben, wo er den Atem angehalten und gedacht hatte: Wenn das nur gutgeht. Und es war jedesmal gutgegangen. Doch eines Tages würde ihn das Glück im Stich lassen.
Er zog sich rasch aus und schlüpfte ins Bett. Komisch, daß Zena es in den Karten vorausgesehen hatte. »Die Karte, die über dir liegt und Macht über dich hat!« Es war Veronika gewesen, und sie hatte tatsächlich Macht über ihn gehabt. Aber jetzt nicht mehr, dachte er mit einer gewissen wilden Befriedigung. Es ist vorbei. Ich bin von dir los!

10

Es war zehn Uhr, als John am nächsten Vormittag herunterkam. Das Frühstück stand auf der Anrichte. Gerda hatte sich Tee und Toast ans Bett bringen lassen, obwohl sie etwas beunruhigt war, daß es Umstände machen könnte.
»Unsinn«, hatte John gesagt. »Leute wie die Angkatells, die sich noch einen Butler und Personal leisten können, wollen auch, daß man ihnen was zu tun gibt.«

Er empfand jetzt eine große Zärtlichkeit für Gerda! Seine Nervosität und Reizbarkeit, die in letzter Zeit immer stärker geworden waren, schienen völlig von ihm abgefallen zu sein.
Sir Henry und Edward seien draußen beim Schießen, berichtete Lady Angkatell, ihrerseits bewaffnet mit Gartenkorb und Arbeitshandschuhen. John unterhielt sich eine Weile mit ihr, bis Gudgeon mit einem silbernen Tablett erschien, auf dem ein Kuvert lag. »Es ist eben gekommen, Sir.«
John nahm es mit leicht gerunzelter Stirn in Empfang. Die Nachricht war von Veronika. Er schlenderte in die Bibliothek und riß den Umschlag auf. Nur ein paar Worte standen auf dem Blatt: »Bitte, komm heute vormittag zu mir. Ich muß Dich sprechen, Veronika.«
Gebieterisch wie immer, dachte er. Er hatte große Lust, ihren Wunsch zu ignorieren. Dann fand er, daß er sie ebensogut besuchen konnte, am besten sofort.
Er nahm den Pfad, der von der Bibliothek zum Swimmingpool führte. Von ihm gingen viele Wege ab. Einer führte den Hügel hinauf und in die Wälder, ein anderer zu den Blumenbeeten über dem Haus, ein weiterer zum Wirtschaftshof und der letzte zur Straße, an der ein paar Schritte weiter Veronikas Haus lag, und den John nun einschlug.
Veronika stand schon wartend an einem der Fenster des halb mit Holz verkleideten, etwas protzig wirkenden Hauses. »Komm rein, John!« rief sie. »Heute morgen ist es ziemlich kühl.«
Im Wohnzimmer, das in Mattweiß gehalten war, mit blaßlila Kissen, brannte ein Kaminfeuer.
Während John sie mit einem abschätzenden Blick musterte, sah er den Unterschied zu dem Mädchen seiner Erinnerung. In der vergangenen Nacht war es ihm nicht aufgefallen.
Eigentlich war sie jetzt noch schöner als damals, überlegte er. Sie verstand ihre Schönheit besser, pflegte sie und unterstrich sie auf jede nur mögliche Art. Ihr Haar, das dunkelblond gewesen war, hatte jetzt einen silbrigen Schimmer. Ihre Brauen waren anders und machten ihr Gesicht ausdrucksvoller.
Sie war nie eine leere Schönheit gewesen. Er erinnerte sich, daß sie als intellektuelle Schauspielerin gegolten hatte. Sie

hatte studiert und auch Examen gemacht und besaß eine eigene Meinung über Strindberg und Shakespeare.
Was ihm jetzt besonders stark auffiel und was er früher nie richtig bemerkt hatte, war die Tatsache, daß sie ein fast krankhaft egoistischer Mensch war. Veronika war es gewohnt, ihren Willen durchzusetzen. Ihr schöner, wohlgeformter Körper schien von einer häßlichen eisernen Entschlossenheit beherrscht zu werden.
»Ich habe nach dir geschickt«, sagte sie, während sie ihm die Zigarettenschachtel hinhielt, »weil wir alles besprechen müssen. Ein paar Dinge sollten geklärt werden. Ich meine, was unsere Zukunft betrifft.«
Er nahm eine Zigarette und zündete sie sich an. Dann fragte er harmlos: »Haben wir denn eine?«
Sie warf ihm einen forschenden Blick zu. »Was soll das heißen, John? Natürlich haben wir eine Zukunft. Wir haben fünfzehn Jahre vergeudet. Es wäre sinnlos, noch mehr Zeit zu verschwenden.«
Er setzte sich. »Entschuldige, Veronika, aber ich fürchte, du hast völlig falsche Vorstellungen von der Sache. Ich habe – ich habe es sehr genossen, dich wiederzusehen. Aber dein Leben und meines haben keine Berührungspunkte mehr. Wir leben in zwei völlig verschiedenen Welten.«
»Unsinn, John! Ich liebe dich, und du liebst mich. Wir haben uns immer geliebt. Du warst früher nur so schrecklich dickköpfig. Doch das ist jetzt gleichgültig. Wir brauchen uns nicht mehr aneinander zu reiben. Ich kehre nicht mehr in die Staaten zurück. Wenn mein Film abgedreht ist, spiele ich in London Theater. Es ist ein herrliches Stück – Elderton hat es für mich geschrieben. Es wird ein riesiger Erfolg werden.«
»Das bezweifle ich nicht«, erwiderte er höflich.
»Und du kannst weiter als Arzt arbeiten.« Ihre Stimme klang freundlich und herablassend. »Wie ich höre, bist du ziemlich bekannt.«
»Mein liebes Kind, ich bin verheiratet. Ich habe Kinder.«
»Ich bin im Augenblick auch nicht frei«, sagte Veronika. »Aber so etwas läßt sich leicht regeln. Ein guter Anwalt macht das schon.« Sie lächelte ihn bezaubernd an. »Ich wollte dich

immer heiraten, Liebling. Ich begreife nicht, warum ich dich so schrecklich liebe, aber so ist es nun mal!«
»Es tut mir leid, Veronika, es wird sich kein Anwalt um unsere Angelegenheiten kümmern müssen. Dein und mein Leben haben nichts mehr miteinander zu tun.«
»Trotz heute nacht?«
»Du bist kein Kind mehr, Veronika. Du hattest ein paar Ehemänner und sicherlich einige Liebhaber. Was bedeutet unser Wiedersehen schon? Nichts – und das weißt du auch.«
»Ach, John!« Sie war immer noch amüsiert und sanft. »Wenn du dein Gesicht gesehen hättest, gestern abend in jenem stickigen Wohnzimmer! Als wärst du wieder in San Miguel gewesen.«
John seufzte. »Ich war ja dort. Versuch doch zu verstehen, Veronika. Du erschienst mir wie ein Bild aus der Vergangenheit. Und heute nacht lebte ich auch in der Vergangenheit, aber jetzt – jetzt ist alles anders. Ich bin fünfzehn Jahre älter geworden, ein Mann, den du nicht mehr kennst und den du nicht mehr lieben würdest, wenn du ihn kennen würdest.«
»Du bleibst lieber bei deiner Frau und deinen Kindern?« Sie war ehrlich erstaunt.
»So seltsam es dir erscheinen mag – ja, so ist es.«
»Unsinn, John! Du liebst mich.«
»Tut mir leid, Veronika.«
»Du liebst mich also nicht?« fragte sie fassungslos.
»Es ist besser, wenn wir aufrichtig zueinander sind, Veronika. Du bist eine außergewöhnlich schöne Frau, aber ich liebe dich nicht.«
Sie saß so bewegungslos da, daß man hätte glauben können, sie sei eine Figur aus einem Wachsfigurenkabinett. John wurde ein wenig unbehaglich zumute. Als sie wieder sprach, lag so viel Bösartigkeit in ihrem Ton, daß er zurückzuckte.
»Wer ist sie?« fragte sie.
»Wen meinst du?«
»Die Frau, die am Kamin stand.«
Sie meinte Henrietta. Wie kam sie ausgerechnet auf sie? Laut sagte John: »Von wem sprichst du? Ist es Midge Hardcastle?«
»Midge? Das war das kräftige, brünette Mädchen, nicht? Nein,

die nicht. Und auch nicht deine Frau. Ich rede von der unverschämten Person, die am Kamin lehnte! Du gibst mir nur ihretwegen den Laufpaß! Ach, du brauchst wegen deiner Frau und deinen Kindern nicht so moralisch zu tun. Diese andere Frau ist der Grund.«

Sie stand auf und stellte sich vor ihn. »Begreifst du denn nicht, John! Seit ich vor achtzehn Monaten nach England zurückgekehrt bin, kann ich an nichts anderes denken – nur an dich! Warum, glaubst du wohl, habe ich dieses idiotische Haus gemietet? Ganz einfach: Weil ich herausgefunden hatte, daß du manchmal das Wochenende bei den Angkatells verbringst!«

»Dein Auftritt gestern abend war also genau geplant?«

»Du gehörst mir, John. Seit eh und je!«

»Ich gehöre niemandem, Veronika. Hat dich das Leben noch nicht gelehrt, daß du keinen anderen Menschen mit Leib und Seele besitzen kannst? Als junger Mann habe ich dich geliebt und wollte, daß du das Leben mit mir teilst. Aber du hattest keine Lust.«

»*Mein* Leben und *meine* Karriere waren wichtiger als deine. Arzt werden kann jeder.«

Da verlor er etwas die Fassung. »Bist du tatsächlich so großartig, wie du glaubst?«

»Du meinst, daß ich noch nicht auf dem Gipfel bin? Das kommt noch, ganz bestimmt!«

John musterte sie mit einem ganz neuen, nur noch sachlichen Interesse. »Ich glaube, du schaffst es nicht. Irgend etwas fehlt, Veronika. Du bist zu gierig, zu egozentrisch, du hast keine echte Großzügigkeit – ja, das ist es wohl...«

Veronika starrte ihn eisig an. »Du hast mich vor fünfzehn Jahren sitzengelassen, und jetzt noch einmal. Dafür wirst du mir büßen!«

John erhob sich und ging zur Tür. »Es tut mir leid, Veronika, wenn ich dir weh getan habe. Du bist so schön, meine Liebe, und ich habe dich einmal geliebt. Können wir es nicht dabei belassen?«

»Auf Wiedersehen, John. Nein, wir können es nicht dabei belassen. Das wirst du schon noch merken. Ich glaube – ich

glaube, ich hasse dich mehr, als ich je für möglich gehalten hätte, überhaupt hassen zu können.«
John zuckte die Achseln. »Das bedaure ich. Leb wohl!«
Langsam ging John durch den Wald zum Haus zurück. Als er zum Swimming-pool kam, setzte er sich auf eine Bank am Beckenrand. Er bedauerte es nicht, Veronika so behandelt zu haben. Veronika, überlegte er nüchtern, ist ein gemeines Biest. Das war sie immer gewesen, und er hatte nichts Klügeres tun können, als sich rechtzeitig von ihr zu trennen. Gott allein wußte, wo er heute wäre, wenn er nicht die Kraft dazu gehabt hätte.
Jetzt regte sich in ihm das herrliche Gefühl, ein neues Leben beginnen zu können, ungetrübt von der Vergangenheit. In den letzten Jahren muß das Zusammenleben mit ihm sehr schwierig gewesen sein. Arme Gerda, dachte er, so selbstlos und immer bemüht, ihm zu gefallen. Er würde in Zukunft viel freundlicher zu ihr sein.
Und vielleicht gelingt es mir auch, Henrietta nicht mehr so zu tyrannisieren. Obwohl sie eigentlich nicht der Typ war, dem man etwas befehlen konnte. Wenn er seinen Zorn über ihr entlud, stand sie nur nachdenklich da und sah ihn mit einem Blick an, als sei sie ganz weit weg. Ich geh' jetzt zu ihr und erzähl' ihr alles, beschloß er.
Er blickte ruckartig auf, weil er glaubte, ein leises, ungewöhnliches Geräusch gehört zu haben. Weiter oben im Wald waren Schüsse gefallen, sonst waren die üblichen leisen Geräusche des Waldes zu hören gewesen, Vögel und das melancholische Rascheln fallender Blätter. Doch das Geräusch eben war anders gewesen, eher ein kaltes Klicken.
Und plötzlich wurde sich John eines Gefühls von Gefahr bewußt. Wie lange saß er schon hier? Eine halbe Stunde? Eine Stunde? Jemand beobachtete ihn. Jemand, der... und das Klicken war... ja, natürlich, es war...
John gehörte zu den Menschen, die sehr schnell reagieren. Blitzartig drehte er sich um. Doch er war nicht schnell genug. Seine Augen weiteten sich vor Erstaunen, aber er hatte keine Zeit mehr, etwas zu sagen.
Ein Schuß ertönte, er stürzte unbeholfen auf die Knie, und

sank, Arme und Beine von sich gestreckt, an der Kante des Swimming-pools zusammen.
An seiner linken Seite formte sich langsam ein dunkler Fleck, der bald bis zur Zementkante des Schwimmbeckens reichte. Von dort tropfte es rot ins blauschimmernde Wasser.

11

Hercule Poirot schnippte ein letztes Staubkörnchen von seinen Schuhen. Er hatte sich für die Einladung zum Mittagessen herausgeputzt und war mit dem Ergebnis zufrieden.
Er wußte sehr wohl, was Engländer an einem Sonntag auf dem Land trugen, doch er war nicht geneigt, es ihnen gleichzutun. Was gepflegte Herrenkleidung betraf, hatte er seine eigenen Vorstellungen. Außerdem war er kein Engländer und besaß auch kein Schloß auf dem Land. Er war Hercule Poirot!
Eigentlich mochte er das Land nicht, was er aber nur sich selbst gegenüber eingestand. In einem schwachen Moment hatte er das Wochenendhaus – von dem viele seiner Freunde begeistert waren – gekauft, weil ihm seine schachtelartige Form gefiel. Die Umgebung interessierte ihn weniger. Allerdings wußte er sehr wohl, daß es ein schöner Fleck war. Doch für seinen Geschmack war alles entsetzlich asymmetrisch. Für Bäume hatte er nicht besonders viel übrig – sie hatten die unordentliche Angewohnheit, ihre Blätter zu verlieren. Pappeln waren gerade noch zu ertragen, auch Tannen, doch der Anblick der vielen Buchen und Eichen ließ ihn ungerührt. So eine Gegend genoß man am besten an einem schönen Nachmittag vom Wagen aus. Man rief begeistert »*Quel beau paysage!*« und fuhr ins Hotel zurück.
Das Schönste an »Resthaven«, seinem Haus, war der kleine Gemüsegarten mit den genau abgezirkelten Beeten, um die sich sein belgischer Gärtner Viktor kümmerte. Françoise, Viktors Frau, war unterdessen mit großem Einfühlungsvermögen um das leibliche Wohl ihres Arbeitgebers bemüht.
Hercule Poirot trat durch das Gartentor, seufzte, warf noch

einen Blick auf seine glänzenden schwarzen Schuhe, rückte seinen grauen Homburg zurecht und sah die Straße entlang. Beim Anblick von »Dovecotes« überlief ihn ein leichter Schauder. »Dovecotes« und »Resthaven« waren von zwei konkurrierenden Baufirmen gebaut worden, die je eine kleine Landparzelle gekauft hatten. Weitere Unternehmungen waren vom staatlichen Landschaftsschutz rasch gestoppt worden. Die beiden Häuser waren Sinnbilder für zwei verschiedene Geschmacksrichtungen. »Resthaven« war eine Schachtel mit einem Dach, streng, modern und etwas langweilig, »Dovecotes« ein Alptraum aus Fachwerk und Erkern.
Poirot überlegte, welchen Weg er nehmen sollte. Er wußte, daß es einen höher gelegenen Pfad gab, der eine halbe Meile kürzer war als die Straße und an einem Nebeneingang endet. Da er sehr viel von gutem Benehmen hielt, beschloß er, doch die Straße entlangzumarschieren und sich dem Haus von der Vorderseite zu nähern, wie es sich gehörte.
Es war sein erster Besuch bei Sir Henry und Lady Angkatell. Er fand, daß man nicht ungebeten Abkürzungen benützen sollte, vor allem dann nicht, wenn man Gast gesellschaftlich bedeutender Leute war. Er hatte sich – das muß zugegeben werden – durch die Einladung sehr geschmeichelt gefühlt.
»*Je suis un peu snob*«, murmelte er in sich hinein.
Von seinem Aufenthalt in Bagdad hatte er die Angkatells noch in guter Erinnerung, vor allem Lady Angkatell, eine originelle Person, wie er fand.
Den Zeitaufwand für den Spaziergang zum »Eulenhaus« hatte er richtig geschätzt. Es war genau eine Minute vor ein Uhr, als er an der Haustür klingelte. Er war froh, daß er den Marsch hinter sich hatte. Er ging nicht gern zu Fuß und fühlte sich leicht erschöpft.
Die Tür wurde von dem beeindruckenden Gudgeon geöffnet. Der Mann gefiel Poirot. Doch der Empfang, den man ihm bereitete, war nicht so, wie er erwartet hatte. »Mylady ist im Pavillon am Swimming-pool, Sir«, sagte Gudgeon. »Wenn Sie mir, bitte, folgen wollen?«
Diese Leidenschaft der Engländer, sich im Freien aufzuhalten, irritierte Poirot. Im Sommer waren solche Schrullen ja noch

einzusehen, aber Ende September sollte einem so etwas nicht mehr zugemutet werden, dachte er. Der Tag war warm, das stimmte, doch es lag eine gewisse Feuchtigkeit in der Luft, wie immer im Herbst. Wieviel angenehmer wäre es gewesen, jetzt in ein behagliches Wohnzimmer gebeten zu werden, wo vielleicht sogar ein kleines Feuer im Kamin brannte. Aber nein, man führte ihn durch die Terrassentür und über einen Rasenhang, vorbei an einem Steingarten, dann durch ein kleines Tor auf einen schmalen Pfad zwischen engstehenden jungen Kastanien.

Gewöhnlich luden die Angkatells für ein Uhr ein, und an schönen Tagen wurden Cocktails und Sherry im kleinen Pavillon am Swimming-pool genommen. Das eigentliche Essen begann um ein Uhr dreißig, weil bis dahin auch die unpünktlichsten Gäste eingetroffen sein mußten. Auf diese Weise konnte Lady Angkatells ausgezeichnete Köchin Soufflés und andere zeitlich genau berechnete Köstlichkeiten einplanen, ohne um ihre Kunstwerke zittern zu müssen.

Hercule Poirot gefiel dieses Arrangement nicht besonders. In einer Minute bin ich wieder beinahe da, wo ich aufgebrochen bin, dachte er. Während er Gudgeons großer Gestalt folgte, begannen ihn die Schuhe immer mehr zu drücken.

In diesem Augenblick hörte er vor sich einen leisen Aufschrei. Irgendwie verstärkte dies Geräusch sein Unbehagen noch, es paßte nicht ins Bild, klang irgendwie störend. Doch er dachte nicht weiter darüber nach. Als er sich später an den Schrei zu erinnern versuchte, konnte er nicht mehr sagen, was er ausgedrückt hatte: Verzweiflung? Überraschung? Entsetzen?

Gudgeon trat aus dem Schatten der Kastanienbäume und machte ehrerbietig einen Schritt zur Seite, um Poirot vorbeizulassen. Dabei räusperte er sich und murmelte dann »Monsieur Poirot, Mylady!« Sein Ton war respektvoll, wie es sich gehörte. Doch plötzlich stieß er ein heftiges Keuchen aus, was bei einem Butler höchst befremdend wirkte, und erstarrte.

Hercule Poirot, der inzwischen auf dem freien Platz am Swimming-pool stand, gefror ebenfalls zu Eis, allerdings aus Empörung.

Das war zuviel – das war wirklich zuviel! Eine derartige

Geschmacklosigkeit hätte er den Angkatells nicht zugetraut. Erst der lange Weg, dann die Enttäuschung, daß man ihn im Pavillon erwartete, und nun dies! Der englische Sinn für Humor – wie fehl er manchmal am Platz war!
Er ärgerte sich und fühlte sich angeekelt. Für ihn besaß der Tod nichts Komisches. Und nun hatten sie zum Scherz eine entsprechende Szene für ihn arrangiert.
Es war das Bild eines hochkünstlerisch aufgebauten Mordfalles. Am Beckenrand lag die Leiche, die Arme wirkungsvoll ausgestreckt. Sogar etwas rote Farbe tropfte über die Zementkante ins Wasser. Der Tote war eine beeindruckende Erscheinung, ein gutaussehender Mann mit hellem Haar. Eine Frau, mit einem Revolver in der Hand, beugte sich über ihn. Sie war klein und kräftig gebaut, in mittleren Jahren, und hatte einen seltsam leeren Gesichtsausdruck.
Noch drei weitere Personen belebten die Szene. Am unteren Ende des Pools stand eine große, junge Frau mit leuchtendbraunem Haar, das an die Farbe von Herbstlaub erinnerte. Sie hielt einen Korb voll welker Dahlienblüten in der Hand. Ein wenig entfernt war ein großer, unauffälliger Mann in Sportkleidung, ein Gewehr im Arm. Und direkt zu Poirots Linken, einen Korb Eier tragend, befand sich seine Gastgeberin, Lady Angkatell.
Hercule Poirot erkannte, daß verschiedene Wege zum Swimming-pool führten und die agierenden Personen aus unterschiedlichen Richtungen herbeigekommen waren. Es wirkte alles sehr kunstvoll und genau berechnet.
Er seufzte. *Enfin,* was erwarteten sie von ihm? Sollte er so tun, als hielte er dieses »Verbrechen« für echt? Sollte er Bestürzung, Entsetzen mimen? Oder glaubten sie, er würde sich vor seiner Gastgeberin verneigen und sagen: »Ach, wie charmant, was für eine hübsche Szene Sie für mich arrangiert haben!«
Wirklich, die ganze Geschichte war mehr als albern, ganz und gar nicht geistreich. War es nicht Königin Viktoria gewesen, die gesagt hatte: »Wir sind nicht amüsiert?« Nun, er, Hercule Poirot, war auch nicht amüsiert.
Lady Angkatell war auf die Leiche zugegangen. Er folgte ihr,

wobei ihm auffiel, daß Gudgeon hinter ihm immer noch keuchte. Man hat ihn nicht eingeweiht, dachte Poirot. Die beiden andern Personen traten ebenfalls näher. Sie standen jetzt alle dicht bei der ausgestreckt daliegenden Gestalt und sahen auf sie hinunter.

Als würde ein unscharfer Film plötzlich genau eingestellt, erkannte Hercule Poirot schockartig, daß diese künstlich wirkende Szene etwas durchaus Reales hatte.

Denn der Mann, auf den sie hinunterblickten, war nicht tot, sondern lag im Sterben.

Es war auch keine rote Farbe, die ins Wasser tropfte, sondern Blut. Jemand hatte auf den Mann geschossen, und zwar vor ganz kurzer Zeit.

Er warf einen raschen Blick auf die Frau mit dem Revolver. Ihr Gesicht war immer noch ausdruckslos, ohne jede Gefühlsregung. Sie schien wie benommen.

Komisch, dachte Poirot. Hat sich durch diesen Schuß auch der Sturm ihrer Gefühle entladen? Fühlt sie sich nun leer und erschöpft? Es konnte durchaus möglich sein.

Dann musterte er wieder den verletzten Mann, und es gab ihm einen Ruck. Die Augen des Sterbenden standen offen. Sie waren von einem intensiven Blau. Ein Ausdruck lag in ihnen, den Poirot nicht deuten konnte, ihm schien es eine Art von gesteigerter Bewußtheit zu sein. Plötzlich hatte er den Eindruck, daß allein dieser Mann wirklich lebte. Er strahlte eine ungeheure Vitalität aus. Neben ihm waren die andern blasse Schattengestalten in einem fernen Drama.

John öffnete den Mund. Seine Stimme klang laut und drängend. »Henrietta...«, sagte er.

Dann schlossen sich seine Augen, der Kopf sank zur Seite.

Hercule Poirot kniete nieder, untersuchte John kurz und erhob sich wieder, wobei er sich automatisch den Staub von den Hosen klopfte. »Ja«, sagte er, »er ist tot.«

Das Bild belebte sich, lief auseinander, setzte sich neu zusammen. Jeder reagierte anders. Poirot hatte das Gefühl, nur noch aus Augen und Ohren zu bestehen, die alle Ereignisse aufnahmen, auch die unwichtigsten.

Er beobachtete, wie Lady Angkatell der Eierkorb zu entgleiten

drohte und Gudgeon herbeistürzte und ihn ihr rasch abnahm.
»Erlauben Sie, Mylady.«
Lady Angkatell reagierte völlig natürlich. »Danke, Gudgeon«, sagte sie automatisch. Und fügte zögernd hinzu: »Gerda...«
Die Frau mit dem Revolver bewegte sich und sah einen nach dem andern an. »John ist tot«, flüsterte sie. »John ist tot.« In ihrer Stimme lag unendliches Erstaunen.
Energisch trat die große, junge Frau mit dem leuchtendbraunen Haar auf sie zu. »Gib ihn mir, Gerda!« befahl sie. Und geschickt nahm sie Gerda die Waffe ab, ehe Poirot noch protestieren konnte.
Poirot trat hastig einen Schritt vor. »Das hätten Sie nicht tun sollen, Mademoiselle...«
Beim Klang seiner Stimme zuckte die junge Frau nervös zusammen. Der Revolver glitt ihr aus den Fingern. Da sie direkt am Schwimmbeckenrand stand, fiel er klatschend ins Wasser. Ihr Mund öffnete sich, sie stieß ein bestürztes »Oh« aus und sah dann Poirot entschuldigend an. »Wie dumm von mir«, sagte sie. »Es tut mir wirklich leid.«
Poirot schwieg einen Augenblick. Die klaren braunen Augen sahen ihn ruhig an, und er fragte sich, ob der Verdacht, den er einen Moment lang gehabt hatte, ungerechtfertigt gewesen war. »Es sollte so wenig wie möglich berührt oder verändert werden«, erklärte er dann rasch. »Alles muß so bleiben, bis die Polizei eintrifft.«
Eine schwache Bewegung wurde spürbar, nur ganz leicht, wie ein Hauch von Unbehagen. »Natürlich, ja, die Polizei...«, bemerkte Lady Angkatell angewidert.
»Ich fürchte, es ist unvermeidlich, Lucy«, erklärte der Mann im Sportanzug gelassen.
Das nachdenkliche Schweigen, das nun entstand, wurde unterbrochen von Stimmen und dem Geräusch von Schritten – schnelle Schritte und fröhliche Stimmen: Es waren Sir Henry und Midge, die vom Haus her kamen.
Beim Anblick der Gruppe am Pool blieb Sir Henry ruckartig stehen und rief erstaunt: »Was ist los? Was ist passiert?«
Lucy antwortete: »Gerda hat...« Sie schwieg abrupt und fügte dann zögernd hinzu: »Ich meine, John ist...«

»John ist erschossen worden«, erklärte Gerda. Es klang, als habe sie die Bedeutung der Worte gar nicht begriffen. »Er ist tot.«
Verlegen starrten alle zu Boden.
Schließlich sagte Lady Angkatell hastig: »Ich glaube, du gehst lieber hinein und legst dich hin, Gerda. Vielleicht ist es besser, wenn wir alle ins Haus zurückkehren? Henry, du und Monsieur Poirot – ihr könnt hierbleiben und auf die Polizei warten.«
»So ist es wohl am besten.« Sir Henry nickte. »Würden Sie, bitte, das Revier anrufen, Gudgeon? Berichten Sie einfach, was geschehen ist. Wenn die Polizei eintrifft, führen Sie sie sofort her.«
Gudgeon neigte seinen Kopf ein wenig und erwiderte: »Sehr wohl, Sir Henry.« Er war etwas blaß ums Kinn, doch ansonsten war er wieder der perfekte Butler.
»Komm, Gerda!« sagte die große, junge Frau, schob die Hand unter ihren Arm und zog sie energisch in Richtung Haus davon. Gerda ging mit wie eine Schlafwandlerin. Gudgeon trat etwas zurück, um die beiden vorbeizulassen, und folgte ihnen mit dem Eierkorb in der Hand.
Sir Henry sah seine Frau prüfend an. »Also, Lucy, was hat das alles zu bedeuten? Was genau ist passiert?«
Lady Angkatell breitete die Hände aus, eine anmutige, hilflose Geste, die, wie Poirot fand, auch charmant und flehend wirkte. »Ich weiß nicht viel, mein Lieber. Ich war drüben bei den Hühnern und hörte einen Schuß. Es klang sehr nahe, aber ich dachte mir nichts dabei!« Sie sah hilfesuchend in die Runde. »Das ist doch schließlich normal. Dann ging ich zum Pool, und da lag John, und Gerda hatte einen Revolver in der Hand. Im selben Augenblick erschienen Henrietta und Edward, von dort drüben.« Sie wies mit dem Kopf zum unteren Ende des Beckens, von wo zwei Wege in den Wald hineinführten.
Hercule Poirot räusperte sich. »Gestatten Sie mir eine Frage. Wer sind dieser John und diese Gerda?«
»Ja, natürlich.« Lady Angkatell wandte sich ihm zu und sagte entschuldigend. »Ich vergaß ganz... aber wenn gerade je-

mand ermordet wurde, denkt man nicht an Förmlichkeiten. Also John ist Arzt, John Christow, und Gerda ist seine Frau.«
»Und die Dame, die mit Mrs. Christow ins Haus ging?«
»Meine Kusine, Henrietta Savernake.«
Der Mann links von Poirot machte eine schwache Bewegung. *Henrietta* Savernake, dachte Poirot, es paßt ihm gar nicht, daß sie es gesagt hat, aber schließlich ist es unvermeidlich. Ich muß Bescheid wissen. Der Sterbende hatte ihren Namen genannt, mit einer seltsamen Betonung, die Poirot an irgend etwas erinnerte, an irgendein Ereignis – was war es nur gewesen? Egal, es würde ihm schon wieder einfallen.
Lady Angkatell sprach weiter, fest entschlossen, ihre Pflicht als gute Bürgerin zu tun. »Und dies ist Edward Angkatell, auch ein Verwandter von mir, ein Vetter. Und Miss Hardcastle.«
Poirot verbeugte sich höflich. Midge hätte am liebsten hysterisch gelacht. Es gelang ihr gerade noch, sich zu beherrschen.
»Und nun, meine Liebe«, sagte Sir Henry, »ist es wohl besser, wenn ihr ins Haus geht, wie du eben vorschlugst. Inzwischen unterhalte ich mich ein wenig mit Monsieur Poirot.«
Lady Angkatell musterte sie nachdenklich. »Ich hoffe nur, daß Gerda sich tatsächlich hingelegt hat. War es richtig, ihr das vorzuschlagen? Ich wußte einfach nicht, was ich sagen sollte. Ich meine, ich habe so etwas noch nie erlebt. Was sagt man denn zu einer Frau, die gerade ihren Mann umgebracht hat?« Sie sah aus, als erwarte sie auf ihre Frage eine genaue Antwort. Dann drehte sie sich um und ging aufs Haus zu. Midge folgte ihr. Edward bildete den Schluß. Poirot blieb mit seinem Gastgeber allein zurück.
Sir Henry räusperte sich etwas unsicher. »Christow«, bemerkte er schließlich, »Christow war ein sehr tüchtiger Bursche, wirklich äußerst fähig.«
Poirots Blick ruhte wieder auf dem Toten. Noch immer hatte er das komische Gefühl, daß er lebendiger war als die Lebenden. Er grübelte darüber nach, was der Grund dafür sein könnte.
»Ja, so eine Tragödie ist schrecklich«, sagte er höflich.
»Die Sache schlägt mehr in Ihr Fach als in meins«, bemerkte

Sir Henry. »Ich kann mich nicht erinnern, schon mal mit einem Mord in Berührung gekommen zu sein. Hoffentlich habe ich bis jetzt alles richtig gemacht?«
»Ihr Verhalten war durchaus korrekt. Sie haben die Polizei informiert, und bis sie eintrifft, können wir nichts mehr tun – außer... wir müssen dafür sorgen, daß die Lage des Toten nicht verändert oder mit Beweisen herumgespielt wird.«
Während der letzten Worte sah er in den Swimming-pool, auf dessen Zementboden der Revolver lag.
Vielleicht hatte man bereits einen Beweis vernichtet, ehe er, Poirot, es noch hatte verhindern können. Aber nein – es war ein Zufall gewesen.
»Finden Sie, daß wir hier herumstehen müssen?« fragte Sir Henry mißmutig. »Ein bißchen kühl. Ist doch kein Beinbruch, wenn wir uns in den Pavillon flüchten?«
Poirot, der kalte Füße hatte und leicht fröstelte, stimmte begeistert zu. Der Pavillon stand an der dem Haus abgewandten Seite des Swimming-pools. Durch die offene Tür hatten sie gute Sicht auf das Bassin, den Toten und den Weg zum Haus, den die Polizei entlangkommen mußte.
Das Gartenhäuschen war mit bequemen Sofas und bäuerlichen Teppichen sehr gemütlich eingerichtet. Auf einem schmiedeeisernen Tischchen stand ein Tablett mit Gläsern und einer Karaffe voll Sherry.
»Ich würde Ihnen gern einen Schluck anbieten«, sagte Sir Henry, »aber vermutlich darf ich nichts berühren, solange die Polizei noch nicht da ist, obwohl ich nicht glaube, daß sie hier etwas Wichtiges finden werden. Trotzdem – gehen wir lieber auf Nummer Sicher. Aha, Gudgeon hatte die Cocktails noch nicht gebracht. Er wollte Ihre Ankunft abwarten.«
Zögernd ließen sich die beiden in zwei Korbstühlen nahe der Tür nieder, so daß sie den Weg zum Haus im Auge behalten konnten. Ein beklemmendes Schweigen legte sich über sie. Es war nicht der Augenblick, um Konversation zu machen.
Poirot ließ seinen Blick durch den Raum wandern und notierte in Gedanken alle Punkte, die ihm auffielen. Über einer Stuhllehne hing unordentlich ein teures Weißfuchscape. Wem es wohl gehörte? Es war sehr auffallend und hätte zu keiner der

Personen, die er gerade kennengelernt hatte, gepaßt. Zum Beispiel konnte er sich nicht vorstellen, daß Lady Angkatell so etwas trug.
Es beschäftigte ihn. Der Pelz war eine Mischung aus üppiger Pracht und Angeberei – und beides paßte nicht hierher.
»Sicher dürfen wir rauchen«, sagte Sir Henry und bot Poirot sein Etui an. Ehe dieser eine Zigarette nahm, schnupperte er in der Luft. Französisches Parfüm – teures französisches Parfüm!
Es war nur noch ein Hauch, doch er roch es deutlich. Auch dieser Duft paßte zu keinem Bewohner des »Eulenhauses«.
Während er sich vorbeugte, um seine Zigarette an Sir Henrys Feuerzeug anzuzünden, fiel Poirots Blick auf ein Häufchen Streichholzschachteln – sechs Stück. Die Schachteln lagen auf einem kleinen Tisch neben einem Sofa. Poirot fand das höchst seltsam.

12

»Halb drei!« sagte Lady Angkatell. Sie saß mit Midge und Edward im Wohnzimmer. Durch die geschlossene Tür zu Sir Henrys Arbeitszimmer drang Stimmengemurmel: Hercule Poirot, Sir Henry und Inspektor Grange besprachen die Lage. Lady Angkatell seufzte. »Ich finde einfach, daß wir wegen des Mittagessens etwas unternehmen sollten, Midge. Natürlich wirkt es ziemlich herzlos, wenn wir uns zu Tisch setzen, als sei nichts passiert. Aber schließlich habe ich Monsieur Poirot zum Essen eingeladen. Er wird Hunger haben. Und für ihn ist es nicht so schlimm wie für uns, daß der arme John Christow getötet wurde. Ich habe zwar keinen besonderen Appetit, doch Henry und Edward müssen einen Bärenhunger haben, nachdem sie den ganzen Vormittag draußen waren.«
»Mach dir wegen mir keine Sorgen, Lucy«, sagte Edward.
»Du bist immer so rücksichtsvoll, Edward. Außerdem ist auch noch David da. Mir fiel auf, daß er gestern abend Riesenmengen verschlungen hat. Wo steckt er eigentlich?«

»Er ist auf sein Zimmer gegangen«, sagte Midge, »nachdem er gehört hatte, was passiert war.«

»Hm, ziemlich taktvoll von ihm. Sicherlich war ihm die ganze Sache peinlich. Ihr könnt sagen, was ihr wollt, aber ich finde, ein Mord ist wirklich eine unangenehme Geschichte. Das Personal regt sich auf, der Tagesablauf gerät durcheinander. Zum Mittagessen hätte es Ente geben sollen. Glücklicherweise schmeckt die auch kalt. Was machen wir mit Gerda? Schicken wir ihr ein Tablett hinauf? Vielleicht ein bißchen kräftige Brühe?«

Wirklich, dachte Midge, Lucy ist ein Unmensch. Und dann überlegte sie mit schlechtem Gewissen, daß es vielleicht gerade das Allzumenschliche an Lucy war, was einen so schockierte. Jede Katastrophe wurde begleitet von einer Menge unbedeutender und trivialer Vermutungen und Überlegungen, das war doch eine Binsenweisheit. Lucy sprach nur aus, wozu die meisten Leute nicht den Mut gehabt hätten. Man mußte tatsächlich ans Personal denken, sich übers Essen Gedanken machen, man hatte Hunger. Sie selbst hatte auch Appetit. Sie fühlte sich hungrig und elend zugleich. Eine seltsame Mischung.

Und es war zweifellos peinlich, daß man nicht wußte, wie man sich der ruhigen, durchschnittlichen Frau gegenüber verhalten sollte, die man noch gestern »arme Gerda« genannt hatte und die vermutlich in Kürze des Mordes angeklagt werden würde.

So was passiert doch nur anderen Leuten, dachte Midge. Aber nicht *uns*! Sie sah zu Edward rüber. Jedenfalls dürften Menschen wie Edward nicht in solche Dinge verwickelt werden, überlegte sie. Er war so verletzlich. Es tröstete sie, ihn zu betrachten. Er wirkte so ruhig, so vernünftig und freundlich.

Gudgeon trat ein, verneigte sich vertraulich und sagte mit geziemend gedämpfter Stimme: »Ich habe Platten mit Sandwiches und Kaffee ins Eßzimmer bringen lassen, Mylady.«

»Ach, vielen Dank, Gudgeon!« Nachdem der Butler das Zimmer verlassen hatte, meinte sie: »Ist er nicht großartig? Ich wüßte gar nicht, was ich ohne ihn anfangen sollte. Er weiß immer genau, was richtig ist. Ein Paar herzhafte Sandwiches

sind genauso gut wie ein richtiges Mittagessen. Und rücksichtslos ist es auch nicht – ihr wißt schon, was ich meine.«
»Lucy, bitte!« Midge merkte plötzlich, daß ihr die Tränen über die Wangen liefen.
Lady Angkatell war überrascht. »Armes Kind«, murmelte sie. »Es war alles zuviel für dich!«
Edward ging zum Sofa und setzte sich neben Midge. Er legte ihr den Arm um die Schultern. »Quäl dich nicht so, Midge!« sagte er.
Midge vergrub das Gesicht an seiner Brust und schluchzte, schon etwas getröstet. Ihr fiel wieder ein, wie nett Edward einmal in »Ainswick« gewesen war, als ihr Kaninchen in den Osterferien starb.
»Sie hat einen Schock!« sagte Edward mitfühlend. »Sollte ich ihr nicht einen Brandy holen, Lucy?«
»Er steht auf der Anrichte im Eßzimmer. Ich glaube nicht –«
Henrietta trat ein, und Lucy schwieg. Midge richtete sich auf. Sie spürte, wie Edward sich steif machte.
Wie es wohl Henrietta aufnimmt, überlegte Midge. Am liebsten hätte sie ihre Kusine nicht angeschaut, doch es gab gar nichts zu sehen. Falls Henrietta überhaupt eine Reaktion zeigte, so wirkte sie eher kämpferisch. Sie war mit einer gewissen Heftigkeit eingetreten, das Kinn vorgestreckt, die Wangen gerötet.
»Ah, da bist du ja, Henrietta!« rief Lady Angkatell. »Ich habe mich schon gefragt, wo du steckst. Henry und Monsieur Poirot sprechen mit der Polizei. Was hast du Gerda gegeben? Brandy? Oder Tee und ein Aspirin?«
»Brandy und eine Wärmflasche.«
»Sehr gut.« Lady Angkatell nickte erfreut. »Das erzählen sie einem im Erste-Hilfe-Kurs auch immer, daß eine Wärmflasche die beste Schockbehandlung sei – und nicht ein Brandy. Neuerdings ist man gegen Reizmittel. Aber das ist wohl nur eine Mode. Wir kriegten immer Brandy, damals in ›Ainswick‹, als ich noch ein junges Mädchen war. Obwohl ich eigentlich nicht glaube, daß es bei Gerda ein Schock ist. Ich weiß auch nicht, was man fühlt, wenn man seinen Mann umbringt – das kann man sich unmöglich vorstellen –, aber einen Schock

kriegt man wohl nicht. Ich meine, weil doch jedes Überraschungsmoment fehlt.«
Da fragte Henrietta mit eisiger Stimme in die friedliche Stille hinein: »Warum seid ihr eigentlich so sicher, daß Gerda John getötet hat?«
Niemand sagte etwas. Midge merkte, wie sich die Atmosphäre im Raum seltsam veränderte, Verwirrung, Spannung und auch eine leise Wachsamkeit waren plötzlich spürbar.
»Es schien – es schien so selbstverständlich zu sein«, meinte Lady Angkatell schließlich ruhig. »Was schlägst du vor?«
»Wäre es nicht denkbar, daß Gerda John am Pool liegend fand und gerade den Revolver aufgehoben hatte, als wir andern auf der Szene erschienen?«
Wieder schwiegen alle. Erst nach einer Weile fragte Lady Angkatell: »Hat Gerda das gesagt?«
»Ja.« Es klang wie ein Pistolenschuß.
Lady Angkatell runzelte die Stirn und bemerkte dann übergangslos: »Im Eßzimmer steht etwas zu essen: Sandwiches und Kaffee.« Dann stieß sie einen leisen, keuchenden Laut aus und sagte nichts mehr. Gerda Christow war in der offenen Tür erschienen.
»Ich – ich konnte nicht länger liegenbleiben«, erklärte sie entschuldigend. »Ich bin so schrecklich ruhelos.«
»Sie müssen sich sofort hinsetzen – *sofort*!« rief Lady Angkatell. Sie verscheuchte Midge, schob Gerda auf das Sofa und steckte ihr noch ein Kissen in den Rücken. »Sie Ärmste!« fügte sie hinzu. Die Worte klangen mitfühlend, und doch schienen sie nichts zu besagen.
Edward trat an eines der Fenster und blickte in den Park hinaus.
Gerda schob sich das wirre Haar aus der Stirn. »Ich – ich fange erst allmählich an zu begreifen«, begann sie ängstlich. »Wissen Sie, ich fühle nichts, ich fasse immer noch nicht, daß es Wirklichkeit ist... daß John – nicht mehr lebt.« Sie fing an zu zittern. »Wer hat ihn umgebracht? Wer konnte so etwas tun?«
Lady Angkatell holte tief Luft – dann wandte sie ruckartig den Kopf. Die Tür zu Sir Henrys Arbeitszimmer hatte sich geöffnet. Sir Henry trat in Begleitung von Inspektor Grange heraus.

Inspektor Grange war ein großer, schwerer Mann mit einem pessimistisch herabhängenden Schnurrbart. »Meine Frau«, stellte Sir Henry vor. »Inspektor Grange.«
Der Polizeibeamte verbeugte sich. »Wenn Sie erlauben, Lady Angkatell, würde ich gern ein paar Worte mit Mrs. Christow –« Als Lady Angkatell wortlos auf die Gestalt auf dem Sofa deutete, schwieg er kurz und fragte dann: »Mrs. Christow?«
»Ja, ich bin Mrs. Christow«, sagte Gerda eifrig.
»Ich möchte Sie nicht beunruhigen, Mrs. Christow, aber ich würde mich gern kurz mit Ihnen unterhalten. Natürlich kann Ihr Rechtsanwalt zugegen sein, wenn Sie dies vorziehen.«
»Es wäre vielleicht klüger, Gerda...«, warf Sir Henry ein.
»Einen Anwalt?« fragte Gerda. »Warum? Was kann ein Anwalt über Johns Tod wissen?«
Inspektor Grange hüstelte. Sir Henry schien etwas sagen zu wollen. Da mischte sich Henrietta ein. »Der Inspektor möchte nur wissen, was passiert ist, Gerda.«
Gerda sah Grange voll an. »Es ist wie in einem bösen Traum – ich fasse es nicht. Ich – ich kann nicht einmal weinen. Man spürt einfach überhaupt nichts.«
»Das ist der Schock«, sagte Grange besänftigend.
»Ja, ja, wahrscheinlich. Es geschah alles so schnell. Ich kam vom Haus und ging den Weg zum Swimming-pool entlang...«
»Um wieviel Uhr, Mrs. Christow?«
»Kurz vor eins – etwa ein oder zwei Minuten vor ein Uhr. Ich weiß es so genau, weil ich vorher auf die Kaminuhr dort sah. Und am Pool lag John. Er lag da, und Blut tropfte ins Wasser.«
»Hörten Sie einen Schuß, Mrs. Christow?«
»Ja – nein – ich weiß nicht. Ich wußte ja, daß Sir Henry und Mr. Angkatell Schießübungen machten. Ich – ich sah nur John –«
»Ja, Mrs. Christow?«
»John – und das Blut – und einen Revolver. Ich hob ihn auf –«
»Warum?«
»Wie bitte?«
»Warum hoben Sie die Waffe auf, Mrs. Christow?«
»Ich – ich weiß es nicht.«
»Sie hätten ihn nicht berühren dürfen, wissen Sie.«

»Ach?« Gerda schien den Sinn seiner Worte nicht zu verstehen. »Aber ich habe ihn aufgehoben. Ich hielt ihn in der Hand.« Sie blickte auf ihre Hände hinunter, als sähe sie wieder, wie sie den Revolver hielt. Plötzlich hob sie den Kopf und fragte scharf: »Wer könnte John getötet haben? Wer hätte ihn umbringen wollen? Er war – er war der beste Mensch, den ich kenne. So gütig, so selbstlos – er dachte immer nur an die andern. Die Leute liebten ihn, Inspektor. Er war ein großartiger Arzt! Der liebevollste Ehemann. Es muß ein Unfall gewesen sein – es muß!« Sie streckte eine Hand aus. »Fragen Sie jeden hier, Inspektor! Niemand würde John etwas zuleide getan haben, nicht wahr?« Sie sah flehend in die Runde.
Inspektor Grange klappte das Notizbuch zu. »Vielen Dank, Mrs. Christow«, sagte er ausdruckslos. »Das wäre im Augenblick alles.«

Hercule Poirot und Inspektor Grange gingen durch die Kastanienbäume zum Swimming-pool. Der Mensch, der John Christow gewesen war und jetzt als »die Leiche« bezeichnet wurde, war fotografiert und vom Polizeiarzt untersucht worden. Die Spurensicherung hatte ihre Arbeit getan. Der Tote war ins Leichenschauhaus gebracht worden. Der Swimming-pool wirkte seltsam unschuldig, fand Poirot. Alle Ereignisse hatten etwas irgendwie Ungreifbares an sich. Nur John Christow – er war höchst real. Selbst im Tod hatte er noch zielstrebig und sachlich gewirkt. Und der Swimming-pool hatte eine andere Bedeutung bekommen – er war jetzt der Ort, wo John Christows Leiche gelegen hatte und sein Blut über den Beton in das künstlich blau wirkende Wasser getropft war.
Künstlich – einen Augenblick blieben Poirots Gedanken bei dem Wort hängen. Ja, die ganze Sache hatte etwas Gekünsteltes, als ob...
Ein Mann in Badehose trat auf den Inspektor zu. »Hier ist der Revolver, Sir«, sagte er.
Zögernd nahm ihm Grange die tropfende Waffe ab. »Keine Hoffnung auf Fingerabdrücke«, stellte er fest. »Was für ein

Glück, daß es in diesem Fall keine Rolle spielt. Mrs. Christow hielt also bei Ihrer Ankunft den Revolver in der Hand, Monsieur Poirot?«
»Ja.«
»Als nächstes muß die Herkunft des Revolvers geklärt werden«, sagte Grange. »Da dürfte uns Sir Henry helfen können. Vermutlich hat sie ihn aus seinem Arbeitszimmer geholt.« Er musterte erneut den Schauplatz. »Wiederholen wir die Einzelheiten noch einmal, damit alles ganz klar ist. Der Weg hinter dem Becken führt zum Wirtschaftshof. Von dort kam Lady Angkatell. Die beiden andern, Edward Angkatell und Miss Savernake, tauchten oben aus dem Wald auf, doch sie erschienen nicht zusammen. Edward Angkatell ging den linken Pfad entlang, Miss Savernake den rechten dort, der sich zu den Blumenbeeten über dem Haus hinaufschlängelt. Als Sie eintrafen, standen die beiden auf der entfernteren Seite des Schwimmbeckens?«
»Ja.«
»Und dieser Weg hier, der neben dem Pavillon einmündet, führt zur Podder's Lane. Gehen wir auf dem mal ein Stück.«
Während sie dahinschlenderten, sprach Grange weiter, ohne jede Erregung, sachlich und ziemlich pessimistisch. »Solche Mordfälle schmecken mir gar nicht. Letztes Jahr hatte ich auch so einen Fall – unten bei Ashridge: pensionierter Offizier mit glänzender Karriere. Seine Frau war der nette, altmodische Typ, fünfundsechzig, graues Haar – schönes, gewelltes Haar. Sie arbeitete viel im Garten. Eines Tages marschierte sie in sein Zimmer hinauf, holte seine Dienstwaffe und erschoß ihn im Garten. Einfach so! Natürlich steckte eine Menge dahinter, was ich erst ausgraben mußte. Manchmal erfinden sie auch eine verrückte Geschichte mit einem Landstreicher. Wir tun so, als würden wir es glauben, lassen die Leute in Ruhe und ermitteln weiter. Schließlich sind wir nicht von gestern!«
»Soll das heißen, daß Sie Mrs. Christow für die Mörderin halten?« fragte Poirot.
Grange musterte ihn erstaunt. »Sie etwa nicht?«
»Es könnte auch so gewesen sein, wie sie es schilderte«, erwiderte Poirot zögernd.

Inspektor Grange zuckte die Achseln. »Es *könnte* – ja. Aber ihre Version ist etwas mager. Und die andern denken alle, daß sie ihn tötete! Die wissen etwas!« Er sah seinen Begleiter neugierig an. »Im ersten Moment nahmen Sie es doch auch an, nicht wahr?«

Poirot schloß halb die Augen. Er ging hinter Gudgeon her... der Butler trat zur Seite... Gerda Christow stand über ihren Mann gebeugt da, den Revolver in der Hand. Auf ihrem Gesicht jener leere Ausdruck... Ja, Grange hatte recht, er hatte es tatsächlich geglaubt. Oder zumindest hatte er gedacht, daß die Szene diesen Eindruck auf ihn machen sollte. Ja, überlegte Poirot, doch das ist nicht dasselbe: eine gestellte Szene, die täuschen *sollte!*

Hatte Gerda Christow wie eine Frau ausgesehen, die gerade ihren Mann erschossen hatte? War Inspektor Granges Frage so gemeint gewesen?

Und zu seiner Verblüffung stellte Hercule Poirot plötzlich fest, daß er trotz seiner langen Erfahrung auf dem Gebiet des Verbrechens noch nie einer Frau begegnet war, die gerade ihren Mann ermordet hatte. Wie sah eine Frau in einem solchen Augenblick aus – triumphierend, entsetzt, zufrieden, benommen, ungläubig, leer? Irgend so etwas jedenfalls.

Inspektor Grange hatte inzwischen weitergesprochen. Poirot fing nur noch die beiden letzten Sätze auf.

»... wenn man alle Hintergrundinformationen zusammen hat. Gewöhnlich erfährt man eine Menge vom Personal.«

»Mrs. Christow fährt nach London zurück?«

»Ja. Sie hat zwei Kinder. Deshalb muß ich sie ziehen lassen. Natürlich behalten wir ein wachsames Auge auf sie, doch sie wird es nicht merken. Sie denkt, daß wir ihr ihre Geschichte abnehmen. Sie macht auf mich den Eindruck einer nicht besonders intelligenten Frau...«

Ob Gerda Christow wußte, wie die Polizei über sie dachte, überlegte Poirot. Oder die Angkatells. Sie hatte eher gewirkt wie jemand, der überhaupt nichts begriff, wie eine Frau, die nicht sehr schnell reagierte. Die durch den Tod ihres Mannes völlig gebrochen war.

Inzwischen hatten sie die Straße erreicht. Als Poirot vor

seinem Gartentor stehen blieb, fragte Grange: »Hier wohnen Sie? Hübsch und gemütlich. Na, dann auf Wiedersehen, Monsieur Poirot! Vielen Dank für Ihre Hilfe. Ich komm' mal vorbei und berichte über die weiteren Ermittlungen.« Sein Blick wanderte die Straße entlang. »Wer ist Ihr Nachbar? Doch nicht etwa die bekannte Filmschauspielerin, die in unsere Gegend gezogen sein soll?«
»Miss Veronika Cray. Soviel ich weiß, kommt sie nur am Wochenende.«
»Ja, natürlich. ›Dovecotes‹! Ich mochte sie in *Der Tigerritt*, allerdings finde ich sie ein bißchen zu hochgestochen. Hedy Lamarr ist mir zehnmal lieber.« Er nickte Poirot zu. »Na, ich muß weiter. Bis dann, Monsieur Poirot!«

»Erkennen Sie die Waffe, Sir Henry?« Inspektor Grange legte den Revolver vor Sir Henry auf die Schreibtischplatte und sah ihn erwartungsvoll an.
»Darf ich ihn berühren?« Sir Henry streckte zögernd die Hand aus.
Grange nickte. »Er lag im Pool. Damit sind alle Fingerabdrücke zerstört, falls es überhaupt welche gab. Ein Jammer – wenn ich mich mal so ausdrücken darf –, daß er Miss Savernake entglitt.«
»Ja, aber es war für uns alle ein schlimmer Augenblick. Frauen reagieren dann sehr aufgeregt und – hm – lassen alles fallen.«
Wieder nickte Grange. »Miss Savernake scheint mir eigentlich eine patente junge Dame zu sein.« Grange hatte die Worte ohne jede Bedeutsamkeit gesprochen, trotzdem schien ein gewisser Unterton mitzuschwingen, der Sir Henry aufblicken ließ. »Also, erkennen Sie ihn, Sir?« fragte Grange.
Sir Henry nahm die Waffe und untersuchte sie genau. Dann verglich er die Nummer mit einer Zahlenliste in einem kleinen, in Leder gebundenen Notizbuch. Nachdem er das Buch mit einem Seufzer geschlossen hatte, sagte er: »Ja, Inspektor, er stammt aus meiner Sammlung.«
»Wann sahen Sie die Waffe zum letztenmal?«
»Gestern nachmittag. Wir veranstalteten im Garten ein Schei-

benschießen, und dabei wurde auch dieser Revolver hier benützt.«
»Wer waren die Schützen?«
»Ich glaube, jeder schoß mindestens einmal damit.«
»Auch Mrs. Christow?«
»Auch Mrs. Christow.«
»Und danach?«
»Ich legte den Revolver an seinen üblichen Platz – hier.« Er zog eine große Schublade auf. Sie war halb voll mit Feuerwaffen.
»Sie besitzen eine stattliche Sammlung, Sir Henry.«
»Es ist seit vielen Jahren ein Hobby von mir.«
Nachdenklich ruhte Inspektor Granges Blick auf dem ehemaligen Gouverneur der Hollowene-Inseln. Ein gutaussehender, vornehmer Mann, der Typ Mann, unter dem er gern arbeiten würde, viel lieber als unter seinem eigenen Polizeichef. Inspektor Grange hielt nicht viel vom obersten Polizeibeamten von Wealdshire – ein Snob, pedantisch und autoritär. Er zwang sich, wieder an seine Arbeit zu denken.
»Als Sie den Revolver weglegten, war er natürlich nicht geladen, Sir Henry?«
»Natürlich nicht.«
»Und wo bewahren Sie die Patronen auf?«
»Hier.« Sir Henry nahm einen Schlüssel aus einem Kästchen und schloß die unterste Schublade des Schreibtischs auf.
Wie einfach, dachte Grange. Die Christow hatte beobachtet, wo er den Schlüssel aufbewahrte. Sie brauchte nur hereinzuspazieren und sich zu bedienen. Eifersucht, überlegte er, konnte eine Frau bis zum Äußersten treiben. Er wettete zehn zu eins, daß das der Grund war. Die Geschichte würde sich schnell genug klären, wenn er hier mit den Routine-Ermittlungen fertig war und sich um die Praxis in der Harley Street kümmerte. Aber alles der Reihe nach, wie es sich gehörte.
Er erhob sich und sagte: »Vielen Dank, Sir Henry. Wegen der gerichtlichen Voruntersuchung gebe ich Ihnen noch Bescheid.«

13

Die kalte Ente gab es zum Abendessen, als Nachtisch Karamelpudding. Lady Angkatell meinte, daß dies für Mrs. Medways Feingefühl spräche.
»Sie weiß, daß wir Karamelpudding nicht besonders mögen. Aber so kurz nach dem Tod von einem Freund des Hauses ein beliebtes Dessert zu servieren, fände sie ungehörig. Karamelpudding ist so etwas Einfaches und Glattes, wenn ihr versteht, was ich meine – man läßt immer ein wenig auf dem Teller zurück.«
Sie seufzte und sagte, hoffentlich sei es richtig gewesen, Gerda nach London zurückfahren zu lassen. »Von Henry war es durchaus korrekt, sie zu begleiten.« Sir Henry hatte darauf bestanden, Gerda in die Harley Street zu fahren. »Natürlich muß sie zur gerichtlichen Vorverhandlung wieder herkommen«, fuhr Lady Angkatell fort und schluckte nachdenklich einen Löffel Karamelpudding hinunter. »Verständlich, daß sie es den Kindern selbst beibringen wollte. Sie hätten es in der Zeitung lesen können, und dann ist nur eine Französin im Haus! Man weiß, wie leicht erregbar Französinnen sind – vielleicht kriegt sie gleich eine *crise de nerfs*. Henry wird das schon machen, und ich bin überzeugt, auch Gerda wird es schaffen. Vermutlich bittet sie Verwandte – vielleicht hat die Schwestern. Sie ist der Typ dafür. Ich könnte mir vorstellen, daß sie drei oder vier hat, die in Tunbridge Wells leben...«
»Was für erstaunliche Dinge du sagst, Lucy«, meinte Midge.
»Na, vielleicht auch in Torquay – nein, dort nicht, dann wären sie mindestens fünfundsechzig. Eastbourne paßt auch, oder St. Leonards.« Lady Angkatell betrachtete den letzten Löffel Karamelpudding und legte ihn dann, gleichsam als Zeichen der Trauer, auf den Teller zurück.
David, der nur Saures und scharf Gewürztes mochte, starrte düster auf seinen leeren Teller.
Lady Angkatell erhob sich. »Ich glaube, wir möchten heute alle früh schlafen gehen. Es ist so viel passiert, nicht wahr? Wenn man solche Dinge nur aus der Zeitung kennt, weiß man gar nicht, wie sehr sie einen mitnehmen. Ich habe das Gefühl, als

hätte ich einen Fünfzehnmeilenmarsch hinter mir. Dabei bin ich nur herumgesessen, aber auch das macht müde, weil man keine Lust hat, ein Buch oder eine Zeitung zu lesen. Das sieht so herzlos aus. Obwohl ich mir denken könnte, daß der Leitartikel im *Observer* passend gewesen wäre – aber nicht die *News of the World*. Bist du nicht auch meiner Meinung, David? Ich weiß immer gern, was die Jugend denkt. Sonst verliert man den Kontakt.«

David erwiderte brummig, daß er die *News of the World* nie lese.

»Ich immer«, erklärte Lady Angkatell. »Wir tun, als kauften wir sie fürs Personal, aber Gudgeon ist sehr verständnisvoll und nimmt sie immer erst nach dem Tee mit. Eine äußerst interessante Zeitung, ständig steht was über Frauen drin, die den Kopf in den Gasofen stecken – scheinen unglaublich viele zu sein.«

»Was werden sie tun, wenn es in den Wohnungen nur noch Elektrizität gibt?« fragte Edward mit einem schwachen Lächeln.

»Vermutlich sind sie dann gezwungen, das Beste aus ihrer Situation zu machen – was auch viel vernünftiger ist.«

»Ich bin nicht deiner Ansicht«, erklärte David, »ich meine, was die Elektrifizierung betrifft. Die Gemeinden könnten Fernheizungen installieren, die von einem zentralen Punkt aus versorgt werden. Jedes Haus der Arbeiterklasse sollte so arbeitssparend wie möglich gebaut sein.«

Edward Angkatell erwiderte hastig, daß er in diesen Fragen nicht sehr beschlagen sei, und David verzog verächtlich den Mund.

Gudgeon brachte auf einem Tablett den Kaffee herein. Er bewegte sich etwas langsamer als sonst, um seine Trauer anzudeuten.

»Ach, übrigens, Gudgeon – wegen der Eier«, sagte Lady Angkatell. »Ich wollte noch mit Bleistift das Datum draufschreiben, wie immer. Würden Sie Mrs. Medway bitten, daß sie dafür sorgt.«

»Sie werden feststellen, Mylady, daß alles zu Ihrer Zufriedenheit erledigt wurde«, antwortete Gudgeon und räusperte sich. »Ich habe mich persönlich darum gekümmert.«

»Vielen Dank, Gudgeon.« Als Gudgeon gegangen war, meinte

sie: »Er ist wirklich großartig. Überhaupt hält sich das Personal hervorragend. Dabei können sie einem leid tun, überall Polizei – wie schrecklich für die Leute. Ach, übrigens, sind noch welche da?«
»Meinst du Polizisten?« fragte Midge.
»Ja. Wird üblicherweise nicht ein Wachtposten in der Halle zurückgelassen? Oder vielleicht beobachtet er die Haustür von den Büschen aus.«
»Warum sollte er die Haustür beobachten?«
»Keine Ahnung. In Büchern kommt so was immer vor. Und dann wird in der nächsten Nacht noch jemand ermordet.«
»Lucy, ich bitte dich!« rief Midge.
Lady Angkatell sah sie forschend an. »Entschuldige, meine Liebe, wie dumm von mir. Natürlich wird niemand mehr umgebracht. Gerda ist nach Hause gefahren – ich meine – ach, Henrietta, tut mir leid. Das ist mir nur so herausgerutscht.«
Henrietta antwortete nicht. Sie stand an dem runden Tisch und starrte auf die Zahlen des Bridgeblocks hinunter, die sie am vergangenen Abend geschrieben hatte. Schließlich raffte sie sich auf und fragte: »Entschuldige, Lucy, was hast du gesagt?«
»Ich würde gern wissen, ob Polizei hiergelassen wurde.«
»Wie Reste beim Ausverkauf? Ich glaube nicht. Sie müssen alle wieder in ihre Dienststelle zurück und unsere Aussagen in die Polizeisprache übersetzen.«
»Was siehst du dir an, Henrietta?«
»Nichts.« Henrietta ging zum Kamin. »Was wohl Veronika Cray heute macht?« fragte sie.
Ein entsetzter Ausdruck erschien auf Lady Angkatells Gesicht. »Du glaubst doch nicht, daß sie wieder herkommt? Inzwischen dürfte sie es ja wohl erfahren haben.«
»Ja«, antwortete Henrietta nachdenklich. »Vermutlich.«
»Da fällt mir etwas ein«, sagte Lady Angkatell. »Ich muß die Careys anrufen. Sie können morgen nicht zum Essen kommen, als wäre nichts passiert.« Sie verließ das Zimmer.
David, der seine Verwandten nach wie vor unerträglich fand, murmelte, daß er etwas in der *Encyclopaedia Britannica* nach-

schlagen wolle. Er hoffte, in der Bibliothek seine Ruhe zu haben.

Henrietta ging zur Terrassentür, öffnete sie und trat hinaus. Nach einem kurzen Zögern folgte Edward ihr.

Henrietta stand draußen und blickte zum Himmel empor.

»Nicht so warm wie gestern abend, nicht wahr?«

»Nein, richtig kühl«, antwortete Edward freundlich.

Henrietta wandte sich um und betrachtete das Haus. Ihr Blick glitt über die Fenster, dann sah sie zum Wald hinüber. Edward erschien ihr Benehmen ziemlich rätselhaft. Er wies auf die offene Tür. »Gehen wir lieber rein. Es ist so kalt.«

Henrietta schüttelte den Kopf. »Ich mache einen Spaziergang – zum Swimming-pool.«

»Ach, meine Liebe, dann begleite ich dich.« Er trat rasch einen Schritt auf sie zu.

»Nein, vielen Dank, Edward.« Ihre Stimme klang hart durch die kalte Luft. »Ich möchte mit meinem Toten allein sein.«

»Henrietta! Ich habe nichts gesagt, aber du weißt, wie leid es mir tut!«

»Leid? Daß John tot ist?« Ihre Stimme hatte immer noch jenen seltsamen klirrenden Unterton.

»Ich wollte damit sagen, daß ich mit dir fühle, Henrietta. Es muß für dich ein – ein großer Schock gewesen sein.«

»Schock? Ach, Edward, ich bin zäh. Ich kann einen Schock aushalten. War es für dich auch ein Schock? Was fühltest du, als du ihn so daliegen sahst! Vermutlich warst du froh. Du mochtest ihn nicht.«

»Er und ich – wir hatten nicht viel gemeinsam«, murmelte Edward.

»Wie hübsch du dich ausdrücken kannst. So reserviert und nobel. Nun, ihr hattet zumindest etwas gemeinsam – mich! Ihr mochtet mich beide, nicht wahr? Nur daß euch das nicht verband – ganz im Gegenteil!«

Der Mond schob sich hinter einer Wolke hervor, und Edward erschrak, als er plötzlich ihr Gesicht so deutlich erkennen konnte. Unbewußt hatte er Henrietta immer so gesehen, wie er sie von »Ainswick« her in Erinnerung hatte, ein lachendes junges Mädchen mit funkelnden, erwartungsvollen Augen.

Die Frau, die jetzt vor ihm stand, war eine Fremde. Ihre Augen schimmerten eisig, fast feindselig.
»Henrietta, Liebste, bitte, glaub mir!« sagte er ernst. »Ich fühlte mit dir – in – in deiner Trauer, bei deinem Verlust.«
»Ist es denn Trauer?« Die Frage beunruhigte ihn. Doch sie schien sie mehr sich selbst gestellt zu haben, nicht ihm. Leise sprach sie weiter: »So schnell – es kann so schnell gehen. Im einen Augenblick lebt man noch, atmet, und im nächsten – tot – weg – Leere. Diese Leere! Und wir andern, wir sitzen da und essen Karamelpudding und behaupten, daß wir leben. Und John, der lebendiger war als wir alle zusammen, ist tot. Ich denke das Wort immer wieder, weißt du, immer wieder: tot, tot, tot, tot! Und bald hat es keine Bedeutung mehr, überhaupt keine. Es ist bloß noch ein komisches kleines Wort, als bräche man einen dürren Ast ab – tot, tot, tot. Wie ein Tamtam im Dschungel: tot, tot, tot!«
»Um Gottes willen, hör auf, Henrietta, hör auf!«
Sie musterte ihn neugierig. »Du hast nicht gedacht, daß ich so empfinden würde? Was hast du erwartet? Daß ich dasitze und still in ein hübsches kleines Taschentuch schluchze, während du meine Hand hältst? Daß es natürlich ein großer Schock wäre, ich aber bald anfangen würde, mich mit den Tatsachen abzufinden? Und du würdest mich ganz lieb trösten, nicht wahr? Du bist wirklich lieb, Edward, wirklich, aber du bist auch so – so unzulänglich.«
Er straffte sich. Sein Gesicht wurde ausdruckslos. »Ja, das wußte ich schon immer«, sagte er trocken.
»Wie, glaubst du wohl, fühlt man sich, wenn man den ganzen Abend herumsitzt, und John ist tot, und allen Leuten ist es egal, außer mir und Gerda! Du bist froh, David ist verlegen, Midge bedrückt, und Lucy genießt es, daß sie endlich mal was erlebt, was sie sonst immer nur in der *News of the World* liest. Begreifst du nicht, was für ein entsetzlicher Alptraum das ist?«
Edward antwortete nicht. Er trat nur einen Schritt zurück, in den Schatten.
Henrietta starrte ihn an. »Alles erscheint mir so unwirklich!«

rief sie. »Kein Mensch ist real – außer John.«
»Ich weiß«, antwortete Edward rasch. »Ich war immer schon nicht ganz... von dieser Welt.«
»Ich bin gemein, Edward. Aber ich kann nicht anders. Ich finde es gemein, daß John tot ist, der immer so lebendig war.«
»Und daß ich noch lebe, der schon halb tot ist.«
»So meinte ich es nicht, Edward!«
»Ich glaube doch, Henrietta. Vielleicht hast du sogar recht.«
Henrietta beachtete seine Worte nicht. Sie kehrte zu einer früheren Überlegung zurück. »Aber es ist keine Trauer. Vielleicht bin ich dazu gar nicht fähig. Und dabei würde ich so gern um John trauern können.« Edward war entsetzt über ihre Worte. Und es erschreckte ihn noch mehr, als sie plötzlich in völlig sachlichem Ton hinzufügte. »Ich muß zum Pool.« Sie glitt zwischen den Bäumen davon.
Edward kehrte mit steifen Schritten ins Wohnzimmer zurück. Midge blickte auf und unterdrückte einen entsetzten Aufschrei. Edwards Gesicht war grau und eingefallen, wie blutleer. Er schien niemanden zu sehen. Fast automatisch ging er auf einen Stuhl zu und setzte sich. Nur um etwas zu sagen, bemerkte er: »Es ist kalt.«
»Frierst du, Edward? Sollen wir – soll ich Feuer machen?«
»Wie?«
Midge nahm eine Schachtel Streichhölzer vom Kamin, kniete nieder und zündete das vorbereitete Holz an. Verstohlen musterte sie ihn. Er schien sich ganz in sich selbst verkrochen zu haben. »Ein Feuer ist etwas Schönes«, sagte sie. »Es wärmt einen.« Wie verfroren er aussieht, dachte sie. Aber so kalt kann es draußen doch nicht sein. Es muß Henrietta gewesen sein! Was hat sie zu ihm gesagt! »Schieb deinen Stuhl näher, Edward. Komm zum Feuer«, sagte sie.
»Was?«
»Ach, es ist nichts. Ich sprach bloß vom Feuer!« sagte sie so laut und langsam, als sei er taub.
Und plötzlich, so plötzlich, daß ihr Herz vor Erleichterung einen Satz machte, war Edward, der alte Edward, wieder da.

Lächelnd fragte er: »Hast du was gesagt, Midge? Entschuldige, ich war mit meinen Gedanken woanders.«
»Ach, es war nicht weiter wichtig.«
Die Scheite knackten, und ein paar Tannenzapfen brannten mit heller Flamme. Edward betrachtete sie und meinte: »Ein schönes Feuer.« Er streckte die Beine aus und hielt die schmalen, langen Hände in die Wärme. Er spürte, wie seine Anspannung nachließ.
»In ›Ainswick‹ brannten immer Tannenzapfen«, sagte Midge. »Das ist auch heute noch so. Jeden Tag wird ein Korb voll neben den Rost gestellt.«
Edward in »Ainswick«. Midge schloß halb die Augen, um es sich vorzustellen. Wahrscheinlich saß er viel in der Bibliothek, dachte sie. Der Raum lag an der Westseite des Hauses. Vor dem einen Fenster stand ein großer Magnolienbaum, der nachmittags das Zimmer mit einem goldgrünen Licht erfüllte. Das andere Fenster gab den Blick frei auf den Rasen und eine große Wellingtonia, die dastand wie ein Wachtposten. Und rechts war die riesige Blutbuche.
Ach, »Ainswick«!
Sie roch förmlich den sanften Duft, der von der Magnolie ausging, die sogar im September noch ein paar große weiße Blüten haben konnte. Und die Tannenzapfen im Feuer! Ein schwach modriger Geruch würde dem Buch entströmen, das Edward las. Er würde im Lehnstuhl sitzen und manchmal einen Blick zum Feuer werfen und ab und zu an Henrietta denken. Midge kehrte in die Gegenwart zurück. »Wo ist Henrietta?« fragte sie.
»Sie wollte zum Swimming-pool.«
»Warum?«
Ihre kurze Frage erschreckte Edward ein wenig. »Meine liebe Midge, sicher weißt du – oder vermutest, daß sie Christow ganz gut kannte.«
»Ja, natürlich. Aber ich begreife nicht, warum sie zu dem Ort wallfahrtet, an dem er erschossen wurde. Das paßt nicht zu ihr. Sie ist alles andere als melodramatisch.«
»Kennt man denn den andern wirklich so genau? Henrietta, zum Beispiel?«

»Aber Edward«, sagte Midge und runzelte die Stirn. »Wir beide kennen Henrietta doch schon unser ganzes Leben lang.«
»Sie hat sich verändert.«
»Nicht wirklich. Ich glaube, man ändert sich im Grunde nie.«
»Henrietta schon.«
Midge musterte ihn neugierig. »Mehr als wir, du und ich?«
»Ach, ich bin stehengeblieben, das weiß ich sehr wohl. Und du –«
Seine Augen betrachteten sie plötzlich aufmerksamer, als sehe er sie ganz entfernt und müsse genauer hinschauen, um sie zu erkennen, das eckige Kinn, die dunklen Augen, den energischen Mund. »Ich wünschte, wir könnten uns öfters sehen, liebe Midge.«
Sie lächelte zu ihm hoch. »Ich weiß. Heutzutage ist es nicht einfach, in Verbindung zu bleiben.«
»Lucy hatte recht«, sagte er. »Es war wirklich ein anstrengender Tag – meine erste Erfahrung mit einem Mord. Ich werde jetzt auch zu Bett gehen. Gute Nacht.«
Er hatte das Zimmer schon verlassen, als Henrietta durch die Terrassentür eintrat. Midge sah sie an. »Was hast du mit Edward gemacht?«
»Wieso?« Henrietta schien zerstreut, als denke sie an etwas völlig anderes.
»Ja, mit Edward. Er sah schrecklich aus – ganz verfroren und grau.«
»Wenn du dich so für Edward interessierst, Midge, warum unternimmst du dann nichts?«
»Wieso unternehmen? Was soll das heißen?«
»Weiß ich auch nicht. Kletter auf einen Stuhl und schrei! Mach auf dich aufmerksam. Begreifst du nicht, daß das die einzige Methode ist, die bei Edward wirkt?«
»Er denkt doch nur an dich, Henrietta. Das war schon immer so.«
»Dann ist das sehr dumm von ihm.« Sie warf einen kurzen Blick auf Midges blasses Gesicht. »Ich habe dich verletzt. Entschuldige. Aber heute abend hasse ich Edward.«
»Edward hassen? Unmöglich!«
»Oh, doch! Du weißt eben nicht –«

»Was?«
»Er erinnert mich an so viele Dinge, die ich lieber vergessen würde«, antwortete Henrietta langsam.
»Was denn?«
»Nun, ›Ainswick‹, zum Beispiel.«
»›Ainswick‹? Du möchtest ›Ainswick‹ vergessen?« rief Midge ungläubig.
»Ja, ja, ja! Dort war ich glücklich. Und im Augenblick ertrage ich es nicht, an glückliche Zeiten erinnert zu werden. Verstehst du das denn nicht? An eine Zeit, als man von den kommenden Ereignissen noch keine Ahnung hatte, als man voll Vertrauen sagte, daß es ein herrliches Leben würde. Aber manche Leute sind klüger – sie erwarten gar nicht erst, glücklich zu werden. Ich gehörte nicht dazu.« Dann fügte sie heftig hinzu: »Ich will ›Ainswick‹ nie wiedersehen.«
»Wirklich?« meinte Midge nachdenklich.

14

Am Montag morgen erwachte Midge mit einem Ruck. Einen Augenblick lag sie nachdenklich da, und ihre Augen wanderten zur Tür, als erwarte sie fast, daß Lady Angkatell im Türrahmen auftauchen würde. Was hatte Lucy noch gesagt, als sie am ersten Morgen hereingekommen war?
Ein schwieriges Wochenende? Sie hatte befürchtet, daß etwas Unerfreuliches passieren könnte.
Ja, und es war wirklich etwas Unangenehmes geschehen. Midge hatte das Gefühl, als läge es wie eine dicke, dunkle Wolke auf ihrer Stirn. Irgendwie wollte sie sich nicht erinnern, es machte ihr angst. Edward hatte auch etwas damit zu tun. Dann kehrte die Erinnerung mit einem Schlag zurück – nur ein häßliches Wort: Mord.
Nein, dachte Midge, es kann nicht wahr sein. Ich habe geträumt. John Christow ermordet, erschossen, am Swimming-pool. Und das Blut tropft ins blaue Wasser – wie der Umschlag zu einem Kriminalroman – phantastisch, unwirk-

lich. Solche Dinge passierten einem doch nicht. Wenn sie jetzt doch nur in »Ainswick« wäre. Dort würde so etwas nie geschehen!

Die dunkle Wolke hob sich von ihrer Stirn und drückte jetzt schwer auf ihren Magen. Ihr war schrecklich elend zumute. Es war kein Traum. Es war wirklich passiert – ein Mord, wie aus der *News of the World!* Und sie und Edward und Lucy und Henry und Henrietta waren alle darin verwickelt.

Unfair, richtig unfair, denn wenn Gerda ihren Mann erschossen hatte, waren sie nicht betroffen.

Midge reckte unbehaglich die Schultern. Die stille, dumme, etwas rührende Gerda! Unmöglich, sie sich in einem Melodrama vorzustellen. Gewalt paßte nicht zu ihr. Gerda konnte niemanden erschießen – es war einfach unvorstellbar.

Wieder stieg dieses unbehagliche Gefühl in ihr hoch. Nein, nein, so durfte sie nicht denken. Denn wer sonst hätte John umbringen sollen? Gerda war mit dem Revolver in der Hand dagestanden. Und den Revolver hatte sie aus Henrys Arbeitszimmer geholt.

Gerda behauptete, sie habe den Revolver gedankenlos aufgehoben. Na ja, was hätte sie auch sonst sagen sollen. Irgend etwas mußte es ja erfinden, das arme Ding.

Gut und schön, daß Henrietta sie verteidigte und behauptete, Gerdas Geschichte könne durchaus wahr sein. Henrietta hatte wohl nicht bedacht, was das bedeutete.

Sie hatte sich gestern abend überhaupt sehr seltsam benommen. Aber das war natürlich der Schock über John Christows Tod gewesen. Die arme Henrietta. Sie hatte John so schrecklich gern gehabt. Doch sie würde mit der Zeit darüber hinwegkommen – wie man über alles hinwegkam. Und dann würde sie Edward heiraten und in »Ainswick« wohnen. Und Edward wäre endlich glücklich.

Henrietta hatte Edward immer geliebt. Nur John Christows dominierende Persönlichkeit hatte ihr den Blick verstellt. Im Vergleich zu ihm hatte Edward so – so blaß gewirkt.

Als Midge an jenem Morgen zum Frühstück herunterkam, fiel ihr auf, daß sich Edward verändert hatte. Ohne Johns beherrschende Gegenwart wirkte er selbstsicherer. Er war nicht

mehr so verschlossen. Er unterhielt sich freundlich mit dem mißmutigen David. »Du mußt öfter nach ›Ainswick‹ kommen, David. Du sollst dich dort wie zu Hause fühlen und es richtig kennenlernen.«
Während sich David Marmelade nahm, sagte er kühl: »Diese großen Kästen sind doch ein Witz. Man sollte sie abreißen.«
»Nicht, solange ich lebe«, erwiderte Edward lächelnd. »Meine Mieter sind ganz zufrieden.«
»Sollten sie aber nicht«, erklärte David. »Kein Mensch sollte zufrieden sein.«
»Wenn Affen mit ihrem Schwanz zufrieden wären –«, sagte Lady Angkatell von der Anrichte her, wo sie nachdenklich eine Schüssel mit gebratenen Nieren betrachtete. »Das stammt aus einem Gedicht, das ich im Kindergarten gelernt habe, ich erinnere mich nur nicht mehr, wie's weitergeht. Ich muß mich mal mit dir unterhalten, David, damit ich die neuesten Ansichten erfahre. Soviel ich begreife, sollte man alle Leute hassen, aber auch dafür sorgen, daß sie vom Arzt umsonst behandelt werden und eine gute Ausbildung bekommen – all die armen kleinen Dinger, die jeden Tag in die Schulen getrieben werden. Und die Babys müssen Lebertran schlukken, ob sie wollen oder nicht – ekelhaftes stinkendes Zeug.«
Lucy ist wie immer, dachte Midge. Und Gudgeon, den sie eben in der Halle getroffen hatte, schien auch ganz der alte zu sein. Im »Eulenhaus« ging offenbar alles wieder seinen normalen Gang. Gerda war abgereist, und die ganze Geschichte schien nur noch ein böser Traum zu sein.
Dann war draußen auf dem Kies ein Wagen zu hören. Es war Sir Henry, der die Nacht in seinem Club verbracht hatte und früh aus London abgefahren war.
»Nun, mein Lieber«, sagte Lucy. »Alles in Ordnung?«
»Ja. Eine Sprechstundenhilfe war da – tüchtige Person. Sie hat sich sofort um alles gekümmert. Offenbar existiert eine Schwester. Die Sprechstundenhilfe hat ihr sofort telegrafiert.«
»Wußte ich es doch!« sagte Lady Angkatell. »In Tunbridge Wells?«
»Ich glaube, Bexhill«, antwortete Sir Henry leicht verblüfft.
»Ach, wirklich?« Lucy überlegte. »Ja, das paßt.«

Gudgeon erschien. »Inspektor Grange rief an, Sir Henry«, meldete er. »Die Voruntersuchung ist auf Mittwoch, elf Uhr, anberaumt.«
Sir Henry nickte. Lady Angkatell sagte zu Midge: »Ruf lieber im Geschäft an!«
Midge ging langsam zum Telefon. Ihr Leben war bisher ziemlich normal und ereignislos verlaufen, und so wußte sie nicht recht, wie sie ihrer Arbeitgeberin erklären sollte, daß sie nach diesem verlängerten Wochenende nicht sofort ins Geschäft zurückkehren könne, da sie in einen Mordfall verwickelt sei. Es klang unglaubwürdig. Und Madame Alfrege etwas beizubringen, war schon unter normalen Umständen nicht einfach. Midge streckte ihr Kinn vor und griff entschlossen zum Hörer.
Das Gespräch verlief genauso unerfreulich, wie sie es sich vorgestellt hatte. Die rauhe Stimme der bissigen kleinen Geschäftsfrau klang sehr ärgerlich.
»Was soll das heißen, Miss Hardcastle? Jemand ist gestorben? Eine Beerdigung? Sie wissen doch, wieviel wir zu tun haben! Bilden Sie sich ein, daß ich Ihnen diese Entschuldigung abnehme? Ja, ja, Sie machen sich einfach ein schönes Leben.«
Midge unterbrach sie energisch und erklärte ihr die Sache.
»Die Polizei? Sie sagen, die Polizei ist da?« Madame Alfrege schrie fast. »Sie haben mit der Polizei zu tun?«
Midge biß im Geist die Zähne zusammen und erklärte es ihr noch einmal. Seltsam, wie durch das Benehmen der Frau am anderen Ende der Leitung die Ereignisse etwas Häßliches bekamen. Ein gewöhnlicher Mordfall, in dem die Polizei ermittelte. Was für magische Verwandlungskräfte Menschen doch besaßen.
Edward öffnete die Tür und trat ein. Als er sah, daß Midge telefonierte, wollte er wieder hinausgehen. Aber Midge hielt ihn zurück. »Bitte, bleib, Edward! Bitte!« Seine Gegenwart verlieh ihr Kraft – ein Gegenmittel gegen das Gift. Sie nahm die Hand von der Sprechmuschel, die sie einen Augenblick abgedeckt hatte. »Wie bitte? Ja, es tut mir leid, Madame. Aber ich kann nichts dafür –«
Die rauhe Stimme schrie ärgerlich: »Wer sind denn diese

Freunde? Mit was für Leuten verkehren Sie eigentlich? Da muß die Polizei kommen, weil ein Mann erschossen wurde! Ich habe gute Lust, Sie hinauszuwerfen! Ich kann es nicht dulden, daß der Ruf meines Unternehmens leidet!«
Midge machte noch ergeben ein paar unverbindliche Bemerkungen und hängte schließlich erleichtert ein. Sie fühlte sich elend und erschöpft.
»Das war das Geschäft, in dem ich arbeite«, erklärte sie. »Ich mußte denen Bescheid geben, daß ich erst am Donnerstag wiederkomme – wegen der Voruntersuchung.«
»Hoffentlich war man verständnisvoll. Was ist das für ein Laden? Ist die Besitzerin nett, und macht es Spaß, bei ihr zu arbeiten?«
»So würde ich es kaum bezeichnen. Sie ist eine tüchtige Frau, die sich aus kleinen Verhältnissen hochgeboxt hat, mit gebleichtem Haar und einer Stimme wie ein Reibeisen.«
Edward machte ein so entsetztes Gesicht, daß Midge lachen mußte. Er war ehrlich besorgt. »Aber, meine Liebe, so was hast du doch nicht nötig. Wenn du schon einen Job brauchst, dann such dir wenigstens eine harmonische Umgebung aus, wo du die Leute magst, mit denen du zusammen bist.«
Midge sah ihn einen Augenblick schweigend an. Wie sollte sie es einem Menschen wie Edward erklären? Was wußte er schon von der Situation auf dem Arbeitsmarkt, von Jobsuche? Plötzlich stieg eine Welle der Bitterkeit in ihr auf. Lucy, Henry, Edward – und auch Henrietta –, sie alle waren von ihr durch einen unüberbrückbaren Graben getrennt, den Graben, der die Menschen, die arbeiten müssen, von denen trennt, die es nicht nötig haben.
Sie hatten keine Ahnung von den Schwierigkeiten, einen Job zu finden und ihn zu behalten, wenn man ihn mal hatte! Vielleicht stimmte es ja auch, daß sie eigentlich nicht gezwungen war, sich ihren Lebensunterhalt zu verdienen. Lucy und Henry würden ihr gern ein Heim bieten – und genauso begeistert würden sie ihr einen Monatswechsel geben. Auch Edward würde bereitwillig beigesteuert haben.
Aber irgend etwas in Midge wehrte sich gegen das angenehme Leben, das ihr die reichen Verwandten bieten konnten.

Hin und wieder in Lucys wohlgeordnetes Luxusdasein einzutauchen war herrlich. Sie genoß es jedesmal sehr. Doch ein gewisser Unabhängigkeitsdrang hinderte sie daran, ein solches Leben als Geschenk anzunehmen. Aus dem gleichen Gefühl heraus hatte sie sich auch von Verwandten und Freunden kein Geld geborgt, um ein eigenes Geschäft aufzumachen.
Sie würde sich kein Geld leihen, keine Beziehungen spielen lassen. Sie hatte sich allein Arbeit gesucht und einen Job gefunden, für vier Pfund die Woche, und falls sie ihn bekommen hatte, weil Madame Alfrege auf ihre »smarten« Freunde als Kunden hoffte, hatte sie sich getäuscht. Midge hatte alle diesbezüglichen Wünsche ihrer Freunde entschieden abgewehrt.
Sie machte sich keine Illusionen. Sie mochte den Laden nicht, sie mochte Madame Alfrege nicht, sie mochte die schlechtgelaunten und unhöflichen Kundinnen nicht, denen sie immer recht geben mußte, doch sie bezweifelte sehr, daß sie eine Stelle finden würde, wo es ihr besser gefallen würde, denn sie hatte keine entsprechende Ausbildung.
Edwards Annahme, daß sie nur zu wählen brauchte, war an einem Vormittag wie heute einfach unerträglich. Sie wurde wütend. Was für ein Recht hatte Edward eigentlich, in einer Welt zu leben, die von der Wirklichkeit meilenweit entfernt war?
Sie waren Angkatells, alle! Und sie – sie war nur eine halbe Angkatell. Und manchmal, wie zum Beispiel heute vormittag, fühlte sie sich überhaupt nicht als Angkatell. Dann war sie nur noch die Tochter ihres Vaters.
Seltsamerweise hatte ihre Zuneigung nie ihrer brillanten Mutter, einer geborenen Angkatell, gegolten, sondern immer ihrem ruhigen Vater. Jedesmal, wenn sie von einem Besuch in »Ainswick« zurückkehrte – es gab nichts Schöneres für sie, als dort zu sein –, warf sie als Antwort auf die leicht vorwurfsvollen Fragen im müden Gesicht ihres Vaters die Arme um seinen Hals und rief: »Ich bin so froh, wieder zu Hause zu sein, so froh!«
Sie dachte an ihren Vater immer voll Liebe und auch voller Gewissensbisse. Jahrelang hatte er versucht, das kleine Fami-

lienunternehmen über Wasser zu halten, das dann doch, all seinen Anstrengungen zum Trotz, Bankrott gemacht hatte. Es war nicht Unfähigkeit gewesen, sondern eine Frage der Entwicklung, des Fortschritts.
Als sie dreizehn war, starb ihre Mutter. Manchmal dachte Midge, daß sie eigentlich sehr wenig von ihr wußte. Ihre Mutter war charmant gewesen, fröhlich, aber irgendwie ungreifbar. Hatte sie ihre Heirat bedauert, durch die sie dem Angkatell-Klan entfremdet worden war? Midge wußte es nicht. Nach dem Tod der Mutter war der Vater noch grauer und müder geworden. Seine Bemühungen, den Ruin seiner Firma zu verhindern, wurden immer hoffnungsloser. Dann war er still und ohne großes Aufhebens gestorben. Midge war gerade achtzehn gewesen.
Midge hatte bei verschiedenen Angkatell-Verwandten gewohnt, hatte von den Angkatells Geschenke angenommen, bei den Angkatells schöne Zeiten verlebt, aber sie weigerte sich, finanziell von ihrem Wohlwollen abhängig zu sein. Und obwohl sie alle mochte, gab es doch Zeiten so wie heute, wo sie plötzlich mit schmerzlicher Deutlichkeit spürte, daß sie anders war als sie. Sie haben keine Ahnung, dachte sie erbittert.
Edward war feinfühlig wie immer. Er musterte sie erstaunt und fragte freundlich: »Habe ich dich geärgert? Warum?«
Lucy tauchte im Türrahmen auf. Im Geist war sie bereits mitten in ihrer Unterhaltung mit Midge. »– verstehst du? Man weiß nun nicht, wohnt sie lieber im ›White Hart‹ oder nicht?«
Midge sah erst sie verständnislos an, dann Edward.
»Edward zu fragen ist sinnlos«, erklärte Lady Angkatell. »Er hat keine Ahnung. Aber du, Midge, denkst immer so praktisch.«
»Wovon redest du eigentlich, Lucy?«
Lucy machte ein erstauntes Gesicht. »Von der Voruntersuchung, meine Liebe. Gerda wird deswegen herkommen. Soll sie hier wohnen? Oder lieber im ›White Hart‹? Am ›Eulenhaus‹ hängen eine Menge trauriger Erinnerungen, natürlich – und im Hotel werden sie die Leute anstarren und Reporter lauern. Du weißt, Mittwoch um elf, oder ist sie erst um halb

zwölf?« Ein Lächeln erhellte Lady Angkatells Gesicht. »Ich war noch nie bei einem Inquest! Ich dachte, ich ziehe mein graues – und selbstverständlich einen Hut, wie zur Kirche – aber *keine* Handschuhe!« Lady Angkatell schritt durch das Zimmer und nahm den Hörer von der Gabel. »Ich glaube, ich besitze gar keine Handschuhe mehr. Nur noch Arbeitshandschuhe für den Garten. Und natürlich einen Haufen langer Abendhandschuhe aus den Zeiten, als Henry noch Gouverneur war. Handschuhe sind ziemlich blöde, findet ihr nicht?«

»Sie sind nur nützlich, um bei einem Verbrechen Fingerabdrücke zu vermeiden«, bemerkte Edward lächelnd.

»Na, interessant, was du da sagst, Edward, sehr interessant. Was will ich eigentlich damit?« Lady Angkatell betrachtete leicht angewidert den Telefonhörer in ihrer Hand.

»Wolltest du jemanden anrufen?«

»Glaub ich nicht.« Lady Angkatell schüttelte heftig den Kopf. Zögernd legte sie den Hörer wieder auf die Gabel. Sie blickte von Edward zu Midge. »Ich finde, Edward, du solltest Midge nicht aufregen. Sie trifft dieser plötzliche Todesfall viel mehr als uns.«

»Meine liebe Lucy!« rief Edward. »Ich mache mir doch nur Sorgen wegen Midges Arbeit. Ich habe das Gefühl, daß da was nicht stimmt.«

»Edward findet, daß ich einen freundlichen Arbeitgeber haben müßte, der mich zu schätzen weiß«, bemerkte Midge trocken.

»Mein guter Edward!« sagte Lucy voller Verständnis. Sie lächelte Midge zu und verschwand.

»Wirklich, Midge«, sagte Edward. »Ich mache mir Sorgen!« Sie ließ ihn nicht weitersprechen. »Die verdammte Person zahlt mir vier Pfund die Woche. Etwas anderes zählt nicht!« Sie fegte an ihm vorbei und lief hinaus in den Garten.

Sir Henry saß auf seinem Stammplatz bei der niedrigen Mauer, doch Midge machte einen Bogen um ihn und ging zu den Blumenbeeten hinauf. Ihre Verwandten waren freundliche Leute, aber heute vormittag hatte sie keine Verwendung für diese Freundlichkeit.

David Angkatell saß oben, wo der Weg endete, auf einer Bank.

Midge ging auf ihn zu und setzte sich neben ihn. Voll boshaftem Vergnügen stellte sie fest, daß er nicht glücklich darüber war.

Wie schrecklich schwierig es doch ist, sich die Leute vom Hals zu halten, dachte David.

Er war durch das plötzliche Auftauchen der mit Mop und Staubtuch bewaffneten Hausmädchen aus seinem Zimmer vertrieben worden. Die Bibliothek – und die *Encyclopaedia Britannica* – waren nicht der rettende Hafen gewesen, wie er optimistisch gehofft hatte. Zweimal war Lady Angkatell hereingeschwebt und hatte ihm eine freundliche Bemerkung zugeworfen, auf die es keine mögliche intelligente Antwort zu geben schien.

Er war hier hinaufgewandert, um über seine Lage nachzugrübeln. Der kurze Wochenendbesuch, zu dem er sich nur widerwillig bereit erklärt hatte, zog sich in die Länge, infolge der Umstände, die mit einem plötzlichen und gewaltsamen Tod nun mal verbunden sind.

David, der eher an der Vergangenheit interessiert war oder an ernsthaften Gesprächen über seine Zukunft als Politiker des linken Flügels, besaß kein Geschick darin, mit der harschen Gegenwart fertig zu werden. Wie er bereits Lady Angkatell erklärt hatte, las er die *News of the World* nicht. Doch anscheinend war jetzt die *News of the World* zu ihnen ins »Eulenhaus« gekommen.

Mord! David schauderte angewidert. Was würden seine Freunde denken? Wie reagierte man auf einen Mord, um es mal so auszudrücken? Wie verhielt man sich da? Gelangweilt? Angeekelt? Leicht amüsiert?

Da er versuchte, diese Probleme für sich zu klären, war er über die Störung durch Midge nicht erbaut. Unbehaglich musterte er sie und war ziemlich überrascht, als sie seinen Blick kühl und abschätzend zurückgab. Eine widerliche Person ohne Geist.

»Wie gefallen dir deine Verwandten?« fragte sie.

David zuckte mit den Schultern. »Denkt man über Verwandte überhaupt nach?«

»Denkt man überhaupt über etwas nach?« fragte Midge.

Sie bestimmt nicht, überlegte David. »Ich habe gerade meine Reaktion auf den Mord geprüft«, sagte er fast freundlich.
»Auf jeden Fall ist es ein komisches Gefühl, in so etwas verwickelt zu sein.«
David seufzte. »Ziemlich lästig.« Ja, das war wohl die beste Einstellung. »Die vielen Klischees! Die gibt's doch nur in Kriminalromanen, sollte man denken!«
»Es tut dir bestimmt leid, daß du hergekommen bist«, sagte Midge.
Wieder seufzte David. »Eigentlich wollte ich in London einen Freund besuchen.« Dann fügte er noch hinzu: »Er hat einen Buchladen für sozialistische Literatur.«
»Ich finde, daß es hier angenehmer ist«, sagte Midge.
»Sind Annehmlichkeiten denn so wichtig?« fragte David verächtlich.
»Es gibt bei mir Momente«, erwiderte Midge, »da denke ich an nichts anderes.«
»Die Lebenseinstellung der Verhätschelten und Verwöhnten«, sagte David. »Wenn du arbeiten müßtest...«
»Genau das muß ich«, unterbrach Midge ihn. »Deshalb finde ich ja gewisse Annehmlichkeiten so herrlich. Betten, die man nicht im Schrank verschwinden lassen muß, Daunenkopfkissen, Tee, der einem morgens freundlich ans Bett gebracht wird, eine Porzellanbadewanne mit viel heißem Wasser und köstlichem Badesalz. Ein Sessel, in dem man förmlich versinkt...« Midge unterbrach ihre Aufzählung.
»All diese Dinge sollte die arbeitende Klasse haben«, erklärte David. Aber wegen des freundlich ans Bett gebrachten Tees am Morgen hatte er seine Zweifel. Für eine straff durchorganisierte Welt klang das zu sehr nach leerem Genuß.

15

Hercule Poirot wurde beim Genuß einer vormittäglichen Tasse Schokolade durch das Läuten des Telefons gestört. Er stand auf und nahm den Hörer ab. »*'allo?*«

»Monsieur Poirot?«
»Lady Angkatell?«
»Wie reizend, daß Sie meine Stimme erkennen. Störe ich?«
»Nicht im geringsten. Ich hoffe, daß die bedrückenden Ereignisse von gestern Sie nicht zu sehr mitgenommen haben.«
»Nein, nicht zu sehr. Bedrückend, ja, das stimmt, doch man fühlt sich auch so allein gelassen. Ich wollte Sie fragen, ob Sie wohl herüberkommen könnten – eine Zumutung, ich weiß, aber ich bin wirklich in großer Sorge.«
»Selbstverständlich, Lady Angkatell. Meinten Sie, jetzt gleich?«
»Ja, natürlich – so schnell wie möglich. Vielen, vielen Dank, mein lieber Monsieur Poirot.«
Poirot nahm sich gerade noch die Zeit, ein paar Stäubchen von den Aufschlägen seines Jacketts zu schnippen und in einen leichten Mantel zu schlüpfen, dann eilte er über die Straße und den Weg zwischen den Kastanien entlang. Beim Swimming-pool war niemand. Die Polizei hatte ihre Arbeit getan und war verschwunden. Im sanften, milchigen Herbstlicht lag er unschuldig und friedlich da.
Poirot warf einen raschen Blick in den Pavillon. Das Weißfuchscape war entfernt worden, wie er feststellte. Aber die sechs Streichholzschachteln lagen immer noch auf dem Tisch neben dem Sofa. Die Frage, was sie zu bedeuten hatten, beschäftigte ihn mehr denn je.
Hier hebt man keine Streichhölzer auf, dachte er, es ist viel zu feucht. Vielleicht eine Schachtel, weil man sie mal brauchen könnte, aber nicht sechs.
Stirnrunzelnd betrachtete er den schmiedeeisernen Tisch. Das Tablett mit den Gläsern war verschwunden. Jemand hatte mit dem Bleistift etwas auf den Tisch gezeichnet – die groben Umrisse eines unheimlichen Baums. Es schmerzte Hercule Poirot, denn es beleidigte seinen Ordnungssinn.
Er schnalzte mit der Zunge, schüttelte den Kopf und eilte zum Haus, wobei er sich erneut nach dem Grund für diese überstürzte Vorladung fragte.
Lady Angkatell wartete an der Terrassentür und führte ihn

in das leere Wohnzimmer. »Wie reizend, daß Sie gekommen sind, Monsieur Poirot!« Sie drückte ihm herzlich die Hand.
»Ganz zu Ihren Diensten, Madame.«
Lady Angkatells Hände machten eine ausdrucksvolle, schwebende Geste. Ihre großen schönen Augen öffneten sich weit.
»Es ist alles so schwierig, wissen Sie. Dieser Inspektor interviewt – nein, verhört – wie heißt es doch richtig? Jedenfalls, er nimmt Gudgeons Aussage zu Protokoll. Und eigentlich hängt unser ganzes Leben hier von Gudgeon ab, und man kann so mit ihm fühlen! Denn natürlich ist es schrecklich für ihn, von der Polizei vernommen zu werden, obwohl Inspektor Grange – er macht wirklich einen guten Eindruck, und wahrscheinlich ist er verheiratet – sicherlich hat er Kinder, Jungen, nehme ich an, denen er abends beim Bauen mit dem Stabilbaukasten hilft – und eine Frau, die alles makellos sauber hält, auch wenn ein bißchen viel herumsteht...«
Hercule Poirot blinzelte verblüfft, während Lady Angkatell phantasievoll ein Bild von Inspektor Granges Privatleben entwarf.
»Dem traurigen Schwung seines Schnurrbartes nach zu urteilen, deprimiert ihn wohl dieses blitzblanke Zuhause manchmal«, fuhr Lady Angkatell fort. »Es ist wie das saubere Gesicht einer Krankenschwester, die sich mit Seife schrubbt. Es glänzt zu sehr! Aber so was machen sie wohl nur noch auf dem Land, wo alles hinter der Zeit herhinkt – in London hat das Pflegepersonal Puder und schönen roten Lippenstift. Aber was ich eigentlich sagen wollte, Monsieur Poirot, wenn diese lächerliche Geschichte vorbei ist, müssen Sie einmal zu einem richtigen Mittagessen herüberkommen.«
»Sie sind sehr freundlich!«
»Mich persönlich beunruhigt die Polizei nicht«, sagte Lady Angkatell. »Ich finde alles höchst interessant. ›Ich möchte Ihnen nach besten Kräften helfen‹, sagte ich zu Inspektor Grange. Er scheint ein etwas zurückhaltender, aber methodischer Mensch zu sein.« Sie schwieg kurz. »Das Motiv ist offenbar für einen Polizisten sehr wichtig«, fuhr sie fort. »Da wir eben von Krankenschwestern sprachen – ich glaube, John Christow hatte mal – sie war rothaarig, mit einer Stupsnase –

recht attraktiv. Aber natürlich ist das lange her, wahrscheinlich ist das für die Polizei nicht interessant. Man weiß ja nicht, wieviel die arme Gerda vielleicht hat erdulden müssen. Sie ist der loyale Typ, finden Sie nicht? Oder aber sie glaubt alles, was man ihr erzählt. Ich denke, das ist ziemlich klug, wenn man nicht besonders intelligent ist.«

Plötzlich, ohne Übergang, riß Lady Angkatell die Tür zum Arbeitszimmer auf, schob Poirot hinein und rief munter: »Da ist Monsieur Poirot!« Sie fegte wieder hinaus und schloß die Tür hinter sich. Inspektor Grange und Gudgeon saßen am Schreibtisch, ein junger Mann in einer Ecke machte Notizen. Gudgeon erhob sich respektvoll.

Poirot stürzte sich in Entschuldigungen: »Ich ziehe mich sofort zurück. Ich versichere Ihnen, ich hatte keine Ahnung, daß Lady Angkatell –«

»Nein, natürlich nicht.« Granges Schnurrbart hing heute noch pessimistischer herunter als sonst. Vielleicht wurde zuviel geputzt, dachte Poirot, den Lady Angkatells häusliche Szenenbeschreibung fasziniert hatte, oder man hat einen Messingtisch gekauft, der an allen Ecken und Enden stört, weil er zuviel Platz wegnimmt.

Ärgerlich versuchte er, diese Gedanken abzuschütteln. Inspektor Granges sauberes, aber übermöbliertes Heim, seine Söhne und ihre Begeisterung für Stabilbaukästen, seine Frau – all das waren schließlich nur Auswüchse von Lady Angkatells üppiger Phantasie. Die Geschwindigkeit, mit der Lady Angkatell das Bild hatte entstehen lassen, beeindruckte ihn. Sie war wirklich ein Talent.

»Setzen Sie sich doch, Monsieur Poirot«, sagte Grange. »Ich würde Sie gern etwas fragen, und wir sind hier gleich fertig.« Er wandte sich wieder Gudgeon zu, der zwar protestierte, sich dann jedoch gehorsam wieder hinsetzte. Mit ausdrucksloser Miene sah er den Inspektor an.

»Und das ist alles, an was Sie sich erinnern?« fragte Grange.
»Ja, Sir. Eigentlich war alles wie immer, Sir. Es gab keine Unannehmlichkeiten irgendwelcher Art.«
»Ein Pelzcape wurde gefunden, draußen in dem Gartenhäuschen beim Swimming-pool. Wem gehört es eigentlich?«

»Meinen Sie das Weißfuchscape, Sir? Ich sah es gestern, als ich die Gläser hinaustrug. Es gehört niemandem im Haus, Sir.«
»Wem denn?«
»Vielleicht Miss Cray, Sir. Miss Veronika Cray, der Filmschauspielerin. Sie trug etwas Derartiges.«
»Wann?«
»Als sie hier war, Sir, vorgestern abend.«
»Sie erwähnten nicht, daß sie Gast des Hauses war.«
»Das war sie auch nicht, Sir. Miss Cray wohnt im ›Dovecotes‹, das – hm – das Haus oben an der Straße. Sie erschien nach dem Abendessen, um sich Streichhölzer zu borgen, die ihr ausgegangen waren.«
»Nahm sie sechs Schachteln mit?« fragte Poirot dazwischen.
Gudgeon blickte ihn an. »Das stimmt, Sir. Nachdem sich Mylady vergewissert hatte, daß genug vorhanden waren, bestand sie darauf, daß Miss Cray ein halbes Dutzend Schachteln mitnahm.«
»Die sie dann im Pavillon liegen ließ«, ergänzte Poirot.
»Ja, Sir, das stellte ich gestern vormittag auch fest.«
»Dem Mann entgeht nicht viel«, bemerkte Poirot zu Grange, nachdem Gudgeon das Zimmer verlassen und die Tür leise und ehrerbietig hinter sich geschlossen hatte.
Inspektor Grange meinte nur, daß alle Dienstboten des Teufels seien.
»Allerdings bleibt immer noch das Küchenmädchen«, fügte er etwas optimistischer hinzu. »Die reden nämlich – im Gegensatz zu diesem verschwiegenen gehobenen Personal! Übrigens habe ich einen Mann in die Harley Street geschickt, um sich in der Praxis umzuhören. Und ich fahre später auch hin. Dort müßten Hinweise zu finden sein. Wissen Sie, seine Frau hat meiner Meinung nach hübsch was einstecken müssen. Christow war einer von diesen Modeärzten und hatte einen Haufen Patientinnen – na, Sie würden staunen, was man da erleben kann! Von Lady Angkatell hörte ich, daß es wegen einer Krankenschwester Streit gab. Natürlich hat sie nur Andeutungen gemacht.«
»Kann ich mir vorstellen«, entgegnete Poirot trocken.

Geschickt, wie Lady Angkatell auch dieses Bild entworfen hatte, dachte Poirot: John Christow und Liebeleien mit Krankenschwestern... Gelegenheiten, die sich im Leben eines Arztes immer wieder ergaben... viele Gründe für Gerda Christows Eifersucht. Und schließlich hatte sie ihn umgebracht.

Ja, wirklich geschickt, wie Lady Angkatell die Aufmerksamkeit der Polizei auf die berufliche Ebene gelenkt hatte, weg vom »Eulenhaus«, weg von dem Augenblick, als Henrietta Savernake Gerda Christow den Revolver aus der willenlosen Hand genommen hatte... und auch weg von dem Wort, das John Christow im Sterben gesagt hatte: *Henrietta*.

Plötzlich konnte Hercule Poirot seine Neugier nicht mehr bezähmen und fragte: »Spielen Ihre Söhne mit Stabilbaukästen?«

»Hm, wie?« Inspektor Grange, der etwas ins Grübeln geraten war, schreckte hoch und starrte Poirot verwundert an. »Wieso fragen Sie das? Eigentlich sind sie noch zu jung – aber ich habe mir überlegt, ob ich Teddy nicht einen Kasten zu Weihnachten schenken soll. Warum?«

Poirot schüttelte den Kopf.

Was Lady Angkatell so gefährlich machte, überlegte er, war die Tatsache, daß ihre Intuition, ihre wilden Vermutungen oft stimmten. Mit einem achtlos – oder nur anscheinend achtlos – hingeworfenen Wort konnte sie im andern ein Bild entstehen lassen – und wenn die Hälfte davon stimmte, glaubte man zwangsläufig auch den Rest...

»Einen Punkt hätte ich gern noch mit Ihnen besprochen, Monsieur Poirot«, sagte Grange, »ich meine Miss Cray, diese Schauspielerin – sie schneite ins Haus, um sich Streichhölzer zu borgen. Wenn sie tatsächlich welche brauchte, warum kam sie nicht zu Ihnen, Sie sind doch ihr direkter Nachbar? Warum eine halbe Meile laufen?«

Hercule Poirot zuckte mit den Schultern.

»Vielleicht gibt es einen Grund, sagen wir mal, einen snobistischen Grund. Mein Haus ist klein, unscheinbar. Ich wohne nur am Wochenende dort, aber Sir Henry und Lady Angkatell sind bedeutende Leute, sie leben hier, sie gehören dazu. Diese

Miss Cray hat sie wahrscheinlich kennenlernen wollen – und das hat sie damit schließlich auch erreicht.«
Inspektor Grange erhob sich. »Ja, das ist gut möglich, nur – ich möchte nichts übersehen. Obwohl ich nicht bzweifle, daß der Fall rasch geklärt sein wird. Sir Henry hat die Waffe wiedererkannt, sie stammt aus seiner Sammlung. Am Nachmittag davor haben sie mit ihr auf Scheiben geschossen. Mrs. Christow brauchte nur ins Arbeitszimmer zu gehen und sie zu holen. Sie hatte beobachtet, wo Sir Henry sie aufhob, auch die Munition. Alles ganz einfach.«
»Ja, es scheint alles ganz einfach zu sein«, bestätigte Poirot. Aber, überlegte er, war eine Frau wie Gerda Christow zu so einem Verbrechen fähig? Ohne Plan, ohne Vorwand – zur Tat getrieben von den bitteren Seelenqualen einer schlichten, aber zu tiefer Liebe fähigen Natur?
Trotzdem – trotzdem mußte auch sie ein gewisses Maß an Selbsterhaltungstrieb besitzen. Oder hatte sie in blinder Verzweiflung gehandelt, als der Verstand aussetzte? Ihm fiel wieder ein, wie sie ausgesehen hatte – wie benommen, leer...
Er wußte es nicht – er wußte es einfach nicht, doch er spürte, daß er es hätte wissen müssen.

16

Gerda Christow zog sich das schwarze Kleid über den Kopf und ließ es auf einen Stuhl fallen. Ihr Blick war kläglich und unsicher. »Ich weiß nicht«, sagte sie. »Ich weiß wirklich nicht. Es kommt mir alles so unwichtig vor.«
»Ja, ja, meine Liebe, wir schaffen das schon.« Mrs. Pattersons Stimme klang liebevoll, aber fest. Sie verstand es besonders gut, mit Menschen umzugehen, die einen schmerzlichen Verlust erlitten hatten. »In einer Krisensituation ist Elsie einfach wundervoll«, pflegte man in der Familie von ihr zu sagen.
Im Augenblick saß sie im Schlafzimmer ihrer Schwester in

der Harley Street und war wundervoll. Elsie Patterson, eine große Frau mit knappen, energischen Bewegungen, sah Gerda mit einer Mischung aus Gereiztheit und Mitleid an.
Die arme, liebe Gerda – wie tragisch, daß sie ihren Mann auf so gräßliche Weise verlieren mußte. Selbst in einer solchen Situation schien sie die Verwicklungen, die sich dadurch ergaben, nicht richtig zu begreifen. Natürlich war Gerda schon immer schrecklich langsam gewesen, überlegte Mrs. Patterson. Und dazu kam noch der Schock, das mußte man auch bedenken.
»Du solltest das schwarze Lederkostüm für zwölf Guineas nehmen«, sagte sie lebhaft. Man mußte immer für Gerda die Entscheidungen treffen.
Gerda stand mit gerunzelter Stirn da und reagierte nicht. Schließlich erklärte sie zögernd: »Ich bin mir nicht klar, ob John gewollt hätte, daß ich Schwarz trage. Irgendwann hat er mal so was gesagt, glaube ich.« Ach, John, dachte sie, wenn doch nur John da wäre und mir raten könnte.
Aber John würde nie wiederkommen. Niemals – niemals... der Braten, der kalt wurde... die Sauce, die eine Haut bekam... das Zuschlagen der Tür zum Sprechzimmer unten, dann Johns eilige Schritte auf der Treppe, immer in Eile, so vital, so lebendig...
Lebendig.
Wie er auf dem Rücken am Swimming-pool gelegen hatte... langsam war das Blut über den Rand getropft... der Revolver in ihrer Hand...
Nur ein Alptraum, ein böser Traum – gleich würde sie aufwachen und feststellen, daß alles nicht wahr war.
Die energische Stimme ihrer Schwester riß sie aus ihren verschwommenen Gedanken. »Zur Vorverhandlung mußt du in Schwarz kommen. Es wäre sehr seltsam, wenn du Himmelblau tragen würdest.«
»Dieser schreckliche Inquest!« Gerda schloß halb die Augen.
»Natürlich ist es schlimm für dich, meine Liebe«, sagte Elsie Patterson hastig. »Aber wenn alles vorbei ist, kommst du sofort zu uns, und wir werden dich verwöhnen.«
Gerdas Gedanken wanderten umher wie in einem Irrgarten.

Ängstlich, fast wie in Panik, sagte sie: »Was soll ich nur anfangen ohne John?«
Auch darauf wußte Elsie Patterson die Antwort. »Du hast noch deine Kinder. Deshalb mußt du weitermachen.«
Schluchzend und schreiend hatte Zena sich aufs Bett geworfen. »Mein Daddy ist tot!« hatte sie immer wieder gerufen.
Terry war blaß geworden. Er hatte nichts gefragt und nicht geweint.
Ein Unfall mit einem Revolver, hatte sie ihnen erzählt – der arme Daddy hatte einen Unfall.
Beryl Collier – wie rücksichtsvoll von ihr – hatte die Morgenzeitung verschwinden lassen, damit die Kinder sie nicht lasen. Sie hatte auch das Personal informiert. Wirklich, Beryl war sehr freundlich und umsichtig gewesen.
Später hatte Terence seine Mutter im dämmrigen Wohnzimmer gefragt: »Warum wurde Vater erschossen?« Sein Gesicht war seltsam grünlich-bleich gewesen.
»Ein Unfall, Liebling. Ich – ich kann nicht darüber sprechen.«
»Es war kein Unfall. Warum behauptest du etwas, das nicht stimmt? Vater wurde getötet. Es war Mord. So steht es in der Zeitung.«
»Woher hast du die Zeitung, Terry? Ich sagte Miss Collier doch –«
Er nickte – mehrmals, wie ein sehr alter Mann. »Natürlich hab' ich eine neue gekauft. Mir war klar, daß etwas Wichtiges drinstehen mußte. Du wolltest es uns verheimlichen. Warum hätte Miss Collier sonst die Zeitung verstecken sollen?«
Sie hatte nie etwas vor Terence verbergen können. Seine seltsame sachliche, wissenschaftliche Neugier mußte immer befriedigt werden. »Warum wurde er getötet, Mutter?«
Da war sie zusammengebrochen. »Frag mich nicht!« rief sie hysterisch. »Sprich nicht mehr davon. Ich ertrage es nicht... es ist zu schrecklich.«
»Aber sie werden es herausbekommen, nicht wahr? Sie müssen. Es ist notwendig.«
So kühl, so sachlich! Am liebsten hätte Gerda geschrien und geschluchzt. Es ist ihm gleich, dachte sie. Völlig egal. Er stellt nur weiter Fragen. Nicht einmal geweint hat er.

Terence war hinausgegangen und hatte sich vor Tante Elsies Fürsorglichkeit in sein Zimmer geflüchtet, ein einsamer kleiner Junge mit einem verschlossenen spitzen Gesicht. Er hatte sich immer einsam gefühlt, nur hatte es bis heute keine Rolle gespielt.
Seit heute war das anders, dachte er. Wenn nur jemand dagewesen wäre, der ihm seine Fragen intelligent und vernünftig beantwortet hätte. Morgen, Dienstag, wollten Nicholson Minor und er Nitroglyzerin herstellen. Er hatte sich schrecklich darauf gefreut. Diese Freude war jetzt weg. Es war ihm egal, ob sie überhaupt je welches machen würden.
Terence war fast entsetzt über sich. Sich nicht mehr für chemische Experimente zu interessieren! Aber wenn der Vater ermordet wurde... »Mein Vater wurde ermordet!« sagte er laut.
Etwas begann sich in ihm zu rühren – schlug Wurzeln – wuchs... es war eine leise Wut.

Beryl Collier klopfte an die Schlafzimmertür und trat ein. Sie war blaß, gefaßt und strahlte Tüchtigkeit aus. »Inspektor Grange ist da!« meldete sie. Und als Gerda entsetzt keuchte und sie kläglich anblickte, fügte sie hastig hinzu: »Er meinte, Sie sollten sich keine Sorgen machen. Ehe er geht, möchte er Sie noch kurz sprechen, doch es sei eine reine Routineangelegenheit. Er hat ein paar Fragen wegen Dr. Christows Praxis, die ich ihm sehr gut beantworten kann.«
»Vielen Dank, Collie.« Beryl Collier verschwand eilig. Gerda seufzte. »Collie ist mir eine große Hilfe. Sie ist so praktisch.«
»Ja, stimmt«, bestätigte Mrs. Patterson. »Eine hervorragende Sprechstundenhilfe, davon bin ich überzeugt. Nicht sehr hübsch, das arme Ding. Na ja, vielleicht ganz gut so. Besonders bei einem so attraktiven Mann, wie John es war.«
»Was soll das heißen, Elsie?« rief Gerda empört. »John hätte niemals – niemals –, du redest, als hätte John mit ihr geflirtet oder so was, wenn sie hübsch gewesen wäre. *So* war John aber nicht!«
»Natürlich nicht, meine Liebe«, antwortete Mrs. Patterson. »Trotzdem – man weiß doch, wie die Männer sind.«

Im Sprechzimmer saßen sich Inspektor Grange und Beryl Collier gegenüber. Er stellte fest, daß sie ihn kühl und herausfordernd ansah. Nun, vielleicht war das nur natürlich.
Eine unscheinbare Person, dachte er. Zwischen ihr und dem Arzt ist bestimmt nichts gewesen. Vielleicht hatte sie eine kleine Schwäche für ihn. So geht's manchmal.
Als er sich eine Viertelstunde später in seinem Sessel zurücklehnte, kam er zu dem Schluß, daß auch dies nicht zutraf. Beryl Colliers Antworten waren von einer mustergültigen Offenheit gewesen. Sie antwortete, ohne zu zögern, und wußte anscheinend über die Praxis bis in die kleinste Einzelheit Bescheid.
Dann horchte er sie vorsichtig über die Beziehungen des Arztes zu seiner Frau aus.
Sie seien glänzend miteinander ausgekommen, erklärte die Sprechstundenhilfe.
»Sicherlich haben sie sich hin und wieder gestritten, wie alle Eheleute?« Die Stimme des Inspektors klang freundlich und vertraulich.
»Ich kann mich an keinen Streit erinnern. Mrs. Christow betete ihren Mann an – fast sklavisch.« Ihr Ton war leicht abfällig. Inspektor Grange notierte es im Geist. Eine kleine Feministin, das Mädchen, dachte er. Laut sagte er: »Hatte sie überhaupt eine eigene Meinung?«
»Nein. Alles drehte sich immer um Dr. Christow.«
»Ein Tyrann, was?«
Beryl überlegte. »Nein, das möchte ich nicht behaupten. Er war eher das, was man egoistisch nennt. Sehr egoistisch. Er hielt es für selbstverständlich, daß Mrs. Christow sich immer ihm anpaßte.«
»Irgendwelche Schwierigkeiten mit Patienten – mit Patientinnen? Sie können ruhig offen zu mir sein, Miss Collier. Es ist allgemein bekannt, daß Ärzte in dieser Hinsicht gewisse Probleme haben.«
»Ach, das meinen Sie!« Beryls Stimme klang verächtlich. »Damit wurde Dr. Christow immer leicht fertig. Er konnte mit seinen Patientinnen glänzend umgehen.« Dann fügte sie noch hinzu: »Er war wirklich ein ausgezeichneter Arzt!« Fast widerwillige Bewunderung lag in ihrer Stimme.

»Hatte er ein Verhältnis mit irgendeiner Frau?« fragte Grange. »Bitte, verschweigen Sie mir jetzt nichts aus falsch verstandener Loyalität, es ist wichtig, daß wir die Wahrheit erfahren.«
»Ja, ich verstehe schon. Meines Wissens hatte er keines.«
Ihre Antwort kam zu schnell, dachte er. Sie weiß es nicht genau, aber vielleicht vermutet sie etwas. »Und was ist mit Miss Henrietta Savernake?« fragte er scharf.
Beryls Lippen wurden schmal. »Sie war eng mit der Familie befreundet.«
»Gab es wegen ihr zwischen Dr. Christow und seiner Frau keinen Streit?«
»Bestimmt nicht!«
Das klang nachdrücklich (zu nachdrücklich?). Der Inspektor wechselte erneut das Thema. »Was ist mit Miss Veronika Cray?«
»Veronika Cray?« In Beryls Stimme lag nichts als Verwunderung.
»Sie war mit Dr. Christow befreundet.«
»Ich habe nie von ihr gehört. Der Name kommt mir aber irgendwie bekannt vor...«
»Sie ist Filmschauspielerin.«
Beryls Stirn glättete sich. »Natürlich! Deshalb... Ich hatte keine Ahnung, daß Dr. Christow mit ihr befreundet war.«
Sie wirkte in diesem Punkt so sicher, daß der Inspektor das Thema sofort fallenließ. Er fragte sie, wie Dr. Christows Verhalten an jenem bewußten Sonnabend gewesen sei. Und nun kamen Beryls Antworten zum erstenmal nicht mehr so spontan.
»Er war tatsächlich nicht so wie sonst«, sagte sie langsam.
»Sondern?«
»Er wirkte zerstreut. Ehe er nach der letzten Patientin klingelte, machte er eine lange Pause. Sonst hat er es immer sehr eilig, wenn er aufs Land fahren will. Ich dachte – ja, ich war überzeugt, daß ihn etwas beschäftigte.« Genaueres konnte sie nicht sagen.
Inspektor Grange war mit seinen Nachforschungen nicht sehr zufrieden. Er hatte noch immer kein Motiv gefunden.

Und ein Motiv mußte er haben, ehe er den Fall dem Staatsanwalt übergeben konnte.

Seiner Meinung nach hatte Gerda Christow ihren Mann erschossen. Er war sich seiner Sache ziemlich sicher. Vermutlich aus Eifersucht – doch bis jetzt hatte er noch nichts, worauf er seine Vermutung stützen konnte. Sergeant Coombes hatte die Dienstmädchen bearbeitet, doch auch sie waren sich einig: Mrs. Christow küßte den Boden, über den ihr Mann ging. Was auch geschehen war, dachte er, es mußte mit dem »Eulenhaus« zusammenhängen. Bei dem Gedanken an die Angkatells überkam ihn eine leichte Unruhe. Komische Typen, diese Leute.

Das Telefon auf dem Schreibtisch läutete, und Miss Collier nahm ab. Dann sagte sie: »Es ist für Sie, Inspektor«, und reichte ihm den Hörer.

»Hallo, hier Grange. Was gibt's?« Beryl beobachtete ihn neugierig. Das Gesicht des Inspektors war unbeweglich wie immer. Hin und wieder murmelte er ein paar Worte.

»Ja... ja, das habe ich. Es ist doch absolut sicher? Kein Irrtum möglich? Ja... ja, ich komme. Hier bin ich bald fertig. Ja.«

Er legte auf und saß einen Augenblick bewegungslos da. Dann straffte er sich und fragte mit einer Stimme, die ganz anders klang als bisher: »Haben Sie sich über diesen Fall eigentlich Ihre eigenen Gedanken gemacht, Miss Collier?«

»Sie meinen –«

»Haben Sie eine Vermutung, wer Dr. Christow getötet haben könnte?«

»Überhaupt keine, Inspektor«, antwortete sie bestimmt.

»Als man die Leiche fand, stand Mrs. Christow mit dem Revolver in der Hand über ihren Mann gebeugt da...« Er beendete den Satz absichtlich nicht.

Sie reagierte sofort, nicht erregt, sondern kühl und unparteiisch. »Wenn Sie glauben, daß Mrs. Christow ihren Mann umbrachte, dann täuschen Sie sich meiner Meinung nach sehr. Mrs. Christow ist ganz sicher keine Frau, die zu Gewalttätigkeiten neigt. Sie ist vielmehr sehr sanft und nachgiebig, und ihr Mann beherrschte sie völlig. Mir erscheint es geradezu lächerlich, sich auch nur einen Augenblick vorzustellen,

daß sie ihren Mann erschossen hat, ganz gleich, wie sehr der Augenschein gegen sie spricht.«
»Aber wenn sie es nicht getan hat – wer dann?«
»Ich habe keine Ahnung«, antwortete Beryl langsam.
Der Inspektor ging auf die Tür zu.
»Wollen Sie Mrs. Christow noch sprechen, ehe Sie abfahren?« fragte Beryl.
»Nein – oder ja, vielleicht ist es besser.«
Beryl wunderte sich erneut. Das war nicht mehr der Mann, der sie verhört hatte, ehe das Telefon klingelte. Was hatte man ihm nur mitgeteilt?
Gerda trat nervös ins Zimmer. Sie sah unglücklich und verlegen aus. »Haben Sie schon etwas feststellen können?« fragte sie mit leiser, zittriger Stimme.
»Leider nein, Mrs. Christow.«
»Es ist so unfaßbar – völlig unfaßbar!«
»Aber es ist geschehen, Mrs. Christow.«
Sie nickte und starrte auf das Taschentuch, das sie in den Händen zerknüllte.
»Hatte Ihr Mann Feinde, Mrs. Christow?« fragte Grange ruhig.
»John? Oh, nein! Er war wunderbar! Alle Leute mochten ihn!«
»Sie erinnern sich an niemand, der einen Groll gegen ihn hegte –«, er schwieg einen Moment, »– oder gegen Sie?«
»Gegen mich?« fragte sie erstaunt. »Nein, Inspektor.«
Inspektor Grange seufzte. »Was ist mit Miss Veronika Cray?«
»Veronika Cray? Ach, Sie meinen die Frau, die kam, um sich Streichhölzer zu borgen?«
»Ja. Sie kannten sie?«
Gerda schüttelte den Kopf. »Ich hatte sie noch nie gesehen. John kannte sie von früher – jedenfalls sagte sie das.«
»Vielleicht hatte sie noch ein Hühnchen mit Ihrem Mann zu rupfen, und Sie wußten es nicht.«
»Ich kann nicht glauben, daß irgend jemand meinen Mann nicht mochte«, erklärte Gerda würdevoll. »Er war der gütigste, selbstloseste – ja und einer der edelsten Menschen, die ich kenne.«
»Hm!« machte der Inspektor. »Ja, sicher. Nun, dann guten Morgen, Mrs. Christow. Wegen der Voruntersuchung wissen

Sie Bescheid? Um elf Uhr in Market Depleach. Am Mittwoch. Es wird ganz unkompliziert sein, Sie brauchen sich nicht aufzuregen. Vermutlich wird die Sache um eine Woche vertagt, damit wir weitere Nachforschungen anstellen können.«
»Ach so, ja. Vielen Dank.«
Sie stand da und starrte ihm nach. Während er hinausging, fragte er sich, ob sie wohl begriffen hatte, daß sie die Hauptverdächtige war.
Er winkte einem Taxi – eine Ausgabe, die angesichts der Information, die er eben am Telefon erhalten hatte, gerechtfertigt war. Wohin ihn diese neue Wendung führen würde, wußte er noch nicht. Auf den ersten Blick schien die Sache völlig unwichtig zu sein – ja, verrückt. Es ergab einfach keinen Sinn. Oder anders gesagt, er hatte ihn noch nicht entdeckt.
Ein Schluß ergab sich allerdings wie von selbst: Der Fall lag nicht so einfach und unkompliziert, wie er vermutet hatte.

17

Sir Henry musterte Inspektor Grange neugierig. »Ich bin nicht ganz sicher, ob ich Sie verstanden habe, Inspektor!«
»Es ist ganz einfach, Sir Henry. Ich möchte Sie bitten, Ihre Waffensammlung zu überprüfen. Ich nehme an, daß Sie sie katalogisiert haben?«
»Selbstverständlich. Aber ich habe doch schon festgestellt, daß der Revolver in meine Sammlung gehört.«
»Der Fall liegt etwas komplizierter, Sir Henry.« Grange schwieg einen Augenblick. Ganz instinktiv hatte er eine Abneigung dagegen, Informationen preiszugeben, doch in diesem Fall blieb ihm wohl nichts anderes übrig. Sir Henry war ein wichtiger Mann. Zweifellos würde er der vorgetragenen Bitte entsprechen, aber er würde auch den Grund dafür erfahren wollen. Der Inspektor beschloß, mit offenen Karten zu spielen. »Dr. Christow wurde nicht mit dem Revolver erschossen, den Sie identifizierten.«
Sir Henrys Augenbrauen hoben sich. »Bemerkenswert!«

Grange fühlte sich etwas getröstet. Bemerkenswert – das war genau das richtige Wort. Er war Sir Henry dankbar, daß er sich so ausgedrückt hatte. Im Moment war dazu nichts weiter zu sagen. Die Sache war bemerkenswert und darüber hinaus einfach unverständlich.
»Haben Sie Grund zu der Annahme, daß die Waffe, aus der der fatale Schuß abgegeben wurde, ebenfalls aus meiner Sammlung stammt?«
»Wir haben gar keinen Grund dafür. Aber ich muß sichergehen.«
Sir Henry nickte bestätigend. »Ich begreife Ihren Standpunkt. Nun, dann wollen wir uns mal an die Arbeit machen. Es wird etwas dauern.« Er öffnete ein Schreibtischfach und holte ein in Leder gebundenes Buch hervor. Während er es aufschlug, wiederholte er: »Es wird etwas dauern.«
Grange wartete. Dann sah er plötzlich, wie Sir Henrys Schultern ein wenig zusammensackten. Ein müder Ausdruck huschte über sein Gesicht. Er wirkte um Jahre gealtert. Inspektor Grange runzelte die Stirn. Verdammt, ich begreife diese Leute einfach nicht, dachte er. Sein Blick wanderte zur Kaminuhr. Wartete er schon dreißig Minuten, oder erst zwanzig?
»Hm –«, machte Sir Henry.
Grange fuhr auf. »Ja, Sir?«
»Eine 38er Smith und Wesson fehlt. Die Pistole steckte in einem braunen Lederhalfter, hier am Ende des Gestells.«
»Aha!« Der Inspektor war erregt, doch er ließ es sich nicht anmerken. »Und wann haben Sie sie Ihrer Meinung nach zum letztenmal gesehen?«
Sir Henry überlegte einen Augenblick. »Das ist nicht so leicht zu sagen, Inspektor. Zum letztenmal öffnete ich diese Schublade vor einer Woche, und ich glaube, nein, ich bin überzeugt, wenn die Waffe gefehlt hätte, würde mir der leere Platz aufgefallen sein. Aber ich möchte auch nicht beschwören, daß sie noch dort war.«
Inspektor Grange nickte. »Vielen Dank, Sir, ich verstehe sehr gut. Nun, ich muß jetzt weiter.« Er verließ den Raum, ein zielstrebiger, vielbeschäftigter Mann.
Sir Henry stand eine Weile nachdenklich da, dann trat er

langsam durch die Terrassentür ins Freie. Seine Frau war eifrig dabei, irgendeinen seltenen Busch mit einer Baumschere auszuschneiden. Sie trug Arbeitshandschuhe, neben ihr stand ein großer Korb.
Sie winkte ihm fröhlich. »Was wollte der Inspektor? Hoffentlich belästigt er das Personal nicht wieder. Weißt du, Henry, sie mögen so was nicht. Sie finden es nicht amüsant oder spannend wie wir.«
»Tun wir das denn?« Der Ton seiner Stimme ließ sie aufhorchen. Sie lächelte zärtlich zu ihm auf. »Wie müde du aussiehst, Henry. Mußt du dir denn soviel Sorgen darüber machen?«
»Es geht schließlich um Mord, Lucy.«
Lady Angkatell überlegte einen Augenblick und schnitt zerstreut ein paar Äste ab. Dann verdüsterte sich ihr Gesicht.
»Ach Gott – das ist das schlimmste mit diesen Baumscheren, sie faszinieren einen so – man kann nicht aufhören zu schneiden und macht immer viel mehr weg als nötig... Was sagtest du eben – daß man sich wegen eines Mordes Sorgen machen *müsse?* Wirklich, Henry, ich habe nie begriffen, warum. Ich meine, alle Menschen müssen sterben, vielleicht an Krebs oder Tuberkulose in einem dieser scheußlich hellen Sanatorien, oder man kriegt einen Schlaganfall – schrecklich, wenn man dann nur noch ein halbes Gesicht hat –, oder man wird erschossen, erstochen oder vielleicht auch erwürgt. Aber am Ende läuft es immer auf dasselbe hinaus. Da hat man es dann, ich meine, dann ist man tot! Und alle Sorgen sind vorüber. Bloß die Verwandten haben danach Probleme – Streitereien wegen Geld, ob man Schwarz tragen soll oder nicht – und wer Tante Selinas Schreibschrank bekommen soll – all so was.«
Sir Henry setzte sich auf die Mauer. »Der Fall ist viel komplizierter, als wir dachten, Lucy.«
»Nun, Liebling, damit müssen wir uns eben abfinden. Und wenn alles vorbei ist, könnten wir ein bißchen wegfahren. Denken wir nicht an die Probleme der Gegenwart, freuen wir uns auf die Zukunft. Im Ernst, ich habe überlegt, ob es nett wäre, Weihnachten in ›Ainswick‹ zu verbringen – oder sollten wir erst Ostern hinfahren? Was meinst du?«

»Wir haben noch viel Zeit bis dahin.«
»Schon, aber ich male es mir so gern aus. Vielleicht doch erst Ostern...« Lucy lächelte glücklich. »Bis dahin ist sie bestimmt drüber weg.«
»Wer?« fragte Sir Henry verblüfft.
»Henrietta!« antwortete Lady Angkatell ruhig. »Ich glaube, wenn sie im Oktober heiraten – ich meine nächstes Jahr im Oktober, dann könnten wir auch Weihnachten danach hinfahren. Ich überlege, Henry –«
»Lieber nicht, Lucy. Du überlegst schon zu viel.«
»Erinnerst du dich an die Scheune? Die gibt ein großartiges Atelier. Und Henrietta braucht das. Sie hat wirklich Talent, weißt du. Edward wird riesig stolz sein auf sie. Zwei Jungen und ein Mädchen wären hübsch – oder zwei Jungen und zwei Mädchen.«
»Lucy – Lucy! Deine Phantasie geht mal wieder mit dir durch!«
»Aber, mein Lieber, Edward wird nie eine andere heiraten als Henrietta!« Lady Angkatell sah ihn mit ihren schönen Augen groß an. »Er ist sehr, sehr dickköpfig. Genau wie sein Vater es war. Wenn er sich mal etwas in den Kopf gesetzt hat – also muß Henrietta ihn heiraten. Und das wird sie auch, denn John Christow ist ja nicht mehr da. Wirklich, er war ein großes Unglück für sie.«
»Der arme Teufel!«
»Wieso? Ach, du meinst, weil er tot ist? Na ja, jeder muß mal sterben. Über Leute, die sterben, mache ich mir keine Gedanken...«
Er musterte sie forschend. »Ich dachte immer, daß du Christow mochtest, Lucy?«
»Ich fand ihn amüsant. Und er besaß Charme. Aber ich glaube, daß man keinen Menschen zu wichtig nehmen sollte.«
Und lächelnd begann Lady Angkatell, einen Viburnum Carlesii erbarmungslos zurechtzustutzen.

18

Hercule Poirot blickte aus dem Fenster und sah Henrietta Savernake den Gartenweg entlangkommen. Sie trug dieselben grünen Tweedsachen wie am Tag des tragischen Ereignisses. Ein Spaniel lief neben ihr her.
Poirot eilte zur Haustür und riß sie auf. Henrietta lächelte ihm entgegen.
»Darf ich hineinkommen und mir Ihr Haus ansehen? So was tue ich zu gern. Ich führe nur den Hund aus.«
»Selbstverständlich. Wie typisch englisch, den Hund auszuführen.«
»Ich weiß«, sagte Henrietta. »Mir ist es auch schon aufgefallen. Kennen Sie das hübsche Gedicht: ›Die Tage verstrichen, langsam einer nach dem andern. Ich fütterte die Enten, schalt meine Frau, spielte Händels *Largo* auf der Querflöte und führte den Hund spazieren.‹« Wieder lächelte sie ihn strahlend und unverbindlich an.
Poirot führte sie ins Wohnzimmer. Sie betrachtete die geschmackvolle, streng symmetrische Einrichtung und nickte.
»Hübsch«, sagte sie. »Von allem doppelt. Wie Sie mein Atelier hassen würden.«
»Warum?«
»Ach, überall klebt Ton, und Sachen stehen herum, die ich liebe und die es gar nicht vertragen würden, wenn es sie zweimal gäbe.«
»Aber das verstehe ich doch, Mademoiselle, Sie sind eine Künstlerin.«
»Sind Sie nicht auch ein Künstler, Monsieur Poirot?«
Poirot legte den Kopf schief. »Das ist eine schwierige Frage. Aber bei genauerer Betrachtung würde ich doch verneinen. Ich habe Verbrechen erlebt, die kunstvoll waren – höchste Beweise der Phantasie, verstehen Sie? Um sie zu lösen – nein, dazu braucht man keine schöpferische Kraft. Nichts als leidenschaftliche Wahrheitsliebe ist nötig.«
»Leidenschaftliche Wahrheitsliebe«, wiederholte Henrietta nachdenklich. »Ja, ich begreife, wie gefährlich sie sein kann. Würden Sie mit der Wahrheit zufrieden sein?«

Er sah sie fragend an. »Wie meinen Sie das, Miss Savernake?«
»Ich kann verstehen, daß Sie *wissen* wollen. Aber würde Ihnen das genügen? Müßten Sie nicht einen Schritt weitergehen und Ihr Wissen in Handlung umsetzen?«
Er fand den Gedanken interessant. »Wollen Sie damit andeuten, daß, wenn ich die Wahrheit über Dr. Christows Tod wüßte, ich mich damit zufriedengeben könnte, dieses Wissen für mich zu behalten? Kennen Sie denn die Wahrheit?«
Henrietta zuckte mit den Schultern. »Die auf der Hand liegende Lösung scheint Gerda zu sein. Was für ein Zynismus, daß der Ehemann oder die Ehefrau immer zuerst verdächtigt wird.«
»Sie billigen das nicht?«
»Ich bemühe mich immer, unvoreingenommen zu sein.«
»Warum sind Sie hergekommen, Miss Savernake?« fragte Poirot ruhig.
»Ich muß gestehen, daß ich Ihre Leidenschaft für die Wahrheit nicht teile, Monsieur Poirot. Den Hund spazierenzuführen war ein so hübscher Vorwand. Die Angkatells haben natürlich keine Hunde, das haben Sie sicherlich bei Ihrem Besuch bemerkt.«
»Es ist mir nicht entgangen.«
»Deshalb lieh ich mir den Spaniel des Gärtners. Wissen Sie, Monsieur Poirot, ich bin nicht sehr wahrheitsliebend.« Wieder lächelte sie ihn strahlend an.
Er fragte sich, wieso er es plötzlich unendlich rührend fand.
»Ja, aber Sie sind ehrlich.«
»Warum sagen Sie das?« Sie war aufgebracht – fast sogar bestürzt, wie ihm schien.
»Weil ich es glaube.«
»Ehrlichkeit«, sagte Henrietta nachdenklich. »Manchmal frage ich mich wirklich, was man darunter versteht.«
Sie saß sehr still da und starrte auf den Teppich. Dann hob sie den Kopf und sah ihn ruhig an. »Sie wollen also wissen, warum ich hier bin?«
»Vielleicht fällt es Ihnen schwer, die passenden Worte zu finden.«

»Ja, vielleicht. Morgen ist die gerichtliche Voruntersuchung, Monsieur Poirot. Man muß sich entscheiden, wieviel –«
Sie brach ab. Sie erhob sich, wanderte zum Kamin, verschob ein oder zwei Nippes und stellte eine Vase mit Astern von der Mitte eines Tisches auf die äußerste Ecke des Kaminsimses. Sie trat zurück, beäugte das Arrangement mit schiefem Kopf und fragte: »Wie gefällt es Ihnen, Monsieur Poirot?«
»Überhaupt nicht, Mademoiselle.«
»Das dachte ich mir.« Sie lachte und stellte alle Dinge wieder an ihren alten Platz zurück. »Na schön, wenn man etwas auf dem Herzen hat, soll man es auch sagen. Irgendwie habe ich das Gefühl, daß man mit Ihnen reden kann. Also los: Muß Ihrer Meinung nach die Polizei erfahren, daß ich Johns Geliebte war?«
Sie stellte die Frage anscheinend ziemlich sachlich. Sie sah ihn dabei nicht an, sondern starrte auf einen Punkt an der Wand über seinem Kopf. Mit dem Zeigefinger malte sie die Umrisse der Vase nach, in der die roten Astern standen. Ihm kam der Gedanke, daß diese Geste ein Ventil für ihre Gefühle war.
»Ich verstehe«, sagte Poirot ebenso sachlich. »Sie waren ein Liebespaar.«
»So kann man es auch ausdrücken.«
Sein Interesse an Henrietta Savernake wuchs. »Wie lange waren Sie seine Geliebte?« fragte er.
»Ungefähr sechs Monate.«
»Vermutlich wird dies die Polizei ohne große Schwierigkeiten feststellen?«
Henrietta überlegte. »Ich glaube schon. Jedenfalls wenn sie nach so etwas sucht.«
»Oh, sie wird nach so etwas suchen – das kann ich Ihnen versichern!«
»Ja, das nahm ich auch an.« Sie schwieg und legte die Hände flach auf ihre Knie. Sie betrachtete sie und sah Poirot freundlich an. »Also, Monsieur Poirot, was macht man da? Zu Inspektor Grange gehen und – hm, was erzählt man so einem Schnurrbart? Es ist ein so schrecklich spießiger Schnurrbart.«
Poirots Hand tastete sich zu seinem eigenen stolzen Gesichtsschmuck hinauf. »Und meiner, Mademoiselle?«

»Ihr Bart, Monsieur Poirot, ist ein künstlerischer Triumph! Er ruht in sich selbst. Ich bin überzeugt, er ist einzigartig.«
»Absolut!«
»Und vermutlich ist er auch der Grund, warum ich so mit Ihnen rede. Nehmen wir einmal an, daß die Polizei die Wahrheit über John und mich erfahren muß, ist es auch nötig, daß es alle Welt erfährt?«
»Das hängt davon ab«, sagte Poirot. »Wenn die Polizei findet, daß es für den Fall unwichtig ist, wird sie diskret sein. Sie – sind deswegen sehr besorgt?«
Henrietta nickte. Sie starrte wieder auf ihre Hände hinunter, dann hob sie plötzlich den Kopf und sagte mit einer Stimme, die nicht mehr ausdruckslos und entspannt klang: »Warum sollte man die Dinge für Gerda noch schlimmer machen, als sie es schon sind? Sie betete John an, und er ist tot. Sie hat ihn verloren. Warum ihren Kummer noch vergrößern?«
»Es geht Ihnen also nur um sie?«
»Halten Sie mich für eine Heuchlerin? Vermutlich finden Sie, daß ich mit John nichts hätte anfangen sollen, wenn mir Gerdas Seelenfrieden wirklich am Herzen gelegen hätte. Aber Sie begreifen gar nichts – so war es eben nicht. Ich habe seine Ehe nicht zerstört. Ich war nur eine von – es war eine logische Entwicklung.«
»So, so.«
»Nein, nein!« rief sie heftig. »Nicht was Sie denken! Darum geht es mir doch! Alle Leute werden das Falsche denken. So war John nicht! Deshalb bin ich hier, deshalb möchte ich mit Ihnen reden – weil ich die vage Hoffnung habe, daß ich es Ihnen vielleicht begreiflich machen kann. Ich meine, begreiflich machen, was für ein Mensch John war. Ich kann mir so genau vorstellen, was passiert – die Schlagzeilen in den Zeitungen – das Liebesleben eines Arztes – Gerda, ich, Veronika Cray. Aber John war nicht so – im Gegenteil, er war ein Mann, der kaum an Frauen dachte. Nicht die Frauen spielten die wichtigste Rolle in seinem Leben, sondern seine Arbeit! Er hatte nur Interesse für seine Arbeit, er fand sie aufregend – ja, sie befriedigte sogar seine Abenteuerlust. Wenn man John überrumpelt und aus dem Stegreif gefragt hätte, an welche

Frau er am meisten dachte, wissen Sie, welchen Namen er genannt hätte? Mrs. Crabtree, hätte er gesagt.«

»Mrs. Crabtree?« wiederholte Poirot überrascht. »Wer ist denn das?«

Halb weinend, halb lachend sagte Henrietta: »Eine alte häßliche Frau mit einem unbezähmbaren Lebenswillen. John hielt sehr viel von ihr. Sie liegt im Krankenhaus und hat die Ridgewaysche Krankheit – eine sehr seltene Krankheit und bis heute unheilbar. Aber John war auf dem Weg, ein Medikament zu entwickeln – ich kann es wissenschaftlich nicht erklären – es ist alles sehr kompliziert – irgendwelche Hormone spielen dabei eine Rolle. John machte gewisse Experimente, und Mrs. Crabtree war seine wichtigste Patientin dabei. Verstehen Sie, sie hat Mut, sie *wollte* am Leben bleiben. Außerdem mochte sie John. Sie und er kämpften sozusagen Seite an Seite. Seit Monaten beschäftigte John kaum etwas anderes als diese Krankheit und Mrs. Crabtree. Tag und Nacht, nichts anderes zählte. Die Art von Arzt war John nämlich – kein Modefatzke aus der Harley Street mit reichen, dicken Patientinnen, das lief nur so nebenher. Seine große wissenschaftliche Neugier, seine Wißbegierde und sein Drang, etwas zu erreichen, das allein – ach, ich wünschte, ich könnte es Ihnen richtig erklären!«

Ihre Hände machten eine seltsam verzweifelte Geste. Hercule Poirot fand, daß sie sehr schön und sensibel waren. »*Sie* scheinen ihn jedenfalls gut verstanden zu haben!« bemerkte er.

»Ja, ja, ich verstand ihn. John kam immer zu mir, um zu reden. Eigentlich gar nicht mit mir – oder nur zum Teil. Er redete eher mit sich selbst. Auf diese Weise wurde er sich über viele Dinge klar. Manchmal war er fast verzweifelt, er wußte nicht, wie er die erhöhte Toxizität beeinflussen sollte, dann machte er sich Gedanken, wie er die Behandlung ändern könnte. Ich kann Ihnen nicht erklären, wie das war. Wie – ja, wie eine Schlacht. Sie haben keine Ahnung, was für eine Wut er haben konnte, was für eine Begeisterung und – und auch Verzweiflung. Und manchmal war er nur müde...« Sie schwieg, in Erinnerungen versunken. Ihre Augen verdunkelten sich.

»Sie haben selbst gewisse Fachkenntnisse?« fragte Poirot schließlich neugierig.
Sie schüttelte den Kopf. »Kaum. Nur soviel, daß ich John verstehen konnte. Ich besorgte mir die entsprechenden Bücher.« Wieder schwieg sie eine Weile. Ihr Gesicht hellte sich auf, ihre Lippen öffneten sich ein wenig. Poirot sah, daß sie an Vergangenes dachte. Mit einem Seufzer kehrte Henrietta schließlich in die Gegenwart zurück. Zweifelnd starrte sie Poirot an. »Wenn ich es Ihnen doch nur begreiflich machen könnte –«
»Das haben Sie doch, Mademoiselle.«
»Wirklich?«
»Ja. Ich kann Echtes sehr wohl von Falschem unterscheiden.«
»Ich danke Ihnen. Es wird nicht einfach sein, Inspektor Grange die Sachlage zu erklären.«
»Vermutlich nicht. Er wird sich mehr für die private Seite interessieren.«
»Dabei war das so unwichtig«, sagte Henrietta heftig. »Völlig unwichtig.«
Poirots Augenbrauen zogen sich in die Höhe. Sie antwortete sofort auf seinen unausgesprochenen Protest.
»Aber es stimmt! Verstehen Sie – nach einer Weile – ich stand schließlich zwischen John und seinen wissenschaftlichen Problemen. Ich machte ihm zu schaffen – als Frau. Er konnte sich nicht mehr so konzentrieren, wie er gewollt hätte – wegen mir. Er bekam Angst, daß er anfangen könnte mich zu lieben, und er wollte überhaupt niemanden lieben. Er – er schlief mit mir, damit er nicht zu viel an mich denken mußte. Es sollte alles harmlos und unverbindlich bleiben, einfach eine Affäre wie viele vorher.«
»Und Sie – Sie fanden sich damit ab?« Poirot beobachtete sie genau.
Henrietta stand auf. »Nein«, erwiderte sie ruhig. »Schließlich bin ich auch nur ein Mensch...«
Poirot wartete ein paar Augenblicke und sagte dann: »Warum, Mademoiselle, haben Sie nicht –«
»Warum?« Sie machte eine heftige Handbewegung. »Ich wollte, daß John zufrieden war, daß *er* bekam, was er wollte. Er

sollte mit den Dingen weitermachen können, die ihm am Herzen lagen – mit seiner Arbeit, seinen Forschungen. Wenn er nicht verletzt werden wollte – wenn er nicht wieder verwundbar werden wollte – nun, ich war damit einverstanden.«
Poirot rieb sich die Nase. »Sie erwähnten eben Veronika Cray, Miss Savernake. War sie auch eine Freundin?«
»Er hatte sie vor fünfzehn Jahren zum letztenmal gesehen. Dann erst wieder am Sonnabend abend.«
»Eine alte Bekannte sozusagen?«
»Sie waren verlobt gewesen und wollten heiraten.« Henrietta setzte sich wieder. »Ich sehe schon, ich muß Ihnen noch mehr erzählen. Dann wird auch manches noch klarer. John liebte Veronika bis zum Wahnsinn. Veronika war und ist ein lupenreines kleines Luder, eine unglaubliche Egoistin. Sie stellte die Bedingung, daß John alles aufgab, was ihn interessierte, um Miss Veronika Crays zahmer kleiner Ehemann zu werden. John löste die Verbindung – zu Recht. Aber er litt entsetzlich. Er hatte nur noch den einen Gedanken: Jemanden zu heiraten, der völlig anders war als Veronika. Er heiratete Gerda, die man etwas unelegant als erstklassiges Dummchen bezeichnen könnte. Das war zwar alles ganz gut und schön, aber jeder hätte ihm sagen können, daß er es eines Tages satt kriegen würde, mit einem Dummchen verheiratet zu sein. Er hatte verschiedene Affären – keine war wichtig für ihn. Gerda wußte natürlich nie Bescheid. Aber ich persönlich hatte das Gefühl, daß seit fünfzehn Jahren mit John irgend etwas nicht stimmte – und das mußte mit Veronika zusammenhängen. Er kam nie richtig über die Sache weg. Und dann, letzten Sonnabend abend, traf er sie wieder.«
Nach einer langen Pause sagte Poirot verträumt: »Er brachte sie nach Hause und kehrte erst um drei Uhr morgens ins ›Eulenhaus‹ zurück.«
»Woher wissen Sie das?«
»Ein Hausmädchen hatte Zahnweh.«
»Lucy hat viel zuviel Personal«, sagte Henrietta übergangslos.
»Sie wußten es auch, Mademoiselle.«
»Ja.«
»Wieso?«

Nach einem fast unmerklichen Zögern erwiderte sie: »Ich schaute aus dem Fenster und sah ihn kommen.«
»Auch Zahnweh, Mademoiselle?«
Sie lächelte ihn an. »Es war eine andere Art von Weh, Monsieur Poirot.« Sie stand auf und ging zur Tür.
»Ich begleite Sie, Mademoiselle«, sagte Poirot und folgte ihr hinaus.
Sie überquerten die Straße und traten durch das Gartentor auf den Pfad, der durch die jungen Kastanienbäume zum Swimming-pool und zum Haus führte.
»Wir müssen nicht am Schwimmbecken vorbei«, sagte Henrietta, »wenn wir uns links halten und den höher gelegenen Weg durch die Blumenbeete nehmen.«
Der Pfad führte steil nach oben zum Wald. Nach einer Weile erreichten sie einen Weg, der im rechten Winkel abzweigte und über die Hügel oberhalb der Kastanienbäume führte. Sie machten vor einer Bank halt, und Henrietta setzte sich. Poirot nahm neben ihr Platz. Hinter ihnen und zu beiden Seiten zog sich der Wald hin, unter ihnen lag die dichtbepflanzte Kastanienallee. Von der Bank führte ein kurvenreicher Weg hinunter zum Swimming-pool, der als schimmernder blauer Wasserfleck zu erkennen war.
Poirot beobachtete Henrietta schweigend. Ihr Gesicht war ruhig, die Anspannung daraus verschwunden. Es wirkte runder und jünger. Er konnte sich vorstellen, wie sie als junges Mädchen ausgesehen haben mußte.
»Woran denken Sie, Mademoiselle?« fragte er schließlich freundlich.
»An ›Ainswick‹.«
»Was ist ›Ainswick‹?«
»›Ainswick‹ ist ein Haus.« Fast träumerisch beschrieb sie es ihm – das weiße, anmutige Gebäude, die große Magnolie am Fenster, den wie ein Amphitheater ansteigenden Park.
»Es war Ihr Zuhause?«
»Nein, eigentlich nicht. Ich lebte in Irland. Aber in den Ferien waren wir immer dort, Edward und Midge und ich. Lucy wuchs dort auf. Der Besitz gehörte ihrem Vater. Nach seinem Tod erbte Edward ihn.«

»Nicht Sir Henry? Jedenfalls hat er den Adelstitel.«
»Ach, der hängt mit einem Orden zusammen, den er mal gekriegt hat. Henry ist nur ein entfernter Vetter.«
»Und nach Edward Angkatell – an wen geht das Anwesen dann?«
»Komisch, daran habe ich noch nie gedacht. Wenn Edward nicht heiratet –« Sie schwieg. Ein Schatten legte sich über ihr Gesicht. Hercule Poirot fragte sich, welchen Gedanken sie wohl nachhing. »Vermutlich erbt David«, meinte sie schließlich zögernd. »Also deshalb –«
»Was deshalb –«
»Darum hat Lucy ihn eingeladen! David und ›Ainswick‹?« Sie schüttelte den Kopf. »Er paßt nicht dorthin!«
Poirot wies auf den Pfad vor ihnen. »Sind Sie auf diesem Weg zum Swimming-pool hinuntergegangen?«
Sie erschauerte leicht. »Nein, auf dem näher beim Haus. Edward kam von hier.« Sie sah ihn voll an. »Müssen wir noch weiter davon sprechen? Ich hasse den Swimming-pool. Ich hasse sogar das ›Eulenhaus‹ da unten im Loch.«
»›Ich hasse das schreckliche Loch hinter dem kleinen Wald‹«, begann Poirot zu zitieren. »›Die Wellen im Hang sind betupft mit blutroter Heide, rote Bänder, die wie vom schweigenden Schrecken des Blutes triefen, und das Echo dort antwortet auf jede Frage mit Tod.‹«
Henrietta wandte ihm überrascht das Gesicht zu.
»Tennyson!« Hercule Poirot nickte stolz. »Ein Gedicht Ihres Lord Tennyson.«
»...und das Echo dort antwortet auf jede Frage mit Tod«, wiederholte Henrietta. Und wie zu sich selbst fügte sie hinzu: »Natürlich, jetzt verstehe ich – das ist es: nur ein Echo!«
»Wie meinen Sie das?«
»Der Park hier – das ›Eulenhaus‹, alles. Ich habe es auch schon einmal so empfunden, am Sonnabend, als Edward und ich zur Hügelkuppe hinaufgingen. Ein Echo von ›Ainswick‹. Und wir Angkatells sind auch nichts anderes – nur Echos. Wir sind nicht wirklich – nicht so wirklich, wie John es war.«
Henrietta musterte Poirot eindringlich. »Ich wünschte, Sie hätten ihn gekannt, Monsieur Poirot! Im Vergleich zu John

sind wir nur Schattengestalten. John war als einziger wirklich lebendig.«
»Ich spürte das auch, obwohl er im Sterben lag, Mademoiselle.«
»Ich weiß. Jeder fühlte es... Und John ist tot, und wir, die Echos, leben... wirklich ein schlechter Scherz.« Ihr Gesicht wirkte nicht mehr jung, die Lippen waren schmerzvoll zusammengepreßt.
Als Poirot ihr eine Frage stellte, begriff sie nicht sofort den Sinn und sagte nach einem Moment: »Entschuldigen Sie, Monsieur Poirot, ich habe nicht zugehört.«
»Ich fragte, ob Ihre Tante, Lady Angkatell, Dr. Christow mochte.«
»Lucy? Sie ist meine Kusine, nicht meine Tante. Ja, sie mochte ihn sehr.«
»Und Ihr – Ihr Vetter, nicht wahr? – Mr. Edward Angkatell, wie stand er zu Dr. Christow?«
Ihre Antwort klang etwas gezwungen, fand Poirot.
»Nicht besonders herzlich. Sie kannten sich kaum.«
»Und Ihr – das ist noch ein Vetter, nicht wahr? – Mr. David Angkatell?«
Henrietta lächelte. »David haßt uns alle, glaube ich. Er verschanzt sich in der Bibliothek und liest in der *Encyclopaedia Britannica*.«
»Aha, ein ernsthafter junger Mann.«
»Er tut mir leid. Er hatte kein schönes Zuhause. Seine Mutter war nervenkrank – unheilbar. Aus Selbstschutz glaubt er nun, den Überlegenen spielen zu müssen. Solange das funktioniert, ist alles gut, doch hin und wieder bricht die Fassade zusammen, und der verletzliche David kommt zum Vorschein.«
»Fühlte er sich auch Dr. Christow überlegen?«
»Er versuchte es – nur glaube ich nicht, daß es klappte. Vielmehr habe ich den Verdacht, daß John Christow genau der Typ Mann war, der David gern gewesen wäre. Folglich mochte er John nicht.«
Poirot nickte nachdenklich. »Ja – Selbstsicherheit, Vertrauen, Tatkraft, das sind wichtige männliche Eigenschaften. Interessant – sehr interessant.«

Henrietta schwieg.
Durch die Kastanienbäume konnte Poirot unten beim Swimming-pool einen gebeugt gehenden Mann sehen, der nach etwas suchte. Jedenfalls schien es so. »Ich frage mich...«, murmelte Poirot.
»Wie bitte?«
»Das ist einer von Inspektor Granges Leuten«, erklärte Poirot. »Offenbar sucht er nach etwas.«
»Nach Beweisen vermutlich. Suchen Polizisten nicht immer danach? Zigarettenasche, Fußspuren, abgebrannte Streichhölzer.« Es klang etwas spöttisch und bitter.
»Ja, nach solchen Dingen suchen sie oft«, entgegnete Poirot ernst. »Und manchmal finden sie sie auch. Aber die wichtigen Hinweise, Miss Savernake, findet man bei einem Fall wie diesem gewöhnlich in den Beziehungen der betroffenen Personen.«
»Ich begreife nicht ganz, was Sie meinen.«
»Nebensächlichkeiten«, sagte Poirot, den Kopf in den Nacken gelegt, die Augen halb geschlossen. »Nicht Zigarettenasche oder der Abdruck eines Gummiabsatzes – sondern eine Geste, ein Blick, eine plötzliche Reaktion...«
Henrietta wandte ruckartig den Kopf und musterte ihn kritisch. Er spürte ihren Blick, doch er reagierte nicht darauf.
»Denken Sie an etwas Bestimmtes?« fragte sie.
»Ich hatte das Bild vor Augen, wie Sie vortraten, Mrs. Christow den Revolver aus der Hand nahmen und ihn in das Schwimmbecken fallen ließen.«
Er spürte, daß sie ihn weiter ansah. Ihre Stimme klang wie immer, ruhig und freundlich, als sie nun sagte: »Gerda ist ein ziemlicher Tollpatsch, Monsieur Poirot. Sie stand unter Schock, und wenn im Revolver noch eine Patrone gewesen wäre, hätte sie vielleicht abgedrückt und – und jemanden verletzt.«
»Aber es war von Ihnen doch ziemlich ungeschickt, ihn ins Wasser fallen zu lassen, nicht wahr?«
»Nun, ich hatte auch einen Schock.« Sie schwieg. »Was wollen Sie damit andeuten, Monsieur Poirot?« fragte sie dann.
Poirot setzte sich auf, sah sie voll an und antwortete sachlich

und kühl: »Wenn Fingerabdrücke auf dem Revolver gewesen wären, das heißt, ehe Mrs. Christow ihn in die Hand nahm, dann wäre es interessant gewesen festzustellen, wem sie gehörten. Jetzt werden wir es nie mehr erfahren.«
»Was bedeutet, daß Sie glauben, es seien meine gewesen. Sie implizieren, daß ich John erschoß und den Revolver neben ihm liegen ließ, damit Gerda ihn aufhob und als die Schuldige dastand. Das wollen Sie doch andeuten, nicht wahr? Aber wenn alles so war, dann müßten Sie mir immerhin soviel Intelligenz zubilligen, daß ich meine eigenen Fingerabdrücke abgewischt haben würde.«
»Sicherlich sind Sie aber auch so intelligent zu begreifen, Mademoiselle, daß dann nur Mrs. Christows Fingerabdrücke auf der Waffe gewesen wären, und *das* wäre höchst bemerkenswert! Denn Sie alle hatten am Tag zuvor mit diesem Revolver geschossen! Gerda Christow würde kaum vorher die Waffe abgewischt haben – warum sollte sie auch?«
»Also glauben Sie, daß ich John tötete?« fragte Henrietta langsam.
»Kurz vor seinem Tod sagte Dr. Christow noch ein Wort. Er sagte: ›Henrietta!‹«
»Und Sie halten das für eine Anschuldigung? Das stimmt nicht!«
»Was dann?«
Henrietta streckte den Fuß aus und zeichnete mit der Schuhspitze eine Figur in den Staub. »Haben Sie denn vergessen, was ich Ihnen vorhin erzählte?« fragte sie leise. »Ich meine – wie wir zueinander standen?«
»Ah ja, er war Ihr Liebhaber. Und deshalb nennt er Ihren Namen, als er stirbt. Wirklich rührend.«
Sie funkelte ihn an. »Müssen Sie darüber spotten?«
»Ich spotte nicht. Aber ich mag es nicht, wenn man mich anlügt, und ich glaube, daß Sie genau dies jetzt tun.«
»Ich sagte Ihnen schon, daß ich es mit der Wahrheit nicht so genau nehme. Doch als John ›Henrietta‹ sagte, wollte er mich damit nicht als seine Mörderin hinstellen. Begreifen Sie nicht, daß Menschen wie ich, die Dinge erschaffen, völlig unfähig sind, Leben zu vernichten? Ich bringe keine Leute um, Mon-

sieur Poirot. Ich könnte es gar nicht. Das ist die Wahrheit, nichts als die Wahrheit. Sie verdächtigen mich, nur weil ein Sterbender meinen Namen murmelte. Vielleicht wußte er gar nicht, was er sagte.«

»Dr. Christow war völlig klar. Seine Stimme war deutlich und sachlich wie die eines Arztes bei einer gefährlichen Operation, wenn er sagt: ›Schwester, die Zange, bitte!‹«

»Aber –« Sie schien verwirrt, als wisse sie nicht, was sie antworten sollte.

»Es handelt sich auch gar nicht nur um das, was Dr. Christow vor seinem Tod noch sagte. Ich glaube keinen Augenblick, daß Sie zu einem vorsätzlichen Mord fähig sind – nein, das nicht. Aber Sie hätten den Schuß aus einem plötzlichen Impuls heraus abgeben können, aus Haß. Und dann, Mademoiselle, dann würden Sie genug Phantasie besitzen, und auch Tatkraft, um Ihre Spuren zu verwischen.«

Henrietta stand auf. Blaß und erschüttert stand sie da und sagte mit einem bedauernden Lächeln: »Und ich dachte, Sie mögen mich.«

Hercule Poirot seufzte. »Das ist ja das Unglückselige an der Sache: Ich mag Sie tatsächlich.«

19

Nachdem Henrietta gegangen war, saß Poirot noch eine Weile auf der Bank, bis er Inspektor Grange mit energischen Schritten unten am Pool vorbeieilen und auf dem Weg hinter dem Pavillon verschwinden sah. Der Inspektor machte einen zielstrebigen Eindruck. Entweder will er nach »Resthaven« oder nach »Dovecotes«, überlegte Poirot.

Er stand auf und kehrte auf dem Weg, den er gekommen war, zu seinem Haus zurück. Falls der Inspektor beabsichtigte, ihn zu besuchen, wollte er ihn nicht zu lange warten lassen. Poirot war neugierig zu erfahren, ob es in dem Fall neue Hinweise gab.

Doch als er in »Resthaven« ankam, war von einem Besucher

weit und breit nichts zu sehen. Nachdenklich blickte Poirot die Straße entlang, in Richtung »Dovecotes«. Soviel er wußte, war Veronika Cray nicht nach London zurückgekehrt.
Sein Interesse für die Schauspielerin wuchs immer mehr: der elegante Weißfuchs, das Häufchen Streichholzschachteln, ihr plötzliches Auftauchen am Sonnabend abend unter einem fadenscheinigen Vorwand und schließlich Henrietta Savernakes Enthüllungen über John Christows Beziehungen zu ihr. Ein interessantes Muster, dachte er. Ja, so sah er es – als ein Muster, ein Gewebe aus ineinander verwobenen Gefühlen, der Zusammenprall starker Persönlichkeiten. Ein seltsames, ineinanderfließendes Muster mit dunklen Fäden von Haß und Gier darin.
Hatte Gerda Christow ihren Mann wirklich erschossen? Oder war die Lösung nicht so einfach?
Er erinnerte sich an seine Unterhaltung mit Henrietta und kam zu dem Schluß, daß der Mordfall sehr viel komplizierter lag. Henrietta glaubte, daß er sie der Tat verdächtigte, aber in Wirklichkeit war er in seinen Gedanken nie soweit gegangen, sondern nur bis zu der Annahme, daß sie etwas wußte. Daß sie etwas wußte oder etwas verbarg – was von beidem?
Unzufrieden schüttelte er den Kopf.
Die Szene am Pool. Eine gestellte Szene, wie auf der Bühne. Aber von wem gestellt? Und für wen?
Die Antwort auf die zweite Frage war, so hatte er den starken Verdacht, Hercule Poirot. Das hatte er ja schon im ersten Augenblick angenommen. Er fand es damals unverschämt, hielt es für einen Scherz. Auch jetzt hielt er es noch für eine Unverschämtheit, aber natürlich nicht mehr für einen Scherz. Und die Antwort auf die erste Frage?
Er schüttelte den Kopf. Er wußte es nicht. Er hatte nicht die leiseste Ahnung.
Er schloß halb die Augen – und sah sie deutlich vor sich, alle: Sir Henry, aufrecht, verantwortungsbewußt, ein treuer Diener seines Landes. Lady Angkatell, undeutbar, ausweichend, und doch von einem überwältigenden Charme, aber ausgestattet mit jener gefährlichen Waffe sprunghafter Eingebungen. Henrietta Savernake, die John Christow mehr geliebt hatte als sich

selbst. Der freundliche, blasse Edward Angkatell. Das dunkelhaarige, energische Mädchen namens Midge Hardcastle. Gerda Christow, wie sie mit bestürztem Gesicht den Revolver in der Hand hielt. Der verletzliche David Angkatell, der noch nicht ganz erwachsen war.
Poirot ließ sie einen nach dem andern Revue passieren, Menschen, die für eine kurze Zeit durch die erbarmungslosen Nachwirkungen eines plötzlichen und gewaltsamen Todes miteinander verbunden waren. Für jeden hatte er seine eigene tragische Bedeutung, für jeden war es ein anderes Erlebnis.
Und irgendwo in diesem Zusammenspiel von Charakteren und Gefühlen lag die Wahrheit verborgen.
Für Hercule Poirot war nur noch eine Sache faszinierender als das Studium des menschlichen Wesens: die Jagd nach der Wahrheit.
Er war fest entschlossen, die Wahrheit über John Christows Tod herauszufinden.

»Selbstverständlich, Inspektor«, sagte Veronika. »Ich bin nur zu gern bereit, Ihnen zu helfen.«
»Vielen Dank, Miss Cray.«
Irgendwie glich Veronika Cray so gar nicht dem Bild, das sich der Inspektor von ihr gemacht hatte.
Er war gefaßt gewesen auf eine Reklameschönheit, auf Künstlichkeit, ja sogar auf pathetische Gesten. Es würde ihn absolut nicht gewundert haben, wenn sie Theater gespielt hätte. Insgeheim hatte er sie tatsächlich im Verdacht, daß sie ihm etwas vormachte. Aber nicht so, wie er erwartet hatte.
Sie versuchte nicht, ihn mit ihren weiblichen Reizen zu bestricken, ihn mit ihrem Charme hinters Licht zu führen.
Vielmehr hatte er das Gefühl, daß er zwar einer äußerst gut aussehenden und teuer angezogenen Frau gegenübersaß, die aber eher wie eine gute Geschäftsfrau wirkte. Veronika Cray war nicht dumm.
»Wir brauchen nur eine klare Aussage von Ihnen, Miss Cray. Am Sonnabend abend gingen Sie ins ›Eulenhaus‹ hinüber?«
»Ja, weil ich keine Streichhölzer mehr hatte. Man vergißt, was

für eine Bedeutung solche Dinge auf dem Land haben können.«

»War es bis zum ›Eulenhaus‹ nicht ziemlich weit? Warum fragten Sie nicht Ihren nächsten Nachbarn, Monsieur Poirot?«

Sie lächelte – ein herrliches, kameragewohntes Lächeln.

»Ich wußte da noch nicht, wer mein Nachbar war – sonst hätte ich mich natürlich an ihn gewandt. Ich wußte nur, daß er Ausländer war, und ich hatte Angst, er könnte lästig werden, so nahe, wie er wohnte.«

Ja, das klingt glaubwürdig, dachte Grange. Sie hatte sich ihre Argumente genau zurechtgelegt.

»Sie erhielten die gewünschten Streichhölzer«, sagte er. »Und bei dieser Gelegenheit erkannten Sie in Dr. Christow einen alten Freund wieder, soviel ich hörte.«

Sie nickte. »Der arme John. Ja, ich hatte ihn seit fünfzehn Jahren nicht mehr gesehen.«

»Tatsächlich?« Es klang höflich zweifelnd.

»Tatsächlich!« Ihre Antwort war sehr entschieden.

»Freuten Sie sich über das Wiedersehen?«

»Sehr sogar. Es ist immer schön, einem alten Freund wieder zu begegnen, finden Sie nicht auch, Inspektor?«

»Manchmal schon.«

Ohne auf eine neue Frage zu warten, fuhr Veronika Cray fort: »John begleitete mich nach Hause. Sie werden vermutlich wissen wollen, ob er irgend etwas sagte, das im Zusammenhang mit dieser schrecklichen Tragödie von Bedeutung sein könnte, und ich habe über unsere Unterhaltung sehr genau nachgedacht – aber mir fällt nichts ein.«

»Worüber sprachen Sie, Miss Cray?«

»Über alte Zeiten. ›Erinnerst du dich noch an dieses und jenes ...‹« Sie lächelte nachdenklich. »Wir hatten uns in Südfrankreich kennengelernt. Eigentlich war John noch genau wie früher, natürlich etwas älter geworden und sicherer. Anscheinend war er ein bekannter Arzt. Über sein Privatleben redete er nicht. Allerdings hatte ich den Eindruck, daß seine Ehe nicht recht glücklich war – aber ich kann nicht sagen, wieso ich dieses Gefühl hatte. Wahrscheinlich ist seine Frau, das arme Ding, der unscheinbare, eifersüchtige Typ, der ihm wegen

seiner gutaussehenden Patientinnen schreckliche Szenen machte.«
»Nein, so etwas scheint nicht ihre Art zu sein.«
»Sie meinen, es war mehr unterschwellig?« fragte sie rasch.
»Ja – ja, ich verstehe. Das ist viel gefährlicher.«
»Wenn ich recht verstehe, dann halten Sie Mrs. Christow für die Täterin, Miss Cray?«
»Das hätte ich wohl nicht sagen sollen. Man muß warten, bis die Untersuchungen abgeschlossen sind, wie es so schön heißt. Es tut mir schrecklich leid, Inspektor. Mein Mädchen hat mir nämlich erzählt, daß sie mit der Waffe in der Hand noch über ihn gebeugt dastand, als man ihn fand. Sie wissen, wie schnell die Dinge in so kleinen Orten wie hier aufgebauscht werden. Und das Personal klatscht.«
»Manchmal können die Angestellten recht nützlich sein, Miss Cray.«
»Ja. Ich nehme an, daß Sie eine Menge Informationen aus dieser Richtung erhalten.«
Grange ließ sich nicht aus der Ruhe bringen. »Natürlich spielt auch die Frage eine Rolle, wer ein Motiv hatte...« Er schwieg.
Veronika lächelte leicht und etwas bedauernd. »Und die Ehefrau ist immer die Hauptverdächtige? Wie gemein! Aber gewöhnlich gibt es dann immer noch ›die andere Frau‹. *Sie* hatte bestimmt ein Motiv.«
»Sie glauben, daß es noch eine andere Frau in Dr. Christows Leben gab?«
»Hm – ja. Das könnte ich mir gut vorstellen. Es ist nur so ein Eindruck, wissen Sie.«
»Solche Eindrücke können manchmal sehr hilfreich sein«, bemerkte Grange trocken.
»Nach allem, was er sagte, hatte ich das Gefühl, daß diese Bildhauerin eine sehr enge Freundin von ihm war. Doch sicherlich wissen Sie das längst?«
»Wir haben uns um diese Dinge gekümmert, natürlich.«
Inspektor Granges Stimme war völlig ausdruckslos. In ihren großen blauen Augen blitzte es vor boshafter Befriedigung kurz auf, was dem Inspektor nicht entging. Doch er ließ sich nichts anmerken.

Sachlich und amtlich klingend stellte er die nächste Frage: »Dr. Christow begleitete Sie nach Hause, wie Sie eben aussagten. Als Sie sich von ihm verabschiedeten – wieviel Uhr war es da?«
»Wissen Sie, ich kann mich wirklich nicht erinnern. Wir unterhielten uns ziemlich lange. Es dürfte recht spät gewesen sein.«
»Er kam mit hinein?«
»Ja, ich mixte ihm etwas zu trinken.«
»Ich verstehe. Ich dachte, Ihre Unterhaltung hätte im – im Pavillon am Swimming-pool stattgefunden.«
Er sah, wie ihre Lider zuckten. Sie zögerte kaum merklich, ehe sie antwortete.
»Sie sind wirklich ein Detektiv, was? Ja, wir saßen in dem Gartenhäuschen, rauchten und unterhielten uns eine Weile. Woher wissen Sie das?« Auf ihrem Gesicht lag ein wißbegieriger Ausdruck wie bei einem Kind, das einen Zaubertrick gezeigt bekommen möchte.
»Sie ließen Ihr Pelzcape dort liegen, Miss Cray.« Dann fügte er ohne besondere Betonung noch hinzu: »Und die Streichhölzer.«
»Ach, natürlich!«
»Dr. Christow kehrte um drei Uhr morgens ins ›Eulenhaus‹ zurück«, verkündete der Inspektor, auch diesmal wieder ohne jede Betonung.
»War es tatsächlich schon so spät?« Es klang ziemlich erstaunt.
»Ja, Miss Cray.«
»Wir hatten uns auch so viel zu erzählen – nach all den Jahren!«
»Sind Sie sicher, daß es wirklich so lange her ist?«
»Fünfzehn Jahre – das habe ich Ihnen doch schon gesagt.«
»Irren Sie sich auch nicht? Ich glaube nämlich eher, daß Sie sich ziemlich häufig getroffen haben.«
»Wieso nehmen Sie das an, um Himmels willen?«
»Nun, einmal wäre da diese Nachricht.« Inspektor Grange holte einen Bogen Papier aus seiner Tasche, warf einen Blick darauf, räusperte sich und las laut: »›Bitte, komm heute vormittag zu mir. Ich muß Dich sprechen, Veronika.‹«

»Ja-a.« Sie lächelte. »Es klingt vielleicht wirklich etwas kategorisch. Ich fürchte, Hollywood macht einen – hm, ziemlich arrogant.«
»Dr. Christow erschien daraufhin am nächsten Vormittag in Ihrem Haus. Sie stritten sich. Würde es Ihnen etwas ausmachen, Miss Cray, mir zu verraten, worum es bei diesem Streit ging?«
Der Inspektor hatte seine Batterien gefechtsbereit in Stellung gebracht. Das ärgerliche Aufblitzen ihrer Augen bemerkte er sehr wohl.
»Wir haben uns nicht gestritten«, erwiderte sie kurz.
»O doch, Miss Cray. Ihre letzten Worte waren: ›Ich glaube, ich hasse dich mehr, als ich je für möglich gehalten hätte, überhaupt hassen zu können.‹«
Sie antwortete nicht sofort. Er spürte, wie sie überlegte, wie sie hastig und wachsam nachdachte. Jede andere Frau hätte sich vielleicht in einen Schwall von Worten geflüchtet. Veronika Cray war viel zu klug dazu.
Schließlich zuckte sie mit den Schultern und meinte leichthin: »Ich verstehe schon. Noch mehr Dienstbotengeschwätz. Mein Mädchen hat eine ziemlich lebhafte Phantasie. Es gibt verschiedene Möglichkeiten, etwas zu sagen, wissen Sie. Ich versichere Ihnen, daß ich nicht melodramatisch war. Es war eher eine leicht kokette Anspielung. Schließlich kannten wir uns schon lange.«
»Die Worte waren also nicht ernst gemeint?«
»Ganz sicher nicht. Und ich betone noch einmal, daß ich John Christow fünfzehn Jahre nicht gesehen hatte, Inspektor. Das können Sie leicht nachprüfen lassen.« Sie hatte sich wieder gefaßt, war wieder gelassen und selbstsicher.
Grange verfolgte das Thema nicht weiter. Er stand auf. »Das wäre im Augenblick alles, Miss Cray«, sagte er freundlich und verabschiedete sich.
Er verließ »Dovecotes« und ging die Straße hinunter zum Gartentor von »Resthaven«.

Hercule Poirot starrte den Inspektor völlig entgeistert an. Ungläubig wiederholte er: »Der Revolver, den Gerda Christow in der Hand hielt und der in den Swimming-pool fiel, ist

nicht die Waffe, aus welcher der tödliche Schuß abgegeben wurde? Das ist höchst ungewöhnlich.«
»Da bin ich völlig Ihrer Meinung, Monsieur Poirot. Aber, offen gestanden – es ergibt keinen Sinn!«
»Da mögen Sie recht haben«, murmelte Poirot. »Trotzdem – wir müssen die Lösung finden, hm?«
Der Inspektor seufzte tief. »Darum geht es ja, Monsieur Poirot, es gibt eine Erklärung dafür, nur kann ich sie im Augenblick noch nicht sehen. Die Wahrheit ist, daß wir erst dann weiterkommen, wenn wir die Waffe finden, die tatsächlich benutzt wurde. Sie stammt jedenfalls auch aus Sir Henrys Sammlung – zumindest fehlt ihm eine, und das bedeutet: Die ganze Geschichte hängt mit dem ›Eulenhaus‹ zusammen.«
»Ja, sie hängt mit dem ›Eulenhaus‹ zusammen«, echote Poirot.
»Es schien ein einfacher, unkomplizierter Fall zu sein«, fuhr der Inspektor fort. »Tja – so einfach und unkompliziert ist er offenbar nicht.«
»Offenbar.«
»Wir müssen die Möglichkeit in Betracht ziehen, daß die Sache System hat – das heißt, daß es so aussehen sollte, als sei Gerda Christow die Mörderin. Aber warum ließ man in diesem Fall nicht die richtige Waffe liegen, damit Mrs. Christow sie aufhob?«
»Sie hätte sie nicht unbedingt aufheben müssen.«
»Schon möglich, doch selbst dann wäre sie verdächtig gewesen, solange keine anderen Abdrücke auf der Waffe gewesen wären, das heißt, wenn man sie hinterher abgewischt hätte. Und das bezweckte der Mörder schließlich, oder?«
»Tatsächlich?«
Grange starrte ihn erstaunt an. »Also, wenn man einen Mord begeht, dann möchte man ihn doch so schnell wie möglich und auch so glaubwürdig wie möglich einem andern anhängen, nicht wahr? Jedenfalls wäre das die normale Reaktion eines Täters.«
»Ja, schon. Aber vielleicht haben wir es hier nicht mit dem üblichen Typ von Mörder zu tun. Das könnte die Lösung unseres Problems sein.«
»Was?«

»Ein ungewöhnlicher Tätertyp.«
»Was steckt dann dahinter? Worauf wollte er oder sie hinaus?«
Poirot breitete mit einem Seufzer die Hände aus. »Ich habe keine Ahnung – absolut keine. Irgendwie habe ich das vage Gefühl...«
»Ja?«
»Daß der Mörder jemand ist, der John Christow umbringen, aber Gerda Christow nicht in die Geschichte hineinziehen wollte.«
»Hah! Dabei verdächtigten wir sie sofort, von Anfang an.«
»Ja, schon. Doch es war nur eine Frage der Zeit, bis die Wahrheit über die Waffe ans Licht kam, und das mußte dem Fall eine ganz neue Richtung geben. Inzwischen hatte der Täter Zeit –« Poirot schwieg abrupt.
»Zeit wofür?«
»Ach, *mon ami*, jetzt haben Sie mich! Wieder muß ich zugeben, daß ich darauf keine Antwort weiß.«
Inspektor Grange lief ein paarmal im Zimmer auf und ab. Dann blieb er vor Poirot stehen und sah ihn an. »Ich bin heute nachmittag aus zwei Gründen hier, Monsieur Poirot: Erstens weiß ich – und auch der Kriminalpolizei ist das bekannt –, daß Sie ein Mann von großer Erfahrung sind, der schon einige sehr schwierige Mordfälle gelöst hat. Das ist Grund Nummer eins. Und der andere Grund? Sie waren dort! Sie sind ein Augenzeuge. Sie sahen, was geschah!«
Poirot nickte.
»Ja, ich sah, was geschah«, wiederholte er. »Doch die Augen, Inspektor Grange, sind sehr unzuverlässige Beobachter.«
»Was soll das heißen, Monsieur Poirot?«
»Die Augen sehen manchmal nur, was sie sehen *sollen*.«
»Sie glauben, daß alles genau geplant war?«
»Ja, diesen Verdacht habe ich. Es war genau wie auf der Bühne, verstehen Sie? Was ich *sah*, war durchaus eindeutig: Ein Mann war gerade erschossen worden, und eine Frau beugte sich über ihn, die Tatwaffe in der Hand. Das war es, was ich *sah*. Und nun wissen wir bereits, daß eine Einzelheit an dieser Szene falsch war: Man hatte *nicht* mit dieser Waffe auf John Christow geschossen.«

»Hm!« Der Inspektor zog seine herabhängenden Schnurrbartenden noch mehr nach unten. »Und nun wollen Sie andeuten, daß auch andere Details nicht stimmen könnten?«
Poirot nickte. »Drei Leute waren außerdem noch da – drei Personen, die anscheinend gerade erst auf der Szene erschienen waren. Doch das könnte ein Irrtum sein. Der Pool ist von einem dichten Gehölz junger Kastanien umgeben. Fünf Wege führen von ihm ab, einer zum Haus, einer hinauf in den Wald, einer zu den Blumenbeeten hoch, einer hinunter zu den Wirtschaftsgebäuden und einer zur Straße.
Von den dreien kam jeder aus einer anderen Ecke, Edward Angkatell war im Wald gewesen, Lady Angkatell bei den Wirtschaftsgebäuden, Henrietta Savernake bei den Blumenbeeten oben über dem Haus. Alle drei trafen fast gleichzeitig auf dem Schauplatz ein, ein paar Minuten nach Gerda Christow.
Aber einer von ihnen hätte schon vor Gerda Christow dasein können, Inspektor, er hätte John Christow erschießen und zwischen den Bäumen verschwinden können. Dann wäre derjenige umgedreht und gleichzeitig mit den übrigen am Tatort aufgetaucht.«
»Klingt plausibel, ja.«
»Und noch eine weitere Möglichkeit, die wir bis jetzt nicht in Betracht gezogen haben. Jemand hätte über den Weg von der Straße kommen können. Er hätte Christow erschießen und unbemerkt wieder verschwinden können.«
»Sie haben völlig recht. Außer Gerda Christow gibt es noch zwei weitere Tatverdächtige. Alle mit demselben Motiv: Eifersucht. Ein Verbrechen aus Leidenschaft, einwandfrei! In John Christows Leben spielten noch zwei andere Frauen eine Rolle.« Er schwieg einen Augenblick und sagte dann: »An jenem Morgen hatte er Veronika Cray besucht. Sie stritten sich. Sie sagte zu ihm, daß er für das, was er ihr angetan habe, noch büßen würde, und sie nie geglaubt hätte, überhaupt so hassen zu können, wie sie ihn haßte.«
»Interessant!« murmelte Poirot.
»Sie kommt direkt aus Hollywood – und nach dem, was ich so in der Zeitung gelesen habe, sitzt bei denen manchmal die Pistole sehr locker. Vielleicht wollte sie ihr Pelzcape holen, das

sie im Pavillon vergessen hatte. Sie trafen sich zufällig, der alte Streit brach wieder auf, sie schoß, und als sie Schritte hörte, verschwand sie auf dem Weg, den sie gekommen war.« Wieder schwieg er nachdenklich. Dann fügte er wütend hinzu: »Und jetzt kommen wir zu dem Teil, wo alles durcheinander gerät. Dieses verdammte Schießeisen! Außer, sie erschoß ihn mit ihrer eigenen Waffe!« Seine Augen leuchteten auf. »Und dann ließ sie die fallen, die sie aus Sir Henrys Arbeitszimmer geklaut hatte, damit alle Leute aus dem ›Eulenhaus‹ in Verdacht gerieten. Vielleicht wußte sie, daß wir den Revolver dank der Markierung auf dem Lauf identifizieren würden.«

»Wie viele Leute wußten darüber Bescheid?«

»Über diesen Punkt habe ich Sir Henry befragt. Er meinte, daß viele Leute so was wüßten – wegen der Haufen Kriminalromane, die geschrieben werden. Er nannte auch gleich einen: *Das Geheimnis des Römischen Brunnens*. John Christow habe ihn noch am Sonnabend gelesen, und darin gehe es gerade um dieses Problem.«

»Aber Veronika Cray hätte sich den Revolver irgendwie aus Sir Henrys Arbeitszimmer beschaffen müssen.«

»Ja, und das spräche für einen Plan.« Der Inspektor zupfte wieder an seinem Schnurrbart. Dann sah er Poirot an. »Sie selbst haben noch eine andere Möglichkeit angedeutet, Monsieur Poirot: Da ist noch Miss Savernake. Und nun kommen Sie als Augenzeuge – oder sollte ich lieber sagen: Ohrenzeuge – wieder ins Spiel. Dr. Christow sagte, ehe er starb, noch ihren Namen: ›Henrietta!‹ Sie hörten es – alle hörten es. Allerdings scheint Mr. Angkatell nicht verstanden zu haben, was der Sterbende sagte.«

»Edward Angkatell verstand ihn nicht? Wie interessant!«

»Aber die anderen hörten den Namen genau. Miss Savernake selbst erklärte, daß er versucht habe, mit ihr zu sprechen. Lady Angkatell behauptet, daß er die Augen öffnete, Miss Savernake sah und dann ›Henrietta‹ sagte. Ich glaube, sie mißt dem nicht sehr viel Bedeutung bei.«

Poirot lächelte. »Das sieht ihr ähnlich.«

»Also, Monsieur Poirot, was ist mit Ihnen? Sie waren dort. Sie

sahen alles, hörten alles. Versuchte Dr. Christow, Ihnen klarzumachen, daß Henrietta auf ihn geschossen hatte? Kurz und gut, war das Wort eine Anschuldigung?«
»In jenem Augenblick dachte ich das nicht«, erwiderte Poirot zögernd.
»Und heute, Monsieur Poirot? Was denken Sie *jetzt*?«
Poirot seufzte. »Vielleicht war es eine Anklage. Mehr kann ich dazu nicht sagen. Sie wollen wissen, was für einen Eindruck ich hatte, und wenn der Augenblick vorüber ist, kann man der Versuchung erliegen, Dinge hineinzudeuten, die gar nicht da waren.«
»Natürlich ist unser Gespräch vertraulich«, beteuerte Grange hastig. »Was Monsieur Poirot denkt, ist kein Beweis – ich verstehe sehr gut. Ich bemühe mich nur, neue Anhaltspunkte zu finden.«
»Oh, ich begreife Sie durchaus – der Eindruck eines Augenzeugen kann sehr wertvoll sein. Doch zu meiner Schande muß ich gestehen, daß mein Zeugenbericht völlig unbrauchbar ist. Wegen des Bildes, das sich mir bot, nahm ich irrtümlich an, daß Mrs. Christow gerade ihren Mann erschossen habe. Als Dr. Christow die Augen öffnete und ›Henrietta‹ sagte, glaubte ich deshalb keinen Augenblick, daß es eine Anschuldigung sein könnte. Rückblickend ist es eine große Versuchung, in die Szene etwas hineinzuinterpretieren, was ursprünglich nicht vorhanden war.«
»Ich verstehe, was Sie meinen«, antwortete Grange. »Ich finde nur, daß dieses ›Henrietta‹ etwas zu bedeuten haben muß. Es war schließlich das letzte Wort, das er sprach. Entweder war es eine Anschuldigung oder eine reine Gefühlssache. Sie war die Frau, die er liebte, und er lag im Sterben. Wenn Sie jetzt noch einmal genau überlegen – wie hat das letzte Wort in Ihren Ohren geklungen?«
Poirot seufzte, reckte sich unbehaglich, schloß die Augen, öffnete sie wieder und streckte gequält die Hände aus. »Der Ton war drängend – mehr kann ich nicht dazu sagen. Ja, drängend! Es klang weder anschuldigend noch gefühlvoll, sondern – sondern drängend, ja! Eines jedenfalls weiß ich genau: Er war bei vollem Verstand. Er sprach – ja, er sprach

wie ein Arzt – wie ein Arzt, der, sagen wir mal, eine Notoperation durchführen muß – etwa an einem Menschen, der sich zu Tode blutet.« Poirot zuckte die Schultern. »Mehr kann ich Ihnen nicht sagen.«
»Wie ein Arzt – hm!« sagte der Inspektor. »Nun ja, das wäre eine dritte Möglichkeit. Man hatte auf ihn geschossen, er wußte, daß er sterben würde, und wollte, daß man etwas unternahm. Und wenn sein Blick, wie Lady Angkatell behauptet, dabei auf Miss Savernake fiel, war es selbstverständlich, daß er sich an *sie* wandte. Nicht sehr befriedigend.«
»Der ganze Fall ist unbefriedigend«, erklärte Poirot mit einer gewissen Bitterkeit.
Ein Mord, geplant und arrangiert, um Hercule Poirot zu täuschen – und er war darauf hereingefallen. Nein, wirklich alles andere als befriedigend.
Inspektor Grange blickte aus dem Fenster. »Hallo, da kommt ja Clark. Er sieht aus, als hätte er etwas entdeckt. Hat die Dienstboten verhört – auf die freundliche Tour. Ein gutaussehender Bursche, der weiß, wie man die Frauen herumkriegt.«
Sergeant Clark trat etwas atemlos ein. Offensichtlich war er sehr zufrieden mit sich, obwohl er diese Tatsache hinter einem respektvollen dienstlichen Verhalten zu verbergen versuchte.
»Ich dachte, ich komme lieber gleich her und berichte Ihnen, Sir, da ich ja wußte, wo Sie waren.« Er zögerte und warf Poirot einen mißtrauischen Blick zu. Poirots exotische Erscheinung paßte nicht zu seiner Vorstellung von amtlicher Zurückhaltung.
»Nur raus mit der Sprache, mein Guter!« sagte Grange. »Wegen Monsieur Poirot hier machen Sie sich mal keine Sorgen. Er hat von diesem Spiel schon mehr vergessen, als sie in vielen Jahren lernen werden.«
»Ja, Sir. Es ist so, Sir. Ich habe von der Küchenhilfe etwas –«
»Was habe ich gesagt!« rief Grange, ihn unterbrechend, und sah Poirot triumphierend an. »Solange es Küchenhilfen gibt, besteht Hoffnung. Der Himmel möge uns gnädig sein, wenn Hausangestellte so teuer werden, daß niemand sie sich mehr leisten kann. Küchenmädchen reden, Küchenmädchen plappern. Sie werden von der Köchin und den besseren Dienstboten so unterdrückt, daß es nur menschlich ist, wenn sie einem

aufmerksamen Zuhörer verraten, was sie wissen. Weiter, Clark!«
»Das Mädchen hat folgendes ausgesagt, Sir: Am Sonntag nachmittag beobachtete sie, wie Gudgeon, der Butler, mit einem Revolver in der Hand durch die Halle ging.«
»Gudgeon?«
»Ja, Sir.« Clark schlug sein Notizbuch auf. »Hier ist der genaue Wortlaut: ›Ich weiß nicht, was ich tun soll, aber ich glaube, ich muß sagen, was ich an jenem Tag gesehen habe. Ich sah Mr. Gudgeon. Er stand in der Halle, mit einem Revolver in der Hand. Mr. Gudgeon sah ganz seltsam aus.‹« Clark klappte das Notizbuch zu. »Ich glaube nicht, daß die Sache mit dem seltsamen Aussehen was zu bedeuten hat. Vermutlich hat sie das dazuerfunden. Doch ich dachte, daß Sie über die Aussage sofort informiert werden müßten, Sir.«
Inspektor Grange erhob sich mit der Befriedigung eines Menschen, der eine Aufgabe vor sich hatte und ihr voll und ganz gewachsen war. »Gudgeon?« sagte er. »Ich werde ihn sofort ins Gebet nehmen.«

20

Wieder saß Inspektor Grange in Sir Henrys Arbeitszimmer. Nachdenklich betrachtete er das ausdruckslose Gesicht des Mannes, der vor ihm stand.
Gudgeon war jetzt am Zug. »Es tut mir sehr leid, Sir«, wiederholte er. »Ich hätte den Vorfall wohl erwähnen müssen, doch ich hatte ihn vergessen.«
Entschuldigend blickte er vom Inspektor zu Sir Henry.
»Es war ungefähr fünf Uhr dreißig, wenn ich mich richtig erinnere. Ich ging durch die Halle, um nachzusehen, ob Briefe für die Post bereitlagen. Da entdeckte ich einen Revolver auf dem Tisch. Ich nahm an, daß er zur Sammlung gehörte, deshalb nahm ich ihn und trug ihn ins Arbeitszimmer. Im Fach beim Kamin war ein Platz leer, also legte ich ihn wieder zurück.«

»Zeigen Sie es mir genau«, sagte Grange.
Gudgeon trat zu dem fraglichen Gestell, Inspektor Grange folgte ihm.
Es war eine 25er, eine ziemlich kleine Waffe. Ganz sicher war John Christow nicht mit ihr getötet worden.
»Das ist eine Pistole, kein Revolver«, sagte Grange, Gudgeon scharf musternd.
Gudgeon hüstelte. »Tatsächlich, Sir? Ich fürchte, daß ich, was Feuerwaffen betrifft, nicht besonders gut informiert bin. Ich habe die Bezeichnung Revolver ganz allgemein verwendet.«
»Aber Sie sind sicher, daß es die von Ihnen entdeckte Waffe ist?«
»O ja, Sir, es besteht nicht der geringste Zweifel.«
Als Gudgeon die Hand ausstrecken wollte, hielt Grange ihn zurück. »Bitte, berühren Sie sie nicht. Ich muß sie auf Fingerabdrücke untersuchen lassen und feststellen, ob sie geladen ist.«
»Das glaube ich nicht, Sir. Keine Waffe in Sir Henrys Sammlung wird geladen aufbewahrt. Und die Fingerabdrücke – ich habe die Waffe mit meinem Taschentuch abgewischt, ehe ich sie zurücklegte, Sir. Sie dürften also keine darauf finden.«
»Warum taten Sie das?« fragte Grange scharf.
Das entschuldigende Lächeln wich nicht von Gudgeons Gesicht. »Ich dachte, sie könnte staubig sein, Sir.«
Die Tür öffnete sich, und Lady Angkatell trat ein. Sie strahlte den Inspektor an.
»Wie nett, Sie zu sehen, Inspektor Grange! Was ist das für eine Geschichte mit einem Revolver und Gudgeon? Das Kind in der Küche zerfließt in Tränen. Mrs. Medway hat sie ausgeschimpft – aber natürlich war es von dem Mädchen richtig zu erzählen, was es beobachtet hatte, wenn es glaubte, so handeln zu müssen. Ich finde es selbst immer schwierig, zwischen gut und schlecht genau zu unterscheiden – natürlich ist es leicht, wenn das Richtige erfreulich und das Falsche unerfreulich ist, verstehen Sie, dann weiß man wenigstens, wie man dran ist – aber im umgekehrten Fall ist es

höchst verwirrend –, und ich bin der Meinung und Sie doch gewiß auch, Inspektor, daß jeder das tun muß, was er für richtig hält. Was haben Sie ihnen über die Waffe erzählt, Gudgeon?«

Gudgeon antwortete mit respektvoller Entschiedenheit. »Die Pistole lag in der Halle, Mylady, auf dem Mitteltisch. Ich habe keine Ahnung, wie sie dahingekommen ist. Ich trug sie hierher ins Arbeitszimmer und legte sie an den richtigen Platz zurück. Das habe ich eben dem Inspektor berichtet, und er ist sehr verständnisvoll.«

Lady Angkatell schüttelte den Kopf. »Das hätten Sie wirklich nicht sagen sollen, Gudgeon«, meinte sie freundlich. »Ich spreche schon selbst mit dem Inspektor.«

Gudgeon machte eine leichte Bewegung, und Lady Angkatell sagte voll Charme: »Ich erkenne Ihre Motive an, Gudgeon. Denn ich weiß, daß Sie immer bemüht sind, uns Ärger und Schwierigkeiten zu ersparen.« Dann fügte sie, ihn freundlich entlassend, hinzu: »Das wäre im Augenblick alles.«

Gudgeon zögerte, blickte flüchtig zu Sir Henry hin, dann zum Inspektor, verbeugte sich und schritt zur Tür.

Grange hob die Hand, als wolle er Gudgeon aufhalten, aber aus einem ihm unerklärlichen Grund ließ er sie wieder sinken. Gudgeon ging hinaus und schloß die Tür hinter sich.

Lady Angkatell sank in einen Stuhl und lächelte die beiden Männer an. »Wissen Sie, Inspektor«, begann sie in freundlichem Gesprächston, »ich finde wirklich, daß das von Gudgeon ganz reizend war. Durch und durch der hochherrschaftliche Butler, wenn Sie verstehen, was ich meine. Ja, hochherrschaftlich ist das richtige Wort.«

»Wollen Sie damit andeuten, Lady Angkatell«, sagte Grange steif, »daß Sie selbst über diese Angelegenheit noch mehr Kenntnisse besitzen?«

»Natürlich. Gudgeon hat ihn gar nicht in der Halle gefunden. Er entdeckte ihn, als er die Eier rausnahm.«

»Die Eier?« Inspektor Grange starrte sie verblüfft an.

»Aus dem Korb«, ergänzte Lady Angkatell. Sie schien zu glauben, daß die Sache damit klar sei.

»Du mußt uns schon etwas mehr erzählen, meine Liebe«, warf

Sir Henry freundlich ein. »Inspektor Grange und ich tappen immer noch im dunkeln.«
»Oh!« Lady Angkatell machte sich voll gutem Willen daran, es ihnen zu erklären. »Die Pistole war *im* Korb, *unter* den Eiern.«
»Was für ein Korb und was für Eier, Lady Angkatell?«
»Der Korb, den ich zur Farm mitnahm. Die Pistole war drin, und dann legte ich die Eier drauf und vergaß sie völlig. Als wir den armen John Christow beim Pool fanden, hatte ich einen solchen Schock, daß ich den Korb losließ, aber Gudgeon erwischte ihn gerade noch – wegen der Eier, meine ich. Wäre der Korb auf den Boden gefallen, wären alle kaputt gewesen. Er nahm ihn mit ins Haus. Später fragte ich ihn nach dem Datum – ich schreibe es immer drauf, sonst ißt man manchmal die frischeren Eier vor den älteren –, und er sagte, er habe sich bereits darum gekümmert, und jetzt erinnere ich mich, daß er es ziemlich betont sagte. Und das meinte ich vorhin mit hochherrschaftlich. Er fand die Pistole und legte sie zurück – vermutlich, weil Polizei im Haus war. Die Polizei beunruhigt die Angestellten immer so, finde ich. Das war von Gudgeon sehr nett und loyal – aber auch ziemlich dumm, denn natürlich wollen Sie die Wahrheit hören, Inspektor, nicht wahr?«
Lady Angkatell schwieg und schenkte dem Inspektor zum Abschluß ein strahlendes Lächeln.
»Ja, nur die Wahrheit möchte ich erfahren«, bestätigte Grange ziemlich grimmig.
Lady Angkatell seufzte. »Es wird soviel Aufhebens von der Sache gemacht, nicht wahr?« sagte sie. »Ich meine, wie man nach dem Täter jagt. Wer John Christow auch erschossen hat – ich glaube nicht, daß er oder sie es wirklich wollte, nicht ernsthaft. Wenn es Gerda war – sie hat es bestimmt nicht geplant. Eigentlich bin ich sogar überrascht, daß sie nicht danebentraf – auf so was muß man bei Gerda immer gefaßt sein. Und sie ist im Grunde ein lieber, guter Mensch. Und wenn Sie sie ins Gefängnis stecken und aufhängen, was, um alles in der Welt, wird dann aus den Kindern? Wenn sie John wirklich umgebracht hat, tut es ihr jetzt bestimmt schrecklich leid. Für die Kinder ist es schon schlimm genug, einen Vater zu haben, der ermordet wurde – aber es wäre noch unendlich

viel schlimmer, eine Mutter zu haben, die deswegen gehängt wurde. Manchmal glaube ich, daß die Polizei zu wenig an solche Dinge denkt.«
»Im Augenblick haben wir nicht vor, irgend jemanden zu verhaften, Lady Angkatell.«
»Na, das ist jedenfalls vernünftig. Aber ich hatte gleich vermutet, Inspektor Grange, daß Sie zur vernünftigen Sorte Mann gehören.« Wieder das charmante, geradezu verwirrende Lächeln.
Inspektor Grange blinzelte ein wenig. Er konnte es nicht ändern, er mußte zum Ausgangspunkt zurückkehren. »Wie Sie eben richtig bemerkten, Lady Angkatell, mich interessiert nur die Wahrheit. Sie nahmen also die Pistole aus dem Arbeitszimmer mit – welche war es übrigens?«
Lady Angkatell nickte zum Regal beim Kamin hin. »Die zweite in der Reihe. Eine Mauser, Kaliber fünfundzwanzig.« Die knappe, sachliche Art, wie sie es sagte, erschütterte den Inspektor. Irgendwie hatte er nicht erwartet, daß Lady Angkatell, die er bis jetzt für verhuscht und ein bißchen gaga gehalten hatte, eine Feuerwaffe mit solcher Präzision beschreiben würde.
»Sie nahmen die Pistole heraus und legten sie in Ihren Korb. Warum?«
»Ich wußte, daß Sie mich das fragen würden«, antwortete Lady Angkatell. Ihr Ton klang verblüffenderweise triumphierend. »Und natürlich muß es irgendeinen Grund dafür geben. Findest du nicht auch, Henry?« Sie sah ihren Mann an. »Glaubst du nicht auch, daß ich einen Grund dafür hatte, die Waffe an jenem Morgen mitzunehmen?«
»Das möchte ich doch wohl annehmen, meine Liebe«, erwiderte Sir Henry steif.
»Man tut irgendwelche Dinge«, sagte Lady Angkatell und starrte nachdenklich vor sich hin, »und dann erinnert man sich nicht mehr, warum. Aber ich glaube, Inspektor, daß es immer einen Grund gibt, man muß ihn nur finden. Als ich die Mauser in den Korb steckte, muß ich doch etwas damit bezweckt haben.« Sie sah ihn bittend an. »Was könnte es wohl gewesen sein?«

Grange starrte sie verblüfft an. Sie zeigte keine Verlegenheit, nur einen fast kindlichen Eifer. Er war geschlagen. Noch nie war ihm jemand wie Lucy Angkatell begegnet, und im Augenblick wußte er nicht, wie er sich verhalten sollte.
»Meine Frau ist oft sehr zerstreut«, bemerkte Sir Henry.
»So scheint es, Sir«, entgegnete Grange. Es klang nicht sehr freundlich.
»Was war der Grund, glauben Sie?« fragte Lady Angkatell zutraulich.
»Ich habe nicht die leiseste Ahnung, Lady Angkatell.«
»Ich kam herein, nachdem ich mit Simmons über die Kopfkissenbezüge gesprochen hatte«, überlegte Lady Angkatell laut. »Ich erinnere mich noch vage, daß ich zum Kamin hinüberging – und dabei dachte, daß wir einen neuen Schürhaken brauchten –«
Inspektor Grange war völlig entgeistert. Ihm schwirrte der Kopf.
»Ich weiß noch, daß ich die Mauser in die Hand nahm – eine hübsche kleine Waffe, ich mochte sie immer besonders gern – und dann sie in den Korb fallen ließ – ich hatte ihn gerade aus dem Blumenzimmer geholt. Aber ich hatte soviel im Kopf – Simmons, wie gesagt, und die Winden im Asternbeet und ob Mrs. Medway einen schön üppigen Neger im Hemd machte –«
»Einen Neger im Hemd?« fragte Inspektor Grange dazwischen. Er konnte nicht anders.
»Die Süßspeise, Sie wissen schon, Schokolade und Eier und obendrauf Schlagsahne. Genau das, was einem Ausländer zum Mittagessen gefällt.«
Inspektor Grange hatte das Gefühl, als müsse er ein feines Spinnwebnetz fortwischen, das seine Sicht beeinträchtigte.
»Haben Sie die Waffe geladen?« fragte er energisch und direkt.
Er hatte gehofft, sie würde zusammenzucken, vielleicht sogar ein wenig erschrecken, doch Lady Angkatell machte nur ein nachdenkliches, leicht verzweifelt wirkendes Gesicht.
»Tja, wie war das noch? Zu dumm, ich kann mich nicht erinnern. Aber eigentlich sollte man es annehmen, was, In-

spektor? Ich meine, was nützt eine Pistole ohne Munition? Ich wünschte, ich könnte mich genau erinnern, was damals in meinem Kopf vorging.«

»Meine liebe Lucy«, sagte Sir Henry, »was in deinem Kopf vorgeht oder nicht vorgeht, hat schon selbst Leute zur Verzweiflung gebracht, die dich seit Jahren kennen.«

Sie schenkte ihm ein sehr süßes Lächeln. »Ich versuche wirklich, mich zu erinnern, lieber Henry! Man macht doch die komischsten Sachen. Erst kürzlich habe ich mich an einem Vormittag dabei ertappt, wie ich den Telefonhörer in der Hand hielt und um alles in der Welt nicht sagen konnte, was ich damit wollte.«

»Vermutlich beabsichtigten Sie, jemanden anzurufen«, bemerkte der Inspektor kühl.

»Nein, seltsamerweise nicht. Später erinnerte ich mich dann – ich hatte überlegt, warum Mrs. Mears, die Frau des Gärtners, ihr Baby auf so eine komische Art hielt, und ich hatte den Hörer abgenommen und so getan, als sei er ein Baby, das ich im Arm halten wollte, Sie verstehen schon. Und da merkte ich natürlich, daß es so seltsam ausgesehen hatte, weil Mrs. Mears Linkshänderin ist und der Kopf des Kindes auf der anderen Seite gelegen hatte.«

Triumphierend blickte sie von einem zum andern.

Nun, dachte der Inspektor, vielleicht gibt es solche Menschen wie Lady Angkatell tatsächlich. Aber er war sich nicht ganz sicher.

Das Ganze konnte ebensogut nichts als ein Haufen Lügen sein, grübelte er weiter. Das Küchenmädchen hatte zum Beispiel eindeutig ausgesagt, daß Gudgeon einen Revolver in der Hand gehalten hatte. Trotzdem, darauf konnte man auch nicht bauen. Das Mädchen verstand nichts von Waffen. Vermutlich hatte sie in Verbindung mit dem Verbrechen von einem Revolver sprechen gehört, und für sie waren Revolver oder Pistole ein und dasselbe.

Beide, Gudgeon und Lady Angkatell, hatten erklärt, es sei eine Mauser-Pistole gewesen – aber es gab keine Beweise für ihre Aussage. Vielleicht hatte in Wirklichkeit Gudgeon die fehlende Waffe in der Hand gehabt und sie Lady Angkatell direkt zurückgegeben und nicht ins Arbeitszimmer gebracht. Das gesamte Personal schien in diese verdammte Person vernarrt zu sein.

Angenommen, sie selbst war es gewesen, die John Christow erschoß? (Aber warum? Ihm fiel kein Motiv ein.) Würde sie dann auch noch zu ihr halten und weiterlügen. Er hatte das unbehagliche Gefühl, daß es genauso sein könnte.

Und dann ihre phantastische Geschichte, daß sie sich nicht erinnern könne – sicherlich hätte sie sich eine bessere Ausrede einfallen lassen. Und die ganze Zeit über wirkte sie völlig natürlich, nicht im geringsten verlegen oder besorgt. Verdammt, man hatte tatsächlich den Eindruck, als sage sie nichts als die reine Wahrheit!

Er stand auf. »Wenn Ihnen noch etwas mehr einfallen sollte, lassen Sie es mich vielleicht wissen, Lady Angkatell«, sagte er trocken.

»Selbstverständlich, Inspektor. Manchmal kommt die Erinnerung ganz plötzlich zurück.«

Grange verließ das Arbeitszimmer. In der Halle steckte er einen Finger in den Kragen, um ihn zu lockern, und holte tief Luft. Er hatte das Gefühl, in einem dornigen Gestrüpp zu stecken. Was er jetzt dringend brauchte, war seine älteste und stinkendste Pfeife, ein Krug Ale und ein ordentliches Steak mit Pommes frites. Etwas Einfaches und Normales.

21

Im Arbeitszimmer flatterte Lady Angkatell umher und berührte zerstreut dieses und jenes mit dem Zeigefinger. Sir Henry lehnte sich in seinem Sessel zurück und beobachtete sie. Schließlich fragte er: »Warum hast du die Pistole mitgenommen, Lucy?«

Lady Angkatell kam zu ihm und setzte sich anmutig auf einen Stuhl. »Ich bin nicht ganz sicher, Henry. Ich glaube, ich hatte die vage Vorstellung von einem Unfall.«

»Wieso Unfall?«

»Ja. Die vielen Baumwurzeln, weißt du«, erwiderte Lady Angkatell unbestimmt. »Sie stehen überall raus – man kann so leicht darüber fallen. Man hätte auf die Zielscheibe schießen können, ein paarmal, und eine Patrone wäre im Magazin geblieben – natürlich leichtsinnig –, aber schließlich sind die Leute tatsächlich oft leichtsinnig. Weißt du, ich habe immer gedacht, daß ein Unfall die einfachste Methode für so was sei. Man würde es natürlich schrecklich bedauern und sich Vorwürfe machen...«

Ihre Stimme erstarb. Ihr Mann saß sehr still da und betrachtete sie. Schließlich fragte er vorsichtig: »Wer hätte denn diesen – diesen Unfall haben sollen?«

Lucy neigte ein wenig den Kopf und sagte erstaunt: »John Christow natürlich, wer sonst?«

»Mein Gott, Lucy –« Er schwieg abrupt.

»Ach, Henry«, sagte sie ernst. »Ich war so schrecklich besorgt. Wegen ›Ainswick‹.«

»Ich verstehe – es geht um ›Ainswick‹. Du hast es immer viel zu sehr geliebt, Lucy! Manchmal glaube ich sogar, es ist das einzige, was du wirklich liebst.«

»Edward und David sind die letzten – die letzten Angkatells. Und David ist hoffnungslos, Henry. Er wird niemals heiraten – wegen seiner Mutter und so weiter. Dabei erbt er den Besitz, wenn Edward stirbt, und er wird nicht heiraten, und du und ich – wir sind lange tot, wenn er noch nicht mal vierzig ist. Er ist der letzte Angkatell, und mit ihm stirbt die Linie aus.«

»Spielt das so eine Rolle, Lucy?«

»Selbstverständlich spielt es eine Rolle. Wegen ›Ainswick‹!«

»Du hättest ein Junge werden sollen, Lucy.« Dabei lächelte er schwach, denn er konnte sich Lucy in männlich nun wahrhaftig nicht vorstellen.

»Es hängt alles von Edwards Heirat ab – und Edward ist so dickköpfig – wie mein Vater. Ich hatte gehofft, er würde über Henrietta wegkommen und irgendein nettes Mädchen heiraten – doch inzwischen begreife ich, daß es aussichtslos ist. Dann dachte ich, daß Henriettas Affäre mit John den üblichen Verlauf nehmen würde. Johns Liebschaften waren nie von langer Dauer, soviel ich weiß. Dann beobachtete ich einmal, wie er sie ansah. Er liebte sie tatsächlich. Ich war überzeugt, daß Henrietta Edward heiraten würde, wenn es John nicht mehr gäbe. Sie ist nicht der Typ, der lange in Erinnerungen schwelgt und in der Vergangenheit lebt. Verstehst du, es lief immer wieder auf dasselbe hinaus – John Christow mußte verschwinden.«

»Lucy, du hast doch nicht – was hast du getan, Lucy?«

Lady Angkatell erhob sich wieder. Sie nahm zwei verwelkte Blumen aus der Vase.

»Mein Lieber«, sagte sie, »du hast doch nicht auch nur einen Augenblick lang gedacht, daß ich John Christow umgebracht habe? Den verrückten Gedanken, es könnte ein Unfall passieren – den habe ich tatsächlich gehabt. Aber dann, dann fiel mir ein, daß wir John Christow schließlich hierher eingeladen hatten – er hatte sich uns ja nicht aufgedrängt. Man kann nicht jemanden als Gast empfangen und dann einen Unfall inszenieren. Sogar die Araber halten große Stücke auf die Gastfreundschaft. Also, mach dir keine Sorgen, Henry, ja?« Sie stand da und lächelte bezaubernd und liebevoll auf ihn hinunter.

»Ich mache mir immer Sorgen um dich, Lucy«, antwortete Sir Henry langsam.

»Das ist völlig überflüssig, mein Lieber. Du siehst ja, daß sich alles zum Guten gewendet hat. John ist nicht mehr da, ohne unser Zutun. Übrigens erinnert mich das an den Mann in Bombay«, fügte sie nachdenklich hinzu, »der so schrecklich gemein zu mir war. Drei Tage später wurde er von einer Straßenbahn überfahren.«

Sie öffnete die Terrassentür und ging in den Garten hinaus. Sir Henry saß still da und beobachtete, wie ihre große, schlanke Gestalt den Weg entlangschlenderte. Er sah alt und müde aus, sein Gesicht war das eines Menschen, der mit der Angst auf vertrautem Fuße lebt.

In der Küche zerfloß eine in Tränen aufgelöste Doris Emmott unter Mr. Gudgeons ernsten Ermahnungen. Mrs. Medway und Miss Simmons spielten dabei eine Art antiker Chor.

»Sich vorzudrängen und solche Behauptungen aufzustellen – das tut nur ein unerfahrenes junges Mädchen.«

»Genau«, sagte Mrs. Medway.
»Wenn du mich mit einer Waffe in der Hand gesehen hättest, wäre es das richtige gewesen, zu mir zu kommen und zu sagen: ›Mr. Gudgeon, würden Sie die Güte haben, mir das zu erklären?‹«
»Oder du hättest dich an mich wenden können«, warf Mrs. Medway ein. »Ich rate einem jungen, unerfahrenen Mädchen immer gern, wie es sich verhalten soll.«
»Eines hättest du jedenfalls nicht tun dürfen«, erklärte Gudgeon streng. »Hingehen und es einem Polizisten ausplappern. Noch dazu ist er nur Sergeant. Laß dich nie mehr als unbedingt nötig mit der Polizei ein! Es ist unangenehm genug, daß wir sie im Haus dulden müssen.«
»Unglaublich unangenehm«, murmelte Miss Simmons. »So was ist mir noch nie passiert.«
»Wir alle wissen«, fuhr Gudgeon fort, »wie Mylady ist. Nichts, was Mylady tut, würde mich jemals erstaunen – aber die Polizei kennt Mylady nicht so gut wie wir, und es ist undenkbar, daß Mylady mit dummen Fragen und Verdächtigungen belästigt wird, nur weil sie mit Waffen herumläuft. So was ist bei ihr nichts Besonderes, aber die Polizei denkt immer gleich an Mord und andere schreckliche Dinge. Mylady ist oft zerstreut, aber sie würde keiner Fliege etwas zuleide tun. Doch man kann nicht leugnen, daß sie Dinge an die seltsamsten Orte legt. Ich werde nie vergessen«, fügte Gudgeon mit Gefühl hinzu, »wie sie mal einen lebenden Hummer anschleppte und auf dem Visitenkartentablett in der Halle deponierte. Ich dachte, ich hätte eine Halluzination.«
»Das muß vor meiner Zeit gewesen sein«, bemerkte Simmons neugierig.
Mit einem Blick auf die unartige Doris stoppte Mrs. Medway weitere Enthüllungen.
»Ein andermal«, sagte sie. »Also, Doris, es ist nur zu deinem Besten, daß wir dich ins Gebet genommen haben. Sich mit der Polizei einzulassen, ist *gewöhnlich*. Vergiß das nie! Du kannst jetzt mit dem Gemüseputzen weitermachen, und paß bei den grünen Bohnen besser auf als gestern.«
Doris schnüffelte. »Ja, Mrs. Medway«, sagte sie und schlurfte

zum Spülstein.
»Ich glaube nicht, daß ich heute mit dem Nachtisch eine gute Hand haben werde«, meinte Mrs. Medway ahnungsvoll. »Die schreckliche Voruntersuchung morgen. Jedesmal, wenn ich dran denke, gibt's mir einen Stich. Unglaublich, daß so was passiert ist – bei *uns*!«

22

Poirot hörte den Riegel des Gartentors klicken und sah gerade noch rechtzeitig aus dem Fenster, um festzustellen, wer den Weg zur Haustür entlangkam. Er wußte sofort, wer die Besucherin war. Er überlegte erstaunt, was Veronika Cray wohl von ihm wollte.
Sie brachte einen köstlichen, zarten Duft mit ins Zimmer, den Poirot sofort erkannte. Sie trug ein Tweedkostüm und kräftige Schuhe wie Henrietta, doch war sie, wie er feststellte, ansonsten völlig anders.
»Monsieur Poirot!« Ihre Stimme klang erfreut, ein wenig aufgeregt auch. »Ich habe eben erst entdeckt, wer mein Nachbar ist. Und ich habe schon immer davon geträumt, Sie einmal kennenzulernen.«
Er nahm ihre ausgestreckten Hände und beugte sich darüber. »Sehr erfreut, Madame.«
Sie nahm seine Bewunderung lächelnd entgegen, wollte aber weder Tee noch Kaffee oder einen Cocktail.
»Nein, ich bin nur gekommen, um mich mit Ihnen zu unterhalten. Ernsthaft zu unterhalten. Ich mache mir Sorgen.«
»Sie machen sich Sorgen? Es tut mir sehr leid, das zu hören.«
Veronika setzte sich und seufzte. »Es ist wegen John Christows Tod. Die Voruntersuchung findet morgen statt. Wissen Sie Bescheid?«
»Ja, ich bin informiert.«
»Die ganze Sache ist so seltsam –« Sie schwieg. Dann begann sie von neuem: »Die meisten Leute würden es sicher-

lich nicht glauben. Aber Sie würden es glauben, davon bin ich überzeugt. Denn Sie kennen die menschliche Natur.«

»Ja, ein wenig«, gab Poirot zu.

»Inspektor Grange besuchte mich. Er hat sich in den Kopf gesetzt, daß es zwischen mir und John Streit gab – was in gewisser Weise stimmt, aber nicht so, wie er glaubt. Ich erzählte ihm, daß ich John fünfzehn Jahre nicht gesehen habe – und er bezweifelte das. Doch es ist die Wahrheit, Monsieur Poirot.«

»Wenn es zutrifft, kann es leicht bewiesen werden, warum sich also darüber aufregen?«

Sie erwiderte sein Lächeln mit großer Freundlichkeit. »Es ist einfach so, daß ich es nicht gewagt habe, dem Inspektor zu sagen, was am Sonnabend abend tatsächlich geschah. Es ist so unglaublich, so phantastisch, daß er mir ganz bestimmt nicht glauben würde. Aber ich muß einfach mit jemandem darüber sprechen. Deshalb kam ich zu Ihnen.«

»Ich fühle mich geschmeichelt«, antwortete Poirot ruhig.

Das fand sie selbstverständlich, wie er feststellte. Sie gehörte zu den Frauen, die sich ihrer Wirkung sehr genau bewußt sind, so sehr, daß sie manchmal sogar einen Fehler machten.

»Vor fünfzehn Jahren waren John und ich verlobt. Er liebte mich sehr. Manchmal war ich über die Heftigkeit seiner Gefühle richtig erschrocken. Er wollte, daß ich die Schauspielerei aufgebe, daß ich mich ihm ganz unterordne, kein eigenes Leben mehr führe. Er war so besitzergreifend und herrisch, daß ich es nicht mehr aushielt und die Verlobung löste. Ich fürchte, es traf ihn sehr hart.«

Poirot schnalzte leise und mitfühlend mit der Zunge.

»Ich sah ihn nie wieder – bis zum letzten Sonnabend abend. Er brachte mich nach Hause. Ich sagte dem Inspektor, daß wir uns über alte Zeiten unterhielten – was in gewisser Weise auch stimmt. Aber es ging um viel mehr.«

»Ja?«

»John war verrückt – richtig verrückt. Er wollte seine Frau und seine Kinder verlassen, er verlangte, daß ich mich scheiden lasse und ihn heirate. Er erklärte, er habe mich nie vergessen können, und als er mich nun wiedergesehen habe, sei die Zeit

stillgestanden.« Sie schloß die Augen und schluckte. Unter ihrem Make-up wurde ihr Gesicht sehr blaß. Dann öffnete sie die Augen wieder und lächelte Poirot fast scheu an. »Glauben Sie, daß es solche – solche Gefühle gibt?« fragte sie.
»Ja, ich glaube schon.«
»Niemals vergessen können – weiter warten – planen – hoffen. Von ganzem Herzen und mit all seinem Verstand entschlossen zu bekommen, was man haben will. Solche Männer gibt es, Monsieur Poirot.«
»Ja – und auch Frauen.«
Sie warf ihm einen scharfen Blick zu. »Ich spreche von Männern – von John Christow. Ja, so war es. Ich wehrte ihn zuerst ab, lachte, weigerte mich, seine Beschwörungen ernst zu nehmen. Dann sagte ich, er sei verrückt. Es war ziemlich spät, als er sich verabschiedete. Wir redeten und redeten. Doch er blieb unerschütterlich.« Sie schluckte wieder. »Deshalb schickte ich ihm am nächsten Vormittag eine Nachricht. Ich konnte die Sache nicht einfach auf sich beruhen lassen. Ich mußte ihm irgendwie klarmachen, daß das, was er wollte, unmöglich war.«
»War es denn unmöglich?«
»Natürlich! Er kam. Er wollte nicht auf mich hören. Er war noch genauso entschlossen. Ich erklärte ihm, daß es keinen Sinn habe, daß ich ihn nicht mehr liebte, daß ich ihn hasse...« Sie schwieg einen Augenblick und atmete tief. »Ich mußte hart mit ihm ins Gericht gehen. Wir trennten uns im Zorn... und nun – nun ist er tot.«
Er sah, wie sie ihre Hände ineinander legte, wie sich die Finger verschränkten und die Knöchel hervortraten. Es waren große, ziemlich grausame Hände.
Die starke Bewegung, die sie fühlte, teilte sich ihm mit. Es war nicht Kummer, nicht Trauer – nein, es war Zorn. Die Empörung eines egoistischen Menschen, der nicht bekommen hatte, was er haben wollte.
»Nun, Monsieur Poirot?« Ihre Stimme war wieder ruhig und freundlich. »Was soll ich also tun? Die Wahrheit erzählen, oder die Geschichte für mich behalten? So ist es gewesen, doch es zu glauben ist wohl ziemlich viel verlangt.«

Poirot sah sie an, es war ein langer, nachdenklicher Blick.
Er glaubte nicht, daß sie die Wahrheit sagte, obwohl er unleugbar einen ernsten Unterton heraushörte. So etwas konnte passieren, überlegte er, aber anders, nicht so.
Und plötzlich begriff er. Die Geschichte war wahr, nur die Vorzeichen stimmten nicht. Sie selbst war es gewesen, die John Christow nicht hatte vergessen können. *Sie* hatte sich enttäuscht und zurückgewiesen gefühlt. Wie eine Tigerin, der die ihr zustehende Beute weggenommen worden war, konnte sie Zorn und Wut nicht schweigend ertragen und hatte eine Version der Wahrheit erfunden, die ihren verletzten Stolz besänftigte und die bohrende Sehnsucht nach einem Mann betäubte, der sich jetzt nicht mehr in Reichweite ihrer gierigen Hände befand. Unmöglich zuzugeben, daß sie, Veronika Cray, nicht bekommen konnte, was sie haben wollte. Deshalb hatte sie den Spieß einfach umgedreht.
Poirot atmete tief durch und sagte:»Wenn dies alles etwas zur Klärung von John Christows Ermordung beitragen könnte, würden Sie sprechen müssen, doch wenn nicht – was ich viel eher annehme –, dann finde ich, haben Sie völlig recht, es für sich zu behalten.«
Er fragte sich, ob seine Antwort sie enttäuschte. Ihm kam der Gedanke, daß sie in ihrer augenblicklichen Verfassung die Sache am liebsten der Presse zum Fraß vorgeworfen hätte. Doch sie hatte sich an ihn gewandt – warum? Um die Geschichte bei ihm auf ihre Glaubwürdigkeit hin auszuprobieren? Um seine Reaktion darauf zu testen? Oder um ihn zu benützen, ihn dazu zu veranlassen, das Ganze weiterzuerzählen?
Wenn seine harmlose Antwort sie enttäuschte, so zeigte sie es nicht. Sie erhob sich und reichte ihm die große, gepflegte Hand. »Ich danke Ihnen, Monsieur Poirot. Ihre Meinung scheint mir äußerst vernünftig zu sein. Ich bin froh, daß ich gekommen bin. Ich – ich hatte einfach das Gefühl, jemand sollte Bescheid wissen.«
»Ich werde Ihr Vertrauen nicht mißbrauchen, Madame.«
Nachdem sie gegangen war, öffnete er ein wenig die Fenster. Gerüche machten ihm immer sehr zu schaffen. Veronika Crays

Parfüm mochte er nicht. Es war teuer und schwer, genauso überwältigend wie sie selbst.

Während er die Gardine ordnete, grübelte er darüber nach, ob sie John Christow ermordet haben könnte.

Vielleicht hatte sie daran gedacht – davon war er sogar überzeugt. Es würde ihr Spaß gemacht haben abzudrücken, mit Vergnügen hätte sie beobachtet, wie er getaumelt und zusammengebrochen wäre.

Aber hinter diesem rachsüchtigen Zorn lagen Kälte und Schlauheit, ein sachlicher, berechnender Verstand, der alle Möglichkeiten genau abwog. Wie groß auch Veronika Crays Wunsch, John Christow umzubringen, gewesen sein mochte, er bezweifelte, daß sie das Risiko eingegangen wäre.

23

Die Voruntersuchung war vorüber. Es war eine reine Formsache gewesen, und obwohl alle das mehr oder weniger gewußt hatten, war eine gewisse Enttäuschung und Verärgerung zu spüren: Auf Verlangen der Polizei hatte man die Sitzung um zwei Wochen vertagt.

Gerda war zusammen mit Mrs. Patterson in einem gemieteten Daimler aus London gekommen. Sie trug ein schwarzes Kostüm und einen unkleidsamen Hut und wirkte nervös und verwirrt.

Als sie gerade in den Daimler steigen wollte, sah sie Lady Angkatell näher kommen, und blieb wartend stehen.

»Wie geht es Ihnen, liebe Gerda? Ich hoffe, Sie schlafen nicht allzu schlecht. Eigentlich ist doch alles so glattgelaufen, wie nur zu hoffen war, nicht wahr? Es tut mir schrecklich leid, daß wir Sie nicht bei uns im ›Eulenhaus‹ haben können, doch ich verstehe sehr gut, wie traurig das für Sie gewesen wäre.«

Mrs. Patterson, die ihrer Schwester einen vorwurfsvollen Blick zuwarf, weil sie sie nicht vorstellte, sagte mit ihrer hellen Stimme: »Es war Miss Colliers Idee – sofort wieder zurückzufahren. Natürlich teuer, aber wir dachten, es sei die Sache wert.«

»O ja, da bin ich ganz Ihrer Meinung!«

Mrs. Patterson senkte die Stimme. »Ich bringe Gerda und die Kinder sofort nach Bexhill. Was sie braucht sind Ruhe und Frieden. Sie können es sich nicht vorstellen! In der Harley Street wimmelt es nur so von Menschen.«

Ein junger Mann schoß ein Foto, Elsie Patterson schob ihre Schwester hastig in den Wagen, und schon fuhren sie ab.

Die Zurückgebliebenen erhaschten einen kurzen Blick auf Gerdas Gesicht unter dem unkleidsamen Hut. Es wirkte leer, verloren – wie das eines leicht geistesschwachen Kindes.

»Armes Hascherl«, sagte Midge Hardcastle leise.

»Was haben die Leute bloß an Christow gefunden? Die arme Person sieht aus, als habe man ihr das Herz gebrochen«, bemerkte Edward irritiert.

»Sie ging völlig in ihm auf«, antwortete Midge.

»Warum? Er war ein Egoist, in gewisser Weise auch ein netter Kerl, aber –« Er schwieg. Dann fragte er: »Was hast du eigentlich von ihm gehalten, Midge?«

»Ich?« Midge überlegte. Schließlich erwiderte sie, erstaunt über ihre eigenen Worte: »Ich glaube, ich achtete ihn.«

»Du achtetest ihn? Wieso?«

»Nun, er verstand was von seiner Arbeit.«

»Du denkst an ihn als Arzt?«

»Ja.«

Zu mehr war keine Zeit.

Henrietta nahm Midge in ihrem Wagen mit nach London. Edward kehrte zum Mittagessen ins »Eulenhaus« zurück und würde am Nachmittag mit David per Zug nach London fahren. Er meinte unverbindlich zu Midge: »Du mußt mal zum Mittagessen zu mir rauskommen.« Und Midge antwortete, daß das sicherlich sehr nett sein würde, sie aber nicht mehr als eine Stunde frei habe. Edward lächelte sie charmant an und sagte: »Zu so einem besonderen Anlaß wird man sicherlich eine Ausnahme machen.« Dann ging er zu Henrietta. »Ich ruf dich an, Henrietta.«

»Ja, tu das, Edward. Aber ich bin viel unterwegs.«

»Wieso unterwegs?«

»Um meinen Kummer zu ertränken«, erwiderte sie leicht spöttisch. »Du erwartest doch nicht von mir, daß ich herumsitze und Trübsal blase, oder?«

»In letzter Zeit verstehe ich dich nicht mehr, Henrietta. Du bist so anders.«

Ihr Gesicht wurde weich. »Ach, Edward, Lieber«, sagte sie impulsiv und drückte kurz seinen Arm. Dann wandte sie sich an Lucy Angkatell. »Ich darf doch wiederkommen, wenn ich möchte, Lucy.«

»Aber natürlich, meine Liebe«, antwortete Lady Angkatell. »Außerdem ist ja in zwei Wochen die neue Verhandlung.«

Henrietta ging zu ihrem Wagen, der auf dem Marktplatz geparkt war. Ihre Koffer und der von Midge waren schon verstaut.

Sie stiegen ein und fuhren ab.

Der Wagen kletterte die gewundene Hügelstraße hinauf. Unter ihnen schien das braun-goldene Laub in der Kühle des grauen Herbsttages zu frösteln.

»Ich bin froh, daß ich wegkomme von hier«, sagte Midge plötzlich. »Auch von Lucy. So lieb sie ist, manchmal macht sie mir eine Gänsehaut.«

Henrietta warf einen Blick in den kleinen Rückspiegel und meinte zerstreut: »Sie muß immer alles ausschmücken – sogar einen Mord.«

»Weißt du eigentlich, daß ich noch nie an so was wie Mord gedacht habe?«

»Warum auch? Damit kommt man schließlich selten in Berührung. Mord ist höchstens ein Wort mit vier Buchstaben in einem Kreuzworträtsel oder spannende Unterhaltung zwischen zwei Buchdeckeln. Aber ein echter Mord –« Sie schwieg.

»Ist so *real*«, ergänzte Midge. »Das eben beunruhigt mich.«

»Braucht es aber nicht«, erwiderte Henrietta. »*Du* stehst doch außer Verdacht. Vielleicht als einzige von uns.«

»Wir haben jetzt alle nichts mehr damit zu tun. Wir sind noch mal davongekommen.«

»Wirklich?«

Henrietta blickte wieder in den Rückspiegel. Plötzlich trat sie das Gaspedal durch. Der Wagen reagierte sofort. Sie sah auf den Tachometer. Die Nadel wies auf fünfzig, dann auf sechzig. Um ihren Mund lag jetzt ein grimmiger Ausdruck.

»Wirf mal einen Blick über die Schulter, Midge«, sagte sie. »Siehst du den Wagen hinten?«

»Ja.«

»Es ist ein Ventnor 10.«

»So?« Midge interessierte das nicht sonderlich.

»Ein guter kleiner Wagen, braucht wenig Sprit, liegt glänzend auf der Straße. Bloß besonders schnell ist er nicht.«

»Nein?« Seltsam, wie fasziniert Henrietta immer von Autos und ihren Leistungen ist, dachte sie.

»Wie gesagt, er ist nicht sehr schnell – aber der hier bleibt immer im selben Abstand hinter uns, Midge, obwohl wir jetzt über sechzig draufhaben.«

Midge wandte ihr erschrocken das Gesicht zu. »Glaubst du –«

Henrietta nickte. »Die Polizei. Angeblich haben sie Spezialmotoren in ganz normale Wagen eingebaut.«

»Soll das heißen, daß man uns alle noch immer beobachtet?«

»Offensichtlich.«

Midge erschauerte. »Verstehst du eigentlich, was diese zweite Waffe zu bedeuten hat, Henrietta?«

»Nein. Gerda ist damit aus dem Schneider – doch sonst scheint es mir keinen Sinn zu ergeben.«

»Wenn sie zu Henrys Sammlung gehört –«

»Das wissen wir nicht. Sie wurde noch nicht gefunden, vergiß das nicht.«

»Ja, das stimmt. Es könnte doch ein Außenstehender gewesen sein. Weißt du, was mir am liebsten wäre, Henrietta? Wenn diese Person ihn umgebracht hätte.«

»Du meinst Veronika Cray?«

»Ja.«

Henrietta antwortete nicht. Sie wandte den Blick nicht von der Straße.

»Hältst du es nicht für möglich?« bohrte Midge.

»Möglich schon«, entgegnete Henrietta zögernd.

»Dann glaubst du also nicht –«

»Es hat keinen Zweck, etwas zu glauben, nur weil man es

glauben *will*. Es wäre die perfekte Lösung – wir alle wären dann entlastet.«
»Wir alle? Aber –«
»Wir sind alle darin verwickelt, auch du, liebe Midge, obwohl sie sich schwer tun würden, bei dir ein Motiv für den Mord zu finden. Natürlich gefällt mir die Vorstellung, daß die Cray ihn erschoß. Nichts würde mir mehr Spaß machen als zu beobachten, wie sie sich auf der Anklagebank eindrucksvoll in Szene setzt, um es mal mit Lucys Worten zu sagen.«
Midge warf ihr einen kurzen Blick zu. »Sag mal, Henrietta, hast du Rachegefühle?«
»Du meinst –« Henrietta schwieg einen Augenblick, »weil ich John liebte?«
»Ja.« Während Midge das sagte, stellte Henrietta leicht entsetzt fest, daß sie zum erstenmal offen über diese Tatsache gesprochen hatten. Alle, Lucy und Henry, Midge, sogar Edward hatten es akzeptiert, aber bisher hatte keiner auch nur die geringste Andeutung gemacht.
Wieder herrschte Schweigen. Henrietta schien zu überlegen. Dann sagte sie mit nachdenklich klingender Stimme: »Ich kann dir nicht erklären, was ich fühle. Vielleicht weiß ich es selbst nicht.«
Sie fuhren jetzt über die Albert Bridge.
»Komm doch noch mit ins Atelier, Midge«, schlug Henrietta vor. »Wir trinken zusammen Tee, und danach fahre ich dich zu deiner Bude.«
Hier in London begann der kurze Herbstnachmittag bereits in die Dämmerung überzugehen. Sie fuhren zum Atelier und hielten. Als sie eingetreten waren und Henrietta das Licht angeschaltet hatte, sagte sie: »Huh, es ist kühl. Machen wir lieber den Gasofen an. Ach, verdammt – ich wollte unterwegs ja Streichhölzer besorgen.«
»Ein Feuerzeug geht nicht?«
»Meines ist alle, und außerdem läßt sich damit ein Gasofen nicht so einfach anzünden. Mach es dir schon mal bequem. An der Ecke steht meistens ein blinder alter Mann, bei dem kaufe ich immer meine Streichhölzer. Ich bin gleich wieder da.«

Als sie allein war, begann Midge herumzuwandern und betrachtete Henriettas Arbeiten. Es verursachte ihr ein unheimliches Gefühl, mit diesen Schöpfungen aus Holz und Bronze in dem leeren Atelier allein zu sein.
Da gab es einen Bronzekopf mit hohen Wangenknochen und Helm, vermutlich ein Soldat der Roten Armee, und eine zarte Konstruktion aus verdrehten Aluminiumstreifen, die wie Bänder aussahen und mit der sie nichts anfangen konnte. Dann entdeckte sie einen riesigen sitzenden Frosch aus rosigem Granit und im hintersten Teil des Ateliers eine fast lebensgroße Gestalt aus Holz.
Sie betrachtete sie noch immer, als sie einen Schlüssel im Schloß hörte und Henrietta ziemlich atemlos eintrat.
»Was ist das, Henrietta?« fragte Midge, sich umdrehend. »Es ist zum Fürchten.«
»Das? Das ist ›Die Anbetung‹. Sie kommt auf die Internationale Kunstausstellung.«
»Es ist zum Fürchten«, wiederholte Midge, erneut auf die Figur starrend.
Während Henrietta vor dem Gasofen kniete, um ihn anzuzünden, fragte sie über die Schulter. »Interessant, was du da sagst. Warum erschreckt sie dich denn?«
»Ich glaube – weil sie kein Gesicht hat.«
»Genau das ist es, Midge.«
»Es ist eine sehr gute Arbeit, Henrietta.«
»Ein hübsches Stück Birnbaumholz«, antwortete Henrietta leichthin.
Sie erhob sich von den Knien. Dann warf sie ihre große ranzenförmige Handtasche und den Pelzmantel aufs Sofa und legte einige Streichholzschachteln auf den Tisch.
Midge war bestürzt über den Ausdruck auf ihrem Gesicht – eine Art Triumph, den sie sich nicht erklären konnte.
»Und jetzt der Tee.« In Henriettas Stimme schwang der gleiche innere Jubel mit, den Midge schon auf ihrem Gesicht bemerkt hatte.
Midge empfand es wie einen Mißton, doch dann vergaß sie es wieder, weil ihr Blick auf die zwei Streichholzschachteln auf dem Tisch fiel. Ihre Gedanken wandten sich in eine andere

Richtung. »Erinnerst du dich noch an die Streichhölzer, die die Cray so dringend brauchte?«
»Lucy drängte ihr gleich ein halbes Dutzend Schachteln auf. Ja, ich erinnere mich.«
»Hat eigentlich mal jemand nachgeprüft, ob sie nicht die ganze Zeit über welche im Haus hatte?«
»Vermutlich hat sich die Polizei darum gekümmert. Die sind doch sehr gründlich.« Ein leises, sieghaftes Lächeln lag um Henriettas Mund. Midge war verblüfft, fast empört.
Hat Henrietta tatsächlich etwas für John empfunden, überlegte sie. Vielleicht doch nicht. Und ein kühler Schauder überlief sie, während sie dachte, daß Edward nicht sehr lange würde warten müssen.
Es war wenig edel von ihr, daß sie sich über diesen Gedanken nicht freute. Sie wollte doch, daß Edward glücklich wurde, oder etwa nicht? Schließlich konnte sie Edward nicht für sich selbst haben. Für ihn würde sie immer die »kleine Midge« bleiben, niemals mehr. Nie eine Frau, die man liebte.
Unseligerweise gehörte Edward zu den treuen Männern. Und meist bekamen die treuen Männer schließlich doch, was sie haben wollten.
Edward und Henrietta in »Ainswick«! Das war das richtige Ende für die Geschichte. Edward und Henrietta – sie lebten glücklich bis an ihr seliges Ende. Sie sah alles ganz deutlich vor sich.
»Sei nicht so traurig, Midge«, rief Henrietta. »Laß dich von einem Mord nicht unterkriegen. Wollen wir später ausgehen und zusammen einen Happen essen?«
Aber Midge erklärte hastig, daß sie nach Hause müsse. Sie habe viel zu tun – Briefe schreiben und so. Am besten breche sie gleich, nachdem sie ihre Tasse ausgetrunken habe, auf.
»Na schön. Ich fahre dich nach Hause.«
»Ich kann mir ein Taxi nehmen.«
»Unsinn. Wozu hab' ich einen Wagen?«
Kurz darauf traten sie in die feuchte Abendluft hinaus. Am Ende der Ausfahrt deutete Henrietta auf ein Auto an einer Hausmauer. »Ein Ventnor 10, unser Schatten. Du wirst sehen, daß er uns folgt.«

»Wie gemein!«
»Findest du? Mir ist es egal.«
Henrietta setzte Midge vor ihrer Wohnung ab und fuhr zum Atelier zurück. Sie brachte ihren Wagen in die Garage.
Dann stand sie wieder im Atelier. Nachdenklich ging sie umher. Ein paar Minuten lang starrte sie zerstreut in den Kamin und trommelte dabei auf den Kaminsims. Dann seufzte sie auf und murmelte: »Also – los, an die Arbeit. Besser, nicht länger herumtrödeln.« Sie streifte das Tweedkostüm ab und schlüpfte in einen Overall.
Eineinhalb Stunden später trat sie zurück und betrachtete das, was sie geschaffen hatte. Auf ihren Wangen klebte Tonerde, ihr Haar war zerzaust, doch sie nickte zufrieden.
Die Form auf dem Gestell hatte eine grobe Ähnlichkeit mit einem Pferd. Der Ton saß in großen unregelmäßigen Klumpen daran. Es war die Art Pferd, bei dessen Anblick der Oberst eines Kavallerieregiments einen Schlaganfall bekommen hätte, denn es erinnerte nur von fern an ein Tier aus Fleisch und Blut, das eine Stute hätte geworfen haben können. Auch Henriettas reitende irische Vorfahren würde es empört haben. Trotzdem, es war ein Pferd – ein abstraktes Pferd.
Henrietta überlegte, was Inspektor Grange wohl denken würde, falls er ihr Werk je zu sehen bekam. Beim Gedanken daran, was er für ein Gesicht machen würde, grinste sie breit.

24

Edward Angkatell stand im Fußgängergedränge auf der Shaftesbury Avenue und versuchte, seinen ganzen Mut zusammenzunehmen, um ein Modegeschäft zu betreten, über dem in goldenen Buchstaben stand: MADAME ALFREGE.
Irgendein undeutliches Gefühl hatte ihn davon abgehalten, einfach anzurufen und Midge zu fragen, ob sie mit ihm zu Mittag essen wolle. Jenes Telefongespräch im »Eulenhaus« hatte ihn beunruhigt, ja mehr noch, es hatte ihn entsetzt. In

Midges Stimme hatte ein unterwürfiger Ton mitgeklungen, der ihn hell empörte.

Daß Midge, die unabhängige, die fröhliche, die offene Midge sich so benehmen mußte! Daß sie sich solche Grobheiten und Unverschämtheiten gefallen lassen mußte! Das war ungerecht – die ganze Sache war falsch! Dann, als er ihr seine Betroffenheit zeigte, hatte sie ihm deutlich zu verstehen gegeben, daß man schließlich seinen Job behalten mußte, daß man nicht so leicht einen fand und eben gewisse Unannehmlichkeiten in Kauf nehmen mußte, die nicht im Arbeitsvertrag standen.

Bis dahin hatte Edward die Tatsache einfach hingenommen, daß sehr viele junge Frauen heutzutage einen »Job« hatten. Falls er überhaupt näher darüber nachgedacht hatte, war er in dem Glauben gewesen, daß sie eben arbeiteten, weil sie ihre Arbeit liebten, es ihrem Unabhängigkeitsgefühl schmeichelte und sie ihr Leben so spannender fanden.

Die Tatsache, daß ein Mädchen, wenn es von neun bis sechs arbeitete, mit einer Stunde Mittagspause, von den meisten Vergnügungen und Entspannungen der begüterten Klassen ausgeschlossen war, hatte Edward nie bedacht. Wenn Midge nicht ihre Mittagszeit opferte, konnte sie in keine Ausstellung gehen. Sie konnte nicht einfach am Nachmittag ein Konzert besuchen, an einem schönen Sommertag rausfahren oder fröhlich in einem abgelegenen Restaurant zu Mittag speisen. Statt dessen mußte sie ihre Ausflüge aufs Land auf Sonnabend nachmittag und Sonntag verlegen und in einem überfüllten »Lyons« oder in einer Snackbar hastig etwas essen. Das war für ihn eine neue und unerfreuliche Entdeckung. Er mochte Midge sehr. Die kleine Midge – so hatte er stets an sie gedacht. Scheu und mit großen Augen war sie immer in den Ferien nach »Ainswick« gekommen, zuerst hatte sie wenig gesagt, dann taute sie auf und war voller Herzlichkeit und Begeisterung gewesen.

Edwards Neigung, ausschließlich in der Vergangenheit zu leben und die Gegenwart als etwas Unbeständiges zu betrachten, noch nicht Überprüftes, hatte seine Erkenntnis hinausgezögert, daß Midge zu einer erwachsenen Frau geworden war, die sich ihren Lebensunterhalt selbst verdienen mußte.

Erst an jenem Abend im »Eulenhaus«, als er nach der seltsamen, unerfreulichen Auseinandersetzung mit Henrietta fröstelnd und innerlich kalt ins Zimmer getreten war und Midge vor dem Kamin kniete, um Feuer zu machen, hatte er erkannt, daß sie kein liebes kleines Mädchen mehr war, sondern eine Frau. Es hatte ihn völlig verwirrt. Einen Augenblick war ihm, als habe er etwas verloren – etwas, das ein kostbarer Teil von »Ainswick« war. Und impulsiv hatte er gesagt: »Ich wünschte, wir würden uns öfters sehen, liebe Midge...«

Draußen im Mondschein, als er sich mit einer Henrietta unterhielt, die so anders war als früher, gar nicht mehr die vertraute Henrietta, die er schon so lange liebte – da war er plötzlich in Panik geraten. Und dann hatte gleich darauf noch ein Erlebnis das friedliche Muster seines Lebens durcheinandergebracht. Die kleine Midge war auch ein Teil von »Ainswick« – aber die Frau am Kamin war nicht mehr die kleine Midge, sondern eine energische, erwachsene Person mit traurigen Augen, die er gar nicht kannte.

Seit damals war er beunruhigt. Er hatte sich immer wieder Vorwürfe gemacht, daß er sich so wenig um Midges Glück und Bequemlichkeit gekümmert hatte. Der Gedanke an ihre würdelose Arbeit bei Madame Alfrege hatte ihm mehr und mehr zugesetzt, und schließlich beschloß er, sich selbst davon zu überzeugen, was das für ein Modegeschäft war.

Mißtrauisch spähte Edward in die Auslage, in der ein schwarzes Kleid mit einem schmalen Goldgürtel, ein paar flott aussehende, ärmliche Pulloverkleider und eine Abendrobe aus zu auffallend bunter Spitze dekoriert waren.

Edward verstand nichts von Mode, doch ganz instinktiv spürte er, daß diese Schaustücke etwas Halbseidenes hatten. Nein, dachte er, dieses Geschäft ist ihrer nicht würdig. Jemand – vielleicht Lucy – sollte deswegen etwas unternehmen.

Es kostete ihn viel Anstrengung, seine Scheu zu überwinden und einzutreten. Edward straffte seine etwas hängenden Schultern und öffnete die Ladentür.

Drinnen war er sofort vor Verlegenheit wie gelähmt. Zwei lebhafte, platinblonde junge Dinger befingerten unter schrillen Rufen Kleider in einem Schrank. Eine dunkelhaarige

Verkäuferin wartete daneben. Im Hintergrund des Geschäfts stritt sich eine kleine Frau mit dicker Nase, hennarotem Haar und unangenehmer Stimme mit einer untersetzten und verlegenen Kundin wegen irgendwelcher Änderungen an einem Abendkleid. Aus einer Probierkabine klang eine klagende Stimme.

»Schrecklich – wirklich entsetzlich – können Sie mir nicht was Passenderes bringen?«

Als Antwort hörte er Midges besänftigendes Murmeln – es klang devot und überredend.

»Das Weinrot ist wirklich sehr chic. Ich finde, es steht Ihnen. Wenn Sie kurz hineinschlüpfen wollen –«

»Ich verschwende nicht meine Zeit damit, Kleider anzuprobieren, die mir nicht gefallen. Bemühen Sie sich doch ein bißchen mehr! Ich sagte Ihnen bereits, daß ich nichts in Rot möchte. Wenn Sie nicht zuhören können –«

Edwards Nacken wurde heiß. Er hoffte, daß Midge der gräßlichen Person das Kleid ins Gesicht werfen würde. Statt dessen sagte sie: »Ich werde noch mal nachschauen. Für Grün können Sie sich wohl nicht erwärmen, Madam? Oder Pfirsich?«

»Schrecklich – einfach entsetzlich! Nein, ich möchte nichts mehr anprobieren. Reine Zeitvergeudung...«

Inzwischen hatte sich Madame Alfrege von ihrer untersetzten Kundin gelöst, trat auf Edward zu und sah ihn fragend an.

Edward nahm sich zusammen und sagte: »Ich – könnte ich wohl Miss Hardcastle sprechen?«

Madame Alfreges Augenbrauen wanderten in die Höhe, doch dann stellte sie fest, daß Edwards Anzug aus der Savile Row stammen mußte, und setzte ein Lächeln auf, dessen Freundlichkeit noch abstoßender war als ihre schlechte Laune.

Drinnen in der Probierkabine sagte die klagende Stimme empört: »Seien Sie doch vorsichtig! Wie ungeschickt von Ihnen. Jetzt haben Sie mein Haarnetz zerrissen.«

Midge antwortete unsicher: »Tut mir wirklich leid, Madam!«

»Dumm und ungeschickt!« (Die Stimme schien durch irgend etwas gedämpft zu werden.) »Nein, ich mache das schon selbst. Meinen Gürtel, bitte.«

»Miss Hardcastle ist in einer Minute frei«, erklärte Madame Alfrege. Ihr Lächeln bekam etwas Lüsternes.
Eine wütend aussehende Frau mit sandfarbenem Haar tauchte mit ein paar Päckchen in der Hand aus der Kabine auf und ging wortlos hinaus. Midge, die ein strenges schwarzes Kleid trug, hielt ihr die Tür auf. Sie wirkte blaß und unglücklich.
»Ich wollte dich zum Essen abholen«, sagte Edward ohne lange Vorrede.
Midge warf einen gequälten Blick zur Wanduhr hinauf. »Ich kann erst um Viertel nach eins weg«, begann sie. Es war zehn Minuten nach eins.
»Wenn Sie wollen, können Sie gehen«, warf Madame Alfrege gnädig ein. »Da Ihr *Freund* nun schon mal da ist.«
»Danke, Madame Alfrege«, sagte Midge, und zu Edward gewandt: »Ich bin in einer Minute fertig.« Sie verschwand im Hintergrund des Geschäfts.
Edward, der bei Madame Alfreges anzüglicher Betonung des Wortes »Freund« zusammengezuckt war, stand verlegen da und schwieg.
Gerade als Madame Alfrege ein Gespräch mit ihm beginnen wollte, öffnete sich die Tür, und eine üppige Frau mit einem Pekinesen trat ein. Madame Alfrege nahm die Witterung auf und strebte sofort auf die neue Kundin zu.
Midge tauchte im Mantel wieder auf. Edward nahm sie am Arm und steuerte sie aus dem Geschäft hinaus auf die Straße.
»Mein Gott!« sagte er. »Mußt du dir so was gefallen lassen? Ich hörte, was die verdammte Frau in der Probierkabine zu dir sagte. Wie hältst du das aus, Midge, warum wirfst du ihr die verdammten Kleider nicht an den Kopf?«
»Wenn ich so was täte, würde ich meinen Job verlieren.«
»Aber würdest du es nicht am liebsten tun?«
Midge holte tief Luft. »Natürlich. Und es gibt Zeiten, vor allem am Ende einer heißen Woche im Sommerschlußverkauf, da habe ich Angst, daß ich eines Tages mal loslege und allen sage, sie sollten sich zum Teufel scheren – statt ›Ja, Madam‹ und ›Nein, Madam‹ oder ›Ich sehe mal nach, ob wir noch etwas anderes haben, Madam‹.«
»Midge, liebe kleine Midge, das hältst du doch nicht mehr

lange aus!«
Midge lachte etwas gezwungen. »Reg dich nicht auf, Edward! Warum bist du bloß hergekommen? Warum hast du nicht angerufen?«
»Ich wollte es mir mal selbst ansehen. Ich machte mir Sorgen um dich.« Er schwieg, und dann brach es aus ihm heraus: »Mein Gott, Lucy würde nicht mal ein Küchenmädchen so behandeln, wie diese Person dich behandelt hat. Es ist nicht richtig, daß du dir solche Unverschämtheiten gefallen lassen mußt. Guter Gott, Midge, ich hätte große Lust, dich da rauszuholen und sofort mit nach ›Ainswick‹ zu nehmen. Am liebsten würde ich ein Taxi anhalten, dich hineinstecken und dann mit dem Zweiuhrfünfzehn mit dir nach ›Ainswick‹ fahren.«
Midge blieb stehen. Ihre zur Schau getragene Gelassenheit fiel von ihr ab. Sie hatte einen langen, ermüdenden Vormittag mit anstrengenden Kundinnen hinter sich, und Madame war heute in besonders schlechter Laune gewesen. Plötzlich überschwemmte sie eine Welle der Empörung.
»Warum tust du es dann nicht?« rief sie. »Es gibt einen Haufen Taxis, Edward!«
Er starrte sie entgeistert an, durch ihren Wutausbruch wie vor den Kopf gestoßen. Midge war nicht mehr zu bremsen.
»Warum mußt du herkommen und mir solche Dinge sagen? Du meinst sie ja gar nicht ernst. Glaubst du, du erleichterst mir die Sache, wenn du mich daran erinnerst, daß es so schöne Plätze auf der Welt gibt wie ›Ainswick‹? Glaubst du, ich bin dir dankbar dafür, daß du dastehst und mir was vorquasselst, wie gern du mich hier rausholen würdest? Alles so lieb und nett und unverbindlich! Du meinst kein einziges Wort davon! Weißt du denn nicht, daß ich meine Seele dafür hergeben würde, mit dem Zweiuhrfünfzehn nach ›Ainswick‹ zu fahren und alles hinter mir zu lassen? Ich ertrage es nicht einmal, auch nur an ›Ainswick‹ zu denken, verstehst du? Du meinst es gut, Edward, aber du bist grausam! Du sagst Dinge – du sagst sie bloß...«
Sie standen da und sahen sich an, ein Hindernis im Strom der Fußgänger der Shaftesbury Avenue, die es eilig hatten, zum

Mittagessen zu kommen. Doch sie merkten es nicht. Sie waren allein mit sich. Edward starrte sie an wie ein Mensch, den man plötzlich aus tiefem Schlaf geweckt hat.

»Na schön, dann fahren wir eben mit dem Zweiuhrfünfzehn nach ›Ainswick‹!« rief er.

Er hob seinen Spazierstock und hielt ein vorbeifahrendes Taxi an. Es bremste am Straßenrand. Edward öffnete den Wagenschlag, und Midge stieg ein. Sie war wie betäubt. »Zur Paddington Station!« befahl Edward dem Fahrer und setzte sich neben sie.

Sie schwiegen. Midge hatte die Lippen fest zusammengepreßt. Ihre Augen waren trotzig und empört. Edward starrte geradeaus.

Als sie vor einer Ampel in der Oxford Street hielten, sagte Midge unfreundlich: »Mir scheint, jetzt habe ich dich gezwungen, deinen leeren Worten Taten folgen zu lassen.«

»Es waren keine leeren Worte!«

Das Taxi fuhr ruckartig wieder an. Aber erst, als es in der Edgeware Road links in die Cambridge Terrace einbog, fand Edward wieder zu seiner üblichen Haltung dem Leben gegenüber zurück. »Wir können nicht mit dem Zweiuhrfünfzehn fahren«, sagte er und klopfte an die gläserne Trennscheibe. Dann befahl er dem Fahrer: »Zum ›Berkeley‹!«

»Warum können wir nicht mit dem Zweiuhrfünfzehn fahren?« fragte Midge kühl. »Es ist jetzt erst fünfundzwanzig Minuten nach eins.«

Edward lächelte. »Du hast kein Gepäck, liebe Midge. Kein Nachthemd, keine Zahnbürste, keine festen Schuhe. Um Viertel nach vier fährt auch einer, weißt du. Gehen wir essen und bereden wir alles in Ruhe.«

Midge seufzte. »Das sieht dir ähnlich, Edward. An die praktische Seite zu denken. Spontan was zu unternehmen ist nicht deine Stärke, was? Na gut, es war ein schöner Traum.« Sie nahm seine Hand und lächelte ihn traurig an. »Es tut mir leid, daß ich da auf dem Bürgersteig stand und dich beschimpfte wie ein altes Fischweib. Aber weißt du, Edward, du hast mich wirklich gereizt.«

»Ja, muß ich wohl«, meinte er.

Wieder versöhnt betraten sie das »Berkeley«. Sie fanden einen Tisch beim Fenster, und Edward bestellte ein ausgezeichnetes Mittagessen.
Als sie ihr Huhn aufgegessen hatten, seufzte Midge und sagte: »Ich muß mich beeilen. Die Mittagspause ist gleich vorbei.«
»Du wirst dir heute zum Essen ordentlich Zeit lassen, und wenn ich deshalb den halben Laden aufkaufen muß!«
»Du bist wirklich süß, Edward!«
Sie aßen Crêpes Suzette, und dann brachte der Ober den Kaffee. Während Edward den Zucker verrührte, fragte er vorsichtig: »Du magst ›Ainswick‹ wirklich sehr, nicht wahr?«
»Müssen wir davon sprechen? Ich habe überlebt, daß wir nicht mit dem Zweiuhrfünfzehn hingefahren sind, und mir ist inzwischen klar, daß der Vieruhrfünfzehn auch nicht in Frage kommt, aber, bitte, reite nicht weiter darauf herum!«
Edward lächelte. »Ja, ich kann dir nicht versprechen, daß wir den Vieruhrfünfzehn erwischen. Aber ich möchte dir trotzdem vorschlagen, nach ›Ainswick‹ zu kommen, Midge – für immer. Das heißt, falls du es mit mir aushältst.«
Sie starrte ihn über den Rand ihrer Kaffeetasse hinweg fragend an. Dann stellte sie die Tasse mit ruhiger Hand wieder ab, was ihr nicht leicht fiel. »Was meinst du nun wirklich, Edward?«
»Ich schlage dir vor, mich zu heiraten, Midge. Vermutlich findest du das nicht besonders romantisch. Ich bin ein Langweiler, das weiß ich, und tauge nicht zu sehr viel. Ich lese bloß Bücher und spiele herum. Aber obwohl ich kein sehr aufregender Mensch bin, kennen wir uns doch schon sehr lange, und ich bin übereugt, daß ›Ainswick‹, der Ort selbst – nun, daß es ein Ausgleich dafür ist. Ich glaube, du wärst dort glücklich, Midge. Kommst du?«
Midge schluckte ein- oder zweimal und antwortete dann: »Ich dachte, du und Henrietta –« Sie schwieg.
»Ja, ich habe Henrietta dreimal gefragt, ob sie mich heiraten möchte«, erklärte Edward gelassen. »Und sie wies mich dreimal ab. Henrietta weiß genau, was sie nicht will.«
Es entstand ein langes Schweigen. Schließlich fragte Edward: »Also, Midge, was ist mit uns?«

Midge sah ihn an. »Es ist alles so seltsam«, sagte sie unsicher. »Da bekommt man den Himmel auf Erden auf einem silbernen Teller serviert, und noch dazu in einem so schönen Hotel wie dem ›Berkeley‹.«
Sein Gesicht hellte sich auf. Für einen kurzen Augenblick legte er die Hand auf ihren Arm.
»Den Himmel auf Erden – so denkst du also über ›Ainswick‹? Ach, Midge, ich freue mich so!«
Glücklich saßen sie da. Edward bezahlte die Rechnung und gab ein riesiges Trinkgeld. Die Gäste im Restaurant wurden immer weniger. Midge sagte gezwungen: »Wir müssen los. Es ist vernünftiger, wenn ich wieder ins Geschäft gehe. Schließlich rechnet Madame Alfrege mit mir. Ich kann nicht einfach verschwinden.«
»Ja, vermutlich mußt du noch mal hin und kündigen, mündlich oder schriftlich, oder wie das sonst üblich ist. Jedenfalls wirst du nicht mehr dort arbeiten. Das erlaube ich nicht. Vorher gehen wir noch in einen Laden in der Bond Street und kaufen Ringe.«
»Wieso Ringe?«
»Ist das nicht üblich?«
Midge lachte.
Kurze Zeit später beugten sich Midge und Edward im dämmrigen Schmuckgeschäft über mehrere Tabletts mit blitzenden Verlobungsringen, während ein diskreter Verkäufer sie wohlwollend beobachtete.
Das eine Samttablett schob Edward spontan zur Seite. »Keine Smaragde«, sagte er.
Henrietta im grünen Tweedkostüm – Henrietta in einem Abendkleid wie grüne Jade ... nein, keine Smaragde.
Midge überspielte den feinen Stich, den sie spürte, und sagte: »Such du ihn für mich aus, Edward.«
Er wählte einen Ring mit einem einzigen Diamanten. Es war kein sehr großer Stein, aber er hatte eine schöne Farbe und ein schönes Feuer. »Der gefällt mir!«
Midge nickte. Es gefiel ihr, daß Edward einen so sicheren und anspruchsvollen Geschmack hatte. Sie streifte sich den Ring über den Finger, während Edward den Verkäufer beiseite

nahm. Er schrieb einen Scheck über dreihundertzweiundvierzig Pfund aus und trat dann lächelnd auf Midge zu.
»Komm«, sagte er, »jetzt gehen wir zu Madame Alfrege und machen sie fertig.«

25

»Ach, ihr Lieben, ich freue mich schrecklich!«
Lady Angkatell streckte Edward eine zerbrechliche Hand hin und berührte Midge zart mit der anderen. »Du hattest wirklich recht, Edward, sie zu zwingen, diesen schrecklichen Laden zu verlassen, und sie sofort hierherzubringen. Selbstverständlich bleibt sie bis zur Heirat bei uns. Ihr werdet in St. George getraut, du kennst die Kirche ja, drei Meilen weiter unten an der Straße, durch den Wald ist es nur eine Meile, aber wer geht schon durch den Wald, wenn er heiraten will. Wir werden wohl den Pfarrer nehmen müssen – der arme Mann hat jeden Herbst eine entsetzliche Kopfgrippe. Der Kurator hat eine schöne klare Stimme, die ganze Sache würde viel eindrucksvoller sein – und auch feierlicher, wenn ihr versteht, was ich meine. Man kann kaum Ehrfurcht empfinden, wenn der Pfarrer durch die Nase spricht.«
Der Empfang war wieder einmal typisch Lucy, dachte Midge. Am liebsten hätte sie geweint und gelacht in einem.
»Ich würde gern hier heiraten, Lucy«, sagte sie.
»Das ist dann abgemacht, meine Liebe. Altweißer Satin, denke ich, und ein elfenbeinfarbenes Gebetbuch – *kein* Strauß. Brautjungfern?«
»Nein. Es soll keine große Sache sein. Ich bin mehr für eine ruhige Feier.«
»Ich verstehe, meine Liebe. Vermutlich hast du recht. Bei einer Heirat im Herbst nimmt man fast immer Chrysanthemen – so eine nüchterne Blume, finde ich. Und wenn man nicht eine Menge Zeit darauf verwendet und die Brautjungfern sorgfältig aussucht, passen sie nie richtig zusammen. Fast immer ist eine schrecklich häßliche dabei, die die ganze Wirkung verdirbt –

man muß sie nehmen, weil sie die Schwester des Bräutigams ist. Aber natürlich –« Lady Angkatell strahlte. »Edward hat keine Schwestern.«

»Wenigstens ein Punkt zu meinen Gunsten«, bemerkte Edward lächelnd.

»Kinder sind das Schlimmste bei einer Hochzeit«, fuhr Lady Angkatell fort, munter weiter an ihrem eigenen Gedankenfaden spinnend. »Jeder ruft: ›Ach, wie süß!‹, aber, meine Liebe, was für Sorgen sie einem machen! Sie treten auf die Schleppe oder schreien nach dem Kindermädchen, und oft wird ihnen schlecht. Ich frage mich jedesmal, wie ein junges Mädchen in der richtigen Gemütsverfassung zum Altar schreiten kann, wenn sie so gar nicht weiß, was hinter ihrem Rücken passiert.«

»Hinter meinem Rücken brauchen keine zu sein«, meinte Midge fröhlich. »Auch keine Schleppe. Ich kann im Kostüm heiraten.«

»Nein, nein, Midge, du bist doch keine Witwe. Also, altweißer Satin, aber nicht von Madame Alfrege!«

»Ganz bestimmt nicht«, bekräftigte Edward.

»Ich bring' dich zu Mireille«, sagte Lady Angkatell.

»Liebe Lucy, Mireille kann ich mir nicht leisten.«

»Unsinn, Midge. Henry und ich kümmern uns um deine Aussteuer. Und natürlich macht Henry den Brautführer. Hoffentlich ist ihm die Hose nicht zu eng. Es ist fast zwei Jahre her, daß wir auf einer Hochzeit waren. Und was ziehe ich an –« Lady Angkatell schwieg und schloß die Augen.

»Na, Lucy?«

»Hortensienblau«, verkündete Lady Angkatell voller Entzücken. »Sicherlich wird ein Freund von dir den Trauzeugen machen wollen, Edward, sonst wäre da natürlich David. Ich kann mir nicht helfen, aber ich habe das Gefühl, daß es David schrecklich gefallen würde. Es würde ihm so was wie Würde geben, wißt ihr, und er bekäme das Gefühl, daß wir ihn mögen. Das ist bei David meiner Meinung nach sehr wichtig. Es muß doch sehr entmutigend sein, wenn man überzeugt ist, klug und weise zu sein, und einen trotzdem keiner auch nur ein bißchen lieber hat. Natürlich wäre es auch riskant. Vermutlich verliert er den Ring oder läßt ihn im letzten Augenblick fallen. Ich nehme an, Edward würde es zu sehr belasten. In gewisser Weise wäre es nett, wenn wir die Sache auf die Menschen beschränkten, die auch beim Mord hier waren.« Die letzten Worte sagte sie völlig gelassen, in ganz normalem Gesprächston.

»Diesen Herbst lud Lady Angkatell aus Anlaß eines Mordes ein paar Freunde in ihr Landhaus ein!« spottete Midge gegen ihren Willen.

»Ja«, erwiderte Lucy nachdenklich. »Vermutlich hat es wirklich so geklungen. Eine Party für einen Mord. Aber weißt du, wenn man es genau bedenkt – eigentlich ist es wirklich so gewesen!«

Midge überlief ein leiser Schauder. »Nun, jedenfalls ist es jetzt vorbei«, sagte sie.

»Nicht ganz. Die Voruntersuchung wurde nur vertagt. Und dieser reizende Inspektor Grange hat überall seine Leute postiert, die durch die Kastanienwälder toben und die Fasane aufscheuchen. An den unwahrscheinlichsten Orten tauchen sie auf, wie aus dem Nichts.«

»Wonach suchen die denn?« fragte Edward. »Nach der Waffe, mit der Christow erschossen wurde?«

»Das muß es wohl sein. Sie kamen sogar mit einem Hausdurchsuchungsbefehl an. Der Inspektor entschuldigte sich deswegen immer wieder, er war richtig verlegen, aber natürlich sagte ich, daß wir entzückt seien. Es war auch wirklich sehr interessant. Sie haben einfach überall gesucht, überall. Ich blieb ihnen auf den Fersen, versteht ihr, und machte sie noch auf ein oder zwei Plätze aufmerksam, an die sie nicht mal gedacht hatten. Aber man fand nichts. Es war fast enttäuschend. Der arme Inspektor, er wird schon ganz dünn und zieht ständig an seinem komischen traurigen Schnurrbart. Bei den vielen Sorgen, die er hat, sollte ihm seine Frau was besonders Nahrhaftes kochen – aber ich habe so die Vermutung, daß sie eher zu den Frauen gehört, denen ein gutgebohnerter Linoleumboden wichtiger ist als eine wohlschmeckende kleine Mahlzeit. Da fällt mir ein, ich muß mit Mrs. Medway sprechen. Komische Sache, daß die Angestellten sich so schwer mit dem Vorhandensein der Polizei abfinden können. Ihr Käsesoufflé gestern abend war fast nicht eßbar. Soufflés und Gebäck verraten immer, wenn einer aus dem Gleichgewicht geraten ist. Wenn Gudgeon nicht wäre, der sie bei der Stange hält, würde die Hälfte der Leute sicher weglaufen. Warum geht ihr beide nicht ein bißchen spazieren und helft der Polizei bei der Revolversuche?«

Hercule Poirot saß auf der Bank, von der aus man einen Blick auf den unten liegenden Swimming-pool und die Kastanienbäume hatte. Lady Angkatell hatte ihn ganz reizend gebeten, doch nach Herzenslust im Park herumzuwandern, und so hatte er nicht das Gefühl, ein Eindringling zu sein. Über Lady Angkatells reizende Art dachte Hercule Poirot im Augenblick gerade nach.
Von Zeit zu Zeit hörte er Zweige im Wald knacken oder erhaschte einen Blick auf eine Gestalt, die sich zwischen den Kastanien umherbewegte.
Henrietta tauchte aus der Richtung zur Straße auf dem Weg auf. Als sie Poirot entdeckte, blieb sie kurz stehen und kam dann auf ihn zu. Sie setzte sich neben ihn auf die Bank.
»Guten Morgen, Monsieur Poirot. Ich wollte Sie gerade besuchen. Aber Sie waren nicht da. Sie sehen so majestätisch aus. Wachen Sie über der Suchaktion? Der Inspektor ist ja höchst eifrig. Wonach sucht man denn, nach dem Revolver?«
»Ja, Miss Savernake.«
»Glauben Sie, daß man ihn findet?«
»Ich nehme an. Schon bald, möchte ich behaupten.«
Sie musterte ihn fragend. »Haben Sie eine Ahnung, wo er sein könnte?«
»Nein. Trotzdem glaube ich, daß er bald entdeckt wird. Die Zeit ist reif.«
»Was für komische Sachen Sie sagen, Monsieur Poirot!«
»Hier sind auch komische Sachen geschehen. Sie sind sehr schnell aus London wieder hergekommen, Mademoiselle.«
Ihr Gesicht wurde verschlossen. Sie lachte bitter auf. »Der Täter kehrt zum Schauplatz seiner Tat zurück, was? Ein alter Aberglaube, nicht wahr? Sie sind also tatsächlich davon überzeugt, ich – daß ich es getan habe! Sie glauben mir nicht,

wenn ich behaupte, daß ich niemanden umbringen würde. Daß ich es gar nicht *könnte*?«

Poirot antwortete nicht sofort. Schließlich meinte er nachdenklich: »Von Anfang an schien es mir entweder ein ganz einfaches Verbrechen zu sein, so einfach, daß es schwerfiel, diese Simplizität zu glauben – und sie kann einen manchmal richtig verblüffen, Mademoiselle –, oder aber eine höchst verwickelte Geschichte. Das heißt, wir kämpften mit einem Verstand, der die kniffligsten und genialsten Einfälle hatte. Jedesmal, wenn wir dachten, der Wahrheit nähergekommen zu sein, wurden wir in Wirklichkeit auf eine Spur gelockt, die sich von ihr entfernte und schließlich im Nichts endete. Diese offensichtliche Erfolglosigkeit, dieses ständige Ins-Leere-Tappen, ist nicht natürlich – es hat etwas Künstliches, es steckt Absicht dahinter. Ein sehr scharfsinniger Geist steht gegen uns – und gewinnt immer.«

»Was hat das mit mir zu tun?« fragte Henrietta.

»Es ist auch ein schöpferischer Geist, Mademoiselle.«

»Aha – und da komme ich ins Spiel?«

Sie schwieg und preßte die Lippen zusammen. Sie hatte einen Bleistift aus der Jackentasche genommen und zeichnete jetzt wie in Gedanken die Umrisse eines phantastisch aussehenden Baumes in das weißgestrichene Holz der Bank.

Poirot sah ihr zu. In seinem Kopf formten sich Erinnerungen – er stand wieder in Lady Angkatells Wohnzimmer, am Nachmittag nach dem Verbrechen, und betrachtete einen Stoß Bridgeblöcke. Dann tauchte der eiserne Tisch im Pavillon vor seinem inneren Auge auf, das war am Morgen danach gewesen, und zum Schluß fiel ihm die Frage ein, die er Gudgeon gestellt hatte.

»Das zeichneten Sie auch auf Ihren Bridgeblock – einen Baum.«

»Ja.« Henrietta schien erst jetzt zu merken, was sie tat. »Es ist Yggdrasil, Monsieur Poirot.« Sie lachte.

»Warum nennen Sie ihn so?«

Sie erklärte es ihm.

»Und wenn Sie herumkritzeln, zeichen Sie immer Yggdrasil?«

»Ja. Eine komische Angewohnheit, nicht wahr?«

»Hier auf der Bank – auf dem Bridgeblock am Sonnabend abend – im Pavillon am Sonntag vormittag...«
Die Hand mit dem Bleistift hielt im Malen inne. »Wieso im Pavillon?« fragte sie. Es klang sorglos und amüsiert.
»Ja, Sie malten den Baum auf den runden Eisentisch.«
»Ach, das muß am Sonnabend nachmittag gewesen sein.«
»Nein, nicht am Sonnabend nachmittag. Als Gudgeon am Sonntag gegen zwölf Uhr die Gläser hineintrug, war die Zeichnung noch nicht da. Ich fragte ihn, und er war sich ziemlich sicher.«
»Dann muß es –« Sie zögerte eine Sekunde. »Natürlich, es war am Sonntag nachmittag.«
Noch immer freundlich lächelnd schüttelte Hercule Poirot den Kopf. »Das glaube ich nicht. Den ganzen Sonntag nachmittag waren die Leute von Inspektor Grange am Pool und fotografierten die Leiche, holten die Waffe aus dem Wasser und so weiter. Erst bei Einbruch der Dämmerung gingen sie. Sie hätten jeden bemerkt, der in den Pavillon wollte.«
»Jetzt erinnere ich mich«, sagte Henrietta langsam. »Ich war spät am Abend dort – nach dem Essen.«
Da antwortete Poirot scharf: »Man kritzelt gewöhnlich nicht im Dunkeln herum, Miss Savernake. Wollen Sie mir erzählen, daß Sie nachts im Pavillon waren und einen Baum auf den Tisch malten, obwohl Sie nichts sehen konnten?«
»Ich sage die Wahrheit«, erwiderte Henrietta ruhig. »Natürlich glauben Sie mir nicht. Sie haben ihre eigene Meinung von der Sache. Was ist übrigens Ihre Meinung?«
»Ich vermute, daß Sie am Sonntag nach zwölf Uhr dort waren, nachdem Gudgeon die Gläser hineingetragen hatte. Sie standen am Tisch und beobachteten jemanden oder warteten auf jemanden, und unbewußt holten Sie einen Bleistift aus der Tasche und zeichneten Yggdrasil, ohne zu merken, was Sie taten.«
»Ich war zu dieser Zeit nicht dort. Ich saß eine Weile auf der Terrasse, dann holte ich einen Gartenkorb und ging zum Dahlienbeet. Ich schnitt die verwelkten Blüten ab und jätete zwischen den Astern das Unkraut. Dann, kurz vor eins, schlenderte ich zum Swimming-pool. Das habe ich alles schon

mit Inspektor Grange durchgekaut. Vor ein Uhr bin ich nicht in die Nähe des Pools gekommen, erst, als man auf John geschossen hatte.«
»Das ist Ihre Version«, erklärte Poirot. »Aber Yggdrasil, Mademoiselle, spricht gegen Sie.«
»Ich war also im Pavillon und schoß auf John – wollen Sie das damit sagen?«
»Sie waren dort und schossen auf Dr. Christow, oder Sie waren dort und beobachteten den Täter – oder jemand anders war dort, der von Ihrem Baumgekritzel wußte und Yggdrasil absichtlich auf den Tisch zeichnete, um den Verdacht auf Sie zu lenken.«
Henrietta erhob sich. Mit energisch vorgestrecktem Kinn blickte sie auf ihn hinunter. »Sie glauben immer noch, daß ich John Christow tötete. Sie glauben auch, daß Sie es beweisen können. Ich sage Ihnen nur eins: Das werden Sie nie schaffen. Niemals!«
»Sie glauben, Sie sind klüger als ich?«
»Sie werden es nie beweisen können«, erwiderte Henrietta, wandte sich ab und ging den kurvigen Pfad zum Swimmingpool hinunter.

26

Grange kam nach »Resthaven«, um mit Poirot eine Tasse Tee zu trinken. Der Tee war genauso, wie er es befürchtet hatte – sehr schwach und noch dazu eine chinesische Mischung.
Diese Ausländer, dachte Grange, wissen nicht mal, wie man richtig Tee macht. Man kann es ihnen auch nicht beibringen. Aber es störte ihn nicht weiter. Er war in so pessimistischer Stimmung, daß er bei jeder neuen Unannehmlichkeit nur noch eine Art grimmiger Befriedigung verspürte.
»Übermorgen findet die nächste Voruntersuchung statt«, sagte er, »und was für Beweise haben wir? Absolut keine! Verdammt, das Schießeisen muß doch irgendwo sein! Die Gegend ist schuld, meilenweit nichts als Wald. Man brauchte

eine Armee, um ihn gründlich abzusuchen. Die sprichwörtliche Nadel im Heuhaufen. Die Waffe kann überall sein. Tatsache ist, daß wir uns damit abfinden müssen, daß sie wohl nie zum Vorschein kommt.«
»Sie finden sie bestimmt«, erklärte Poirot zuversichtlich.
»Jedenfalls haben wir nichts unversucht gelassen.«
»Früher oder später entdecken Sie sie! Und ich bin überzeugt, eher früher. Noch eine Tasse Tee?«
»Ich hätte nichts dagegen – nein, danke, kein heißes Wasser.«
»Er ist Ihnen nicht zu stark?«
»Nein, nein, er ist nicht zu stark«, beruhigte er seinen Gastgeber höflich untertreibend. Düster schlürfte er das strohfarbene Gebräu. »Dieser Fall macht mich noch verrückt, Monsieur Poirot – richtig verrückt. Ich komme mit diesen Leuten nicht klar. Sie scheinen so hilfsbereit zu sein, doch alles, was sie einem erzählen, führt einen in die Irre, immer weiter weg...«
»Immer weiter weg?« wiederholte Poirot. Ein verblüffter Ausdruck trat in seine Augen. »Ja, ich verstehe. Immer weiter weg...«
Der Inspektor schwelgte jetzt in seiner Trübsinnigkeit. »Nehmen wir nur die Waffe. Laut ärztlichem Befund wurde Christow ein oder zwei Minuten vor Ihrem Eintreffen erschossen. Lady Angkatell hatte diesen Eierkorb am Arm, Miss Savernake hatte einen Gartenkorb voll verwelkter Blüten dabei, und Edward Angkatell trug einen weiten Sportanzug mit großen Taschen voller Patronen. Jeder von ihnen hätte die Waffe mitnehmen können. Beim Pool wurde sie jedenfalls nicht versteckt. Meine Leute haben das Areal gründlich durchgekämmt, da ist nicht dran zu rütteln.«
Poirot nickte, und Grange fuhr fort:
»Gerda Christow wurde in eine Falle gelockt – aber von wem? Alle Spuren, die ich in dieser Richtung verfolge, scheinen sich einfach in Luft aufzulösen.«
»Die Aussagen darüber, wie sie den Vormittag verbrachten, sind bei allen zufriedenstellend?«
»Die sind in Ordnung. Miss Savernake arbeitete im Garten, Lady Angkatell sammelte die Eier ein. Edward Angkatell und Sir Henry machten Schießübungen und trennten sich gegen

Mittag – Sir Henry kehrte ins Haus zurück, und Edward Angkatell kam durch den Wald hinunter zum Schwimmbekken. Der junge Mann saß in seinem Zimmer und las. Komischer Ort zum Lesen an so einem schönen Tag, aber er ist ein Bücherwurm, der Typ des Stubenhockers. Miss Hardcastle las im Obstgarten. Alles klingt völlig normal und glaubwürdig, doch nachprüfen läßt es sich nicht. Gegen zwölf Uhr trug Gudgeon ein Tablett mit Gläsern zum Gartenhäuschen. Er kann nicht sagen, wo sich die einzelnen aufhielten oder was sie taten. In gewisser Weise sprechen die Umstände gegen jeden von ihnen.«
»Ach, wirklich?«
»Natürlich ist die verdächtigste Person diese Veronika Cray. Sie hatte sich mit Christow gestritten, sie haßte ihn, man traut ihr die Tat zu – aber ich kann nicht den geringsten Hinweis darauf entdecken, daß sie es wirklich tat. Kein Beweis, daß sie Gelegenheit hatte, den Revolver aus Sir Henrys Sammlung zu stehlen. Keiner hat sie zum Pool gehen oder von dort verschwinden gesehen. Und den fehlenden Revolver hat sie auch nicht.«
»Ah, Sie haben sich davon überzeugt?«
»Was glauben Sie denn? Die Umstände hätten sogar einen Durchsuchungsbefehl gerechtfertigt, doch den brauchte ich gar nicht. Sie war höchst zuvorkommend. In ihrem komischen Bungalow konnten wir ihn nirgends entdecken. Nachdem die Voruntersuchung vertagt worden war, ließen wir Miss Cray und Miss Savernake deutlich merken, daß wir ihnen auf den Fersen blieben. Wir ließen sie beschatten, um zu erfahren, was sie taten und wohin sie gingen. Einer unserer Leute beobachtete die Cray sogar im Filmstudio – sie versuchte nicht, die Waffe dort verschwinden zu lassen.«
»Und Henrietta Savernake?«
»Bei ihr zogen wir auch eine Niete. Sie fuhr ohne Umwege nach Chelsea zurück. Seitdem steht sie unter Beobachtung. Der Revolver ist nicht in ihrem Atelier. Sie hatte nichts gegen eine Durchsuchung – es schien sie sogar zu amüsieren. Das verrückte Zeug da hat unserem Mann einen ganz schönen Schrecken eingejagt. Er sagte, es sei ihm ein Rätsel, warum

jemand so was mache – Statuen aus nichts als Klumpen und Knoten, Stücke aus Bronze und seltsam verdrehten Aluminiumstreifen, Pferde, die kaum noch Pferde sind.«
Poirot richtete sich ein wenig auf. »Pferde, sagten Sie?«
»Also, es ist nur ein Pferd. Wenn man es überhaupt so nennen kann. Wenn jemand schon ein Pferd modelliert, warum geht er dann nicht hin und sieht es sich vorher genau an?«
»Ein Pferd!« wiederholte Poirot.
Grange sah ihn fragend an. »Was ist daran so interessant, Monsieur Poirot? Das verstehe ich nicht.«
»Mir fallen ein paar Gedankenverbindungen ein, eine Frage der Psychologie.«
»Meinen Sie Wortassoziationen – Pferd und Wagen, Schaukelpferd, Packpferd? Nein, das bringt uns nicht weiter. Jedenfalls, ein paar Tage später packte Miss Savernake ihre Sachen und fuhr wieder hierher. Wußten Sie das?«
»Ja, ich habe mit ihr gesprochen und sie auch im Wald herumlaufen gesehen.«
»Ruhelos, ja. Na ja, sie hatte mit dem Arzt eine Affäre, und wie er, bevor er starb, ›Henrietta‹ sagte – das klang fast wie eine Anklage. Aber es genügt eben nicht, Monsieur Poirot.«
»Nein, es genügt nicht«, wiederholte Poirot.
»Irgend etwas liegt hier in der Luft – man wird ganz verwirrt! Als ob sie alle etwas wüßten. Zum Beispiel Lady Angkatell – sie konnte nie einen vernünftigen Grund nennen, warum sie an jenem Tag die Pistole mitnahm. So was Idiotisches. Manchmal glaube ich wirklich, daß sie verrückt ist.«
Poirot schüttelte leicht den Kopf. »Nein, sie ist nicht verrückt.«
»Dann dieser Edward Angkatell. Ich dachte, daß ich bei ihm was finden würde. Lady Angkatell sagte – nein, sie deutete es nur an –, daß er seit Jahren Miss Savernake verehrte. Na, damit hatte er ein Motiv. Und jetzt muß ich feststellen, daß er sich mit der andern, dieser Miss verlobt hat. Und schon ist die Sache geplatzt.«
Poirot murmelte mitfühlend ein paar unverständliche Worte.
»Dann dieser junge Bursche«, fuhr der Inspektor fort. »Lady Angkatell machte ein paar Bemerkungen über ihn. Anscheinend starb seine Mutter in einer Nervenheilanstalt – Verfol-

gungswahn. Sie dachte, alle Leute wollten sie umbringen. Nun, Sie verstehen sicherlich, was das bedeuten könnte. Wenn der Junge diese Art Geisteskrankheit geerbt hatte, konnte er sich wegen Dr. Christow irgendwelche verrückten Ideen in den Kopf gesetzt haben – vielleicht bildete er sich ein, Christow wollte ihn in eine Anstalt einweisen lassen. Nicht, daß so was in Christows Fach schlug. Nervöse Störungen des Magendarmkanals und so was, das war Christows Spezialgebiet. Aber wenn der Junge erblich belastet war, könnte er sich eingebildet haben, daß Christow ihn unter Beobachtung halten wollte. Der Junge hat ein seltsames Benehmen, nervös wie eine Katze.« Grange schwieg bedrückt. Dann fügte er hinzu: »Sie sehen, nichts als vage Verdächtigungen, die ins Leere führen.«
Poirot machte eine Bewegung. Leise sagte er. »*Weg,* nicht *hin. Nirgendwo* statt *irgendwo* ... Ja, natürlich, das muß es sein!«
Grange starrte ihn verständnislos an. Dann sagte er: »Sie sind verrückt, alle Angkatells! Manchmal könnte ich schwören, daß sie genau Bescheid wissen.«
»Das tun sie auch«, erwiderte Poirot ruhig.
»Wollen Sie damit andeuten, daß sie den Täter kennen?« fragte der Inspektor ungläubig.
Poirot nickte. »Ja, sie kennen ihn. Ich vermutete es schon seit einer ganzen Weile. Jetzt bin ich ziemlich sicher.«
»Ich verstehe.« Das Gesicht des Inspektors wurde grimmig. »Und sie verstecken die Waffe irgendwo? Na, ich werde es noch herausbekommen. Ich werde den Revolver finden!«
Das ist seine Themamelodie, dachte Poirot.
Erbittert fuhr Grange fort: »Ich würde alles drum geben, wenn ich mit ihnen abrechnen könnte.«
»Mit wem genau –«
»Mit allen! Mich so zu verwirren! Irgendwelche Dinge zu behaupten. Andeutungen zu machen! Meinen Leuten zu helfen – helfen, daß ich nicht lache! Alles Hirngespinste, nichts Greifbares. Was ich brauche sind anständige, solide Fakten.«
Hercule Poirot hatte einige Augenblicke aus dem Fenster geblickt. Sein Blick war von einer Unregelmäßigkeit in der

schönen Symmetrie seines Gartens angezogen worden. Jetzt fragte er: »Sie wollen solide Fakten? *Eh bien,* wenn ich mich nicht sehr täusche, finden Sie so etwas in der Hecke bei meinem Gartentor.«
Sie eilten hinaus und liefen den Gartenweg entlang. Grange ließ sich auf die Knie nieder und bog die Zweige auseinander, bis er den Gegenstand deutlich sehen konnte, den man in die Büsche geworfen hatte. Er stieß einen tiefen Seufzer aus. »Es ist tatsächlich ein Revolver.« Einen Augenblick lang blieben seine Augen zweifelnd an Poirot hängen.
»Nein, nein, mein Freund«, rief Poirot. »*Ich* habe nicht auf Dr. Christow geschossen. Und ich habe auch nicht den Revolver in meine eigene Hecke geworfen.«
»Natürlich nicht, Monsieur Poirot! Entschuldigen Sie. Na, jedenfalls haben wir ihn. Sieht aus wie der, der in Sir Henrys Sammlung fehlt. Sobald wir die Nummer haben, können wir es feststellen. Dann werden wir sehen, ob es die Tatwaffe ist. Alles ganz einfach.«
Mit äußerster Vorsicht und unter Zuhilfenahme eines seidenen Taschentuches holte er die Waffe aus der Hecke.
»Wir brauchen Fingerabdrücke. Vielleicht haben wir Glück. Ich habe so das Gefühl, als würde sich das Blatt jetzt endlich wenden.«
»Lassen Sie es mich wissen.«
»Selbstverständlich, Monsieur Poirot. Ich rufe Sie sofort an.«

Hercule Poirot erhielt zwei Anrufe. Der erste kam noch am selben Abend. Der Inspektor frohlockte.
»Sind Sie das, Monsieur Poirot? Also, es gibt folgende Neuigkeiten: Es ist die richtige Waffe. Die, die aus Sir Henrys Sammlung fehlt, *und* die Tatwaffe. Das steht einwandfrei fest. Und es sind gut zu erkennende Fingerabdrücke drauf: Daumen, Zeigefinger, Teil des Mittelfingers. Habe ich Ihnen nicht gesagt, daß das Blatt sich jetzt wendet?«
»Haben Sie die Abdrücke schon identifiziert?«
»Noch nicht. Jedenfalls stammen sie nicht von Mrs. Christow. Mit denen haben wir sie bereits verglichen. Sie scheinen auch eher von einem Mann zu sein. Morgen fahre ich ins ›Eulen-

haus‹, sage mein Sprüchlein auf und nehme jedem die Fingerabdrücke ab. Und dann, Monsieur Poirot, werden wir wissen, woran wir sind!«

»Davon bin ich überzeugt«, antwortete Poirot höflich.

Den zweiten Anruf erhielt Poirot am nächsten Tag, und die Stimme klang alles andere als frohlockend. In den düstersten Tönen berichtete Inspektor Grange:

»Möchten Sie das Neueste hören? Die Fingerabdrücke passen zu keiner der in den Fall verwickelten Personen! Nein, Sir! Es sind nicht die von Edward Angkatell noch die von David oder Sir Henry! Sie gehören weder Gerda Christow noch der Savernake, nicht der Cray, Mylady oder dem dunkelhaarigen Mädchen! Sie stammen nicht mal vom Küchenmädchen – geschweige denn von einem anderen Dienstboten!«

Poirot gab mitfühlende Laute von sich. Die traurige Stimme von Inspektor Grange erzählte weiter:

»Jetzt sieht es also doch so aus, als sei es ein Außenseiter gewesen, das heißt, jemand, der mit Dr. Christow ein Hühnchen zu rupfen hatte und den wir nicht kennen. Ein unsichtbarer und lautloser Mörder, der die Waffe aus dem Arbeitszimmer stahl und nach der Tat über den Weg zur Straße verschwand. Jemand, der die Waffe in Ihre Hecke warf und sich dann in Luft auflöste.«

»Möchten Sie *meine* Fingerabdrücke nicht auch haben, mein Freund?«

»Ich habe nichts dagegen. Mir fällt nämlich auf, Monsieur Poirot, daß Sie am Tatort waren und alles in allem Sie bei weitem der verdächtigste Typ in diesem Mordfall sind.«

27

Der Untersuchungsrichter räusperte sich und blickte den Sprecher der Geschworenen erwartungsvoll an. Der Sprecher sah auf ein Blatt Papier, das er in der Hand hielt. Sein Adamsapfel hüpfte aufgeregt auf und ab. Langsam und deutlich las er vor:

»Wir kommen zu dem Urteil, daß der Verstorbene den Tod durch vorsätzlichen Mord fand, begangen von einer oder mehreren Personen.«

In seiner Ecke bei der Wand nickte Poirot ruhig. Ein anderer Schiedsspruch war nicht möglich.

Draußen blieben die Angkatells einen Augenblick stehen, um sich mit Gerda und ihrer Schwester zu unterhalten. Gerda trug wieder dasselbe schwarze Kostüm. Auf ihrem Gesicht lag der gleiche unglückliche Ausdruck. Doch diesmal wartete kein Daimler. Wie Elsie Patterson erklärte, seien die Zugverbindungen wirklich sehr gut. Mit dem Schnellzug zur Waterloo Station, und dann könnten sie den Einuhrzwanzig nach Bexhill noch bequem erreichen.

Während Lady Angkatell Gerda die Hand schüttelte, sagte sie freundlich: »Wir müssen in Verbindung bleiben, meine Liebe. Vielleicht essen wir mal zusammen in London? Sie werden zum Einkäufemachen sicher ab und zu hinfahren.«

»Ich – ich weiß noch nicht«, erwiderte Gerda.

»Wir müssen uns beeilen, Gerda«, rief Elsie Patterson. »Unser Zug!« Gerda wandte sich mit erleichtertem Gesicht ab.

»Die arme Gerda«, sagte Midge, als diese gegangen war. »Jedenfalls hat Johns Tod auch etwas Gutes für sie: Sie ist von deiner schrecklichen Gastfreundlichkeit befreit, Lucy.«

»Wie herzlos von dir, Midge. Niemand kann behaupten, daß ich es nicht versucht habe.«

»Dann bist du noch viel schlimmer, Lucy!«

»Na, jedenfalls ist es ein schöner Gedanke, daß jetzt alles vorbei ist, nicht wahr?« sagte Lady Angkatell strahlend. »Außer natürlich für den armen Inspektor. Er tut mir wirklich leid. Würde es ihn aufmuntern, wenn wir ihn zum Mittagessen mitnehmen? Was meint ihr? Natürlich als *Freund*, versteht sich.«

»Laß ihn lieber in Ruhe, Lucy«, meinte Sir Henry.

»Vielleicht hast du recht«, sagte Lady Angkatell überlegend. »Und außerdem gibt es heute nicht das Richtige – Rebhuhn mit Weinkraut – und danach das köstliche Soufflé surprise, das Mrs. Medway so gut kann. Nein, das ist nichts für den Inspektor. Ein ordentliches Steak, nicht ganz durch, und ein

schöner altmodischer Apfelkuchen ohne Schnickschnack oder vielleicht auch Apfeltaschen – etwas in der Art würde ich für ihn auf den Speisezettel setzen.«
»Was das Essen angeht, hast du immer einen guten Riecher, Lucy. Ich finde, wir sollten jetzt nach Hause fahren, zu den Rebhühnern. Es klingt sehr vielversprechend.«
»Na ja, ich dachte, irgendwie müßten wir es doch feiern. Großartig, wie sich immer alles zum Besten wendet, findet ihr nicht auch?«
»Ja-a.«
»Ich weiß schon, was du jetzt denkst, Henry, aber keine Angst. Ich kümmere mich heute nachmittag darum.«
»Was hast du jetzt schon wieder vor, Lucy?«
Lady Angkatell lächelte ihn an. »Ist schon in Ordnung, mein Lieber. Ich möchte nur ein paar lose Fäden verknüpfen.«
Sir Henry betrachtete sie voller Zweifel.
Als sie im »Eulenhaus« eintrafen, kam Gudgeon heraus, um den Wagenschlag zu öffnen.
»Alles verlief sehr zufriedenstellend, Gudgeon«, sagte Lady Angkatell. »Bitte, erzählen Sie das auch Mrs. Medway und den andern. Ich weiß, wie unerfreulich es für sie alle gewesen ist, und es liegt mir am Herzen, ihnen zu sagen, wie sehr Sir Henry und ich die erwiesene Loyalität zu schätzen wissen.«
»Wir haben uns große Sorgen um Sie gemacht, Mylady«, antwortete Gudgeon.
»Wie süß von Gudgeon«, erklärte Lucy, während sie ins Wohnzimmer ging, »aber wirklich völlig überflüssig. Ich habe die ganze Geschichte eigentlich fast genossen – sie fiel so aus dem alltäglichen Rahmen, versteht ihr? Findest du nicht, David, daß diese Erfahrung dich bereichert hat? Es muß doch sehr verschieden gewesen sein von Cambridge.«
»Ich studiere in Oxford«, antwortete David kühl.
»Ach, die liebe alte Ruderregatta, so englisch, nicht?« meinte Lady Angkatell vage und ging zum Telefon. Sie nahm den Hörer ab und fügte, ihn in der Hand haltend, hinzu: »Ich hoffe wirklich, David, daß du uns bald wieder besuchst. Es ist so schwierig, sich näher kennenzulernen, wenn im Haus

ein Mord passiert ist, nicht wahr? Und ein richtiges, kluges Gespräch zu führen ist schon ganz unmöglich.«
»Ich danke dir«, erwiderte David. »Aber wenn ich fertig bin, gehe ich nach Athen – an die britische Schule.«
»Wer ist da Botschafter?« fragte Lady Angkatell, an ihren Mann gewandt. »Ach ja, natürlich, Hope-Remmington. Nein, ich kann mir nicht vorstellen, daß David die mag. Die Töchter sind schrecklich gesund. Sie spielen Hockey und Kricket und dieses komische Spiel, bei dem man das Ding mit einem Netz auffängt.« Sie brach ab und blickte auf den Telefonhörer in ihrer Hand hinunter. »Nanu, was wollte ich denn damit?«
»Vielleicht hattest du die Absicht, jemanden anzurufen«, warf Edward ein.
»Glaube ich nicht.« Sie legte den Hörer wieder auf. »Magst du Telefone, David?«
Das war genau die Art Fragen, die Lucy zu stellen pflegte, überlegte David gereizt. Auf die es nie intelligente Antworten gab. Er erwiderte kühl, daß sie nützlich seien.
»Du meinst wie ein Fleischwolf?« fragte Lady Angkatell. »Oder Gummiband? Trotzdem würde man nicht –« Sie schwieg, weil Gudgeon im Türrahmen erschien und meldete, daß serviert sei. »Aber du ißt gern Rebhühner?« fragte Lady Angkatell David dann besorgt.
David gab zu, daß er sie mochte.

»Manchmal glaube ich, daß Lucy wirklich ein wenig verrückt ist«, meinte Midge, während sie mit Edward zum Wald hinaufschlenderte.
Die Rebhühner und das Soufflé surprise waren köstlich gewesen, und da die Voruntersuchung vorüber war, hatte sich auch die bedrückte Stimmung gebessert.
»Ich finde, daß Lucy einen glänzenden Verstand besitzt«, erwiderte Edward nachdenklich. »Er funktioniert so ähnlich wie das Gesellschaftsspiel, bei dem man ein fehlendes Wort erraten muß. Sie bringt Vergleiche und Bilder und trifft jedesmal den Nagel auf den Kopf.«
»Trotzdem. Manchmal erschreckt Lucy mich.« Und mit ei-

nem leisen Schauder fügte Midge hinzu: »Seit neuestem ist mir der ganze Besitz unheimlich.«
»Das ›Eulenhaus‹?« Edward sah sie erstaunt an. »Mich erinnert es immer ein wenig an ›Ainswick‹«, fügte er hinzu. »Natürlich ist es nicht das echte ›Ainswick‹ –«
»Das ist es ja, Edward!« unterbrach Midge ihn. »Ich habe Angst vor Dingen, die nicht echt sind. Man weiß nie, was dahintersteckt, verstehst du? Wie – ja, wie bei einer Maske.«
»Jetzt geht deine Phantasie aber mit dir durch, kleine Midge.«
Das war wieder der alte Ton, der nachsichtige Ton wie in früheren Zeiten. Damals hatte sie ihn geliebt, jetzt beunruhigte er sie. Sie bemühte sich, ihm genauer zu erklären, ihm zu zeigen, daß hinter dem, was er Phantasie nannte, die Umrisse einer wenn auch nur erahnten Wirklichkeit standen.
»In London vergaß ich darauf, aber jetzt, wo ich wieder hier lebe, spüre ich es von neuem ganz deutlich. Ich habe das Gefühl, daß jeder weiß, wer John Christow umbrachte. Der einzige Mensch, der es nicht weiß – bin ich.«
»Müssen wir immerzu über John Christow reden!« sagte Edward ärgerlich. »Er ist tot und begraben.«
Midge zitierte leise: »›Er ist lange tot und hin, tot und hin, Fräulein! Ihm zu Häupten ein Rasen grün, ihm zu Fuß ein Stein.‹« Sie legte Edward die Hand auf den Arm. »Wer hat ihn getötet, Edward? Wir dachten, es sei Gerda gewesen, aber es stimmt nicht. Wer dann? Verrat mir, was du denkst! War es jemand, den wir gar nicht kennen?«
»Alle diese Spekulationen erscheinen mir ziemlich müßig«, entgegnete er irritiert. »Wenn die Polizei den Täter nicht entdeckt oder nicht genügend Beweise findet, wird der Fall zu den Akten gelegt – und wir haben nichts mehr damit zu tun.«
»Schon ... aber die Ungewißheit!«
»Warum wollen wir es denn wissen? Was hat John Christow überhaupt mit uns zu tun?«
Mit *uns*, dachte sie, mit Edward und mir. Mit uns hat er nichts zu tun. Was für ein tröstlicher Gedanke: Sie und Edward gehörten jetzt zusammen, waren eine Einheit. Und doch, trotzdem ... John Christow war zusammen mit allem, was er bedeutet hatte, begraben, die letzten Worte waren an seinem

Grab gesprochen worden, aber lag es tief genug? »Er ist lange tot und hin...« Nein, John Christow war nicht »tot und hin«, Edward konnte sagen, was er wollte. John Christow lebte noch immer, hier im »Eulenhaus«.
»Wohin gehen wir?« fragte Edward. Ein gewisser nachdenklicher Unterton in seiner Stimme überraschte sie.
»Ich möchte hinauf auf den Hügel, ja?«
»Wie du willst.«
Offenbar gefiel ihm das aus irgendeinem Grund nicht. Sie überlegte, warum. Er hatte diesen Weg immer gern gemocht. Er und Henrietta waren fast immer... sie wollte nicht daran denken. *Er und Henrietta!* Laut sagte sie: »Bist du diesen Herbst schon oben gewesen?«
»Henrietta und ich gingen an jenem Wochenende hinauf«, antwortete er steif.
Sie schwiegen, bis sie den Hügel erreichten. Sie setzten sich auf den umgefallenen Baum, und Midge überlegte, ob er und Henrietta auch hier gesessen hatten. Sie drehte den Verlobungsring an ihrem Finger hin und her. Der Diamant blitzte kalt. (»Keine Smaragde«, hatte er gesagt.)
»Es wird schön sein, Weihnachten wieder in ›Ainswick‹ zu verbringen«, sagte sie etwas gezwungen.
Er schien ihre Worte nicht gehört zu haben. Offenbar war er mit seinen Gedanken ganz woanders.
Er denkt an Henrietta und John Christow, überlegte sie. Während sie damals hier saßen, hat er etwas zu Henrietta gesagt und sie zu ihm. Henrietta wußte vielleicht, was sie nicht wollte, aber er, Edward, gehörte immer noch zu ihr. Er würde immer zu Henrietta gehören, dachte Midge.
Der Gedanke tat weh. Die glückliche Welt, in der sie die letzte Woche gelebt hatte, zerbrach, die Seifenblase platzte.
So kann ich nicht mit ihm leben, wenn er ständig an Henrietta denkt. Das ertrage ich nicht.
Der Wind rauschte durch die Bäume, es fielen immer mehr Blätter, es waren kaum noch goldene übrig, nur braune.
»Edward!« sagte sie.
Ihr drängender Ton schreckte ihn auf. Er wandte ihr den Kopf zu. »Ja?«

»Es tut mir leid, Edward.« Ihre Lippen zitterten, aber sie zwang sich dazu, ihre Stimme ruhig und beherrscht klingen zu lassen. »Ich muß es dir sagen. Es ist sinnlos. Ich kann dich nicht heiraten. Es würde nicht funktionieren, Edward.«
»Aber, Midge – ›Ainswick‹ ist sicherlich –«
»Ich kann dich nicht nur wegen ›Ainswick‹ heiraten, Edward«, unterbrach sie ihn. »Das – das mußt du doch begreifen!«
Er seufzte, es war ein langer, leiser Seufzer. Es klang wie ein Echo des Raschelns der von den Bäumen fallenden Blätter.
»Ich verstehe, was du meinst. Ja, vermutlich hast du recht.«
»Es war sehr lieb von dir, mich zu fragen, wirklich sehr lieb. Aber es geht nicht, Edward. Es würde nicht funktionieren.«
Irgendwie hatte sie die schwache Hoffnung gehabt, daß er mit ihr streiten würde, daß er versuchen würde, sie vom Gegenteil zu überzeugen, aber offenbar dachte er genauso wie sie. Hier, wo Henriettas Schatten bei ihnen war, hatte er anscheinend auch erkannt, daß ihre Ehe kein gutes Ende nehmen würde.
»Ja, es würde nicht funktionieren«, wiederholte er.
Sie streifte den Ring vom Finger und reichte ihn ihm. Sie würde Edward immer lieben, und Edward würde immer Henrietta lieben, und das Leben war einfach die reine Hölle. Mit einem leisen Stocken sagte sie: »Es ist ein hübscher Ring, Edward.«
»Ich wünschte, du würdest ihn behalten, Midge! Ich möchte es wirklich.«
Sie schüttelte den Kopf. »Nein, das kann ich nicht.«
»Jemand anders kriegt ihn auch nicht, weißt du«, antwortete er mit schwachem Spott.
Es war alles ganz freundschaftlich. Er wußte nicht – er würde es nie erfahren –, was sie fühlte. Den Himmel auf einem silbernen Teller hatte sie bekommen, aber der Teller war zerbrochen und der Himmel ihren Fingern entglitten, oder hatte es ihn vielleicht nie gegeben?

Am Nachmittag empfing Poirot einen dritten Gast. Erst hatte ihn Henrietta Savernake besucht, dann Veronika Cray. Dies-

mal war es Lady Angkatell. Sie kam wie körperlos den Gartenweg entlanggeschwebt. Er öffnete die Haustür, und da stand sie lächelnd auf der Schwelle.
»Ich bin gekommen, um Sie zu besuchen«, verkündete sie. Es war, als erweise eine Fee einem gewöhnlichen Sterblichen eine Gunst.
»Ich bin entzückt, Madame.«
Er führte sie ins Wohnzimmer. Sie ließ sich auf dem Sofa nieder und lächelte erneut.
Sie ist alt, ihr Haar ist grau, sie hat Falten im Gesicht, dachte Poirot. Trotzdem geht ein Zauber von ihr aus. Den wird sie immer haben...
»Ich möchte Sie um etwas bitten«, begann Lady Angkatell leise.
»Ja, Lady Angkatell?«
»Zuerst – zuerst muß ich von John Christow sprechen.«
»Von Dr. Christow?«
»Ja. Ich finde, daß man der ganzen Sache ein Ende machen sollte. Sie verstehen, was ich meine, nicht wahr?«
»Ich bin mir nicht ganz sicher, Lady Angkatell.«
Wieder lächelte sie ihn auf ihre bezaubernde Art an und legte ihre eine lange weiße Hand auf seinen Ärmel. »Mein lieber Monsieur Poirot, Sie wissen es genau. Die Polizei muß den Besitzer jener Fingerabdrücke jagen und wird ihn nicht finden. Schließlich wird man den Fall zu den Akten legen. Doch ich fürchte, daß *Sie* dies nicht tun!«
»Ja, ich werde ihn nicht auf sich beruhen lassen.«
»Genau das dachte ich mir. Und deshalb bin ich hier. Sie wollen die Wahrheit wissen, nicht wahr?«
»Natürlich.«
»Ich sehe schon, ich habe mich schlecht ausgedrückt. Ich versuche herauszufinden, *warum* Sie so hartnäckig sind. Es ist doch nicht wegen Ihres Rufs, oder weil Sie den Täter hängen sehen wollen – was für eine unangenehme Todesart, so mittelalterlich, finde ich. Es ist einfach so, vermute ich, daß Sie es *wissen* wollen. Sie verstehen jetzt, was ich meine, nicht wahr? Wenn Sie die Wahrheit erführen, wenn man Ihnen zum Beispiel die Wahrheit erzählte – dann, ja dann wären Sie

vielleicht zufrieden, nicht wahr? Wären Sie zufrieden, Monsieur Poirot?«
»Sie wollen mir die Wahrheit erzählen, Lady Angkatell?«
Sie nickte.
»Dann kennen Sie persönlich die Wahrheit?«
Sie machte große Augen. »O ja. Schon lange. Ich würde sie Ihnen so gern verraten. Und dann könnten Sie mir versprechen, daß alles aus und erledigt ist.« Sie schwieg einen Augenblick. »Ist das ein guter Vorschlag, Monsieur Poirot?«
Es kostete Poirot ziemliche Anstrengung abzulehnen. »Nein, Madame«, antwortete er, »es ist kein guter Vorschlag.«
Er hätte gern, liebend gern, die ganze Sache fallengelassen, nur weil Lady Angkatell ihn darum bat.
Lady Angkatell saß ganz still da. Dann zog sie die Augenbrauen hoch und sagte: »Ich frage mich, ich frage mich wirklich, ob Sie wissen, was Sie da tun, Monsieur Poirot!«

28

Midge war immer noch wach und wälzte sich unruhig in den Kissen. Sie hörte eine Tür zuschnappen, Schritte kamen draußen auf dem Gang an ihrer Tür vorbei. Es war Edwards Tür gewesen, es waren Edwards Schritte. Sie knipste die Nachttischlampe an und warf einen Blick auf den Wecker daneben – zehn Minuten vor drei. Daß Edward um diese Morgenstunde schon auf war... seltsam.
Sie waren alle früh zu Bett gegangen, bereits um halb elf. Doch sie hatte nicht einschlafen können. Mit brennenden Augen lag sie da, gequält von bohrendem Kummer.
Sie hatte die Uhren unten schlagen hören, hatte die Eulen vor ihrem Schlafzimmerfenster schreien hören. Ihre Niedergeschlagenheit wuchs, und gegen zwei Uhr war sie fast unerträglich geworden. Ich halte es nicht aus, ich halte es einfach nicht aus, dachte sie. Morgen – ein neuer Tag, und wieder ein Tag und noch ein Tag...
Sie hatte sich selbst aus »Ainswick« verbannt, von seiner

ganzen Schönheit, seinem ganzen Charme. Von »Ainswick«, das ihr bald gehört haben würde. Aber lieber eine Verbannung, lieber Einsamkeit, lieber ein eintöniges, uninteressantes Leben als ein Leben mit Edward und Henriettas Geist. Bis gestern hatte sie nicht gewußt, zu welch bitterer Eifersucht sie fähig war.

Aber schließlich hatte Edward auch nie gesagt, daß er sie liebe. Zuneigung, Güte – das ja, doch er hatte ihr nie etwas vorgemacht. Sie hatte sich mit dieser Einschränkung abgefunden. Erst als sie erkannte, was es bedeutete, mit einem Edward zusammenzuleben, dessen Herz und Verstand Henrietta als Dauergast hatte, wurde ihr klar, daß Edwards Zuneigung nicht reichte.

Edward war nach unten gegangen – wirklich sehr seltsam. Was hatte er vor?

Ihre Unruhe wuchs. Sie paßte zu dem Unbehagen, das sie seit neuestem im »Eulenhaus« spürte. Was wollte Edward so früh am Morgen unten im Haus? War er weggegangen?

Schließlich hielt sie es nicht mehr länger aus. Sie stand auf, schlüpfte in ihren Morgenrock, ergriff eine Taschenlampe und trat in den Gang hinaus.

Es war dunkel, keine Lampe brannte. Midge wandte sich nach links und kam zur Treppe. Auch unten war alles dunkel. Sie rannte die Treppe hinunter und schaltete nach kurzem Zögern in der Halle das Deckenlicht an. Alles war still. Die Eingangstür war zu und abgeschlossen. Sie versuchte es an der Hintertür, doch auch die ließ sich nicht öffnen.

Also war Edward nicht weggegangen. Wo konnte er sein? Plötzlich hob sie ein wenig den Kopf und schnupperte. Nur ein Hauch, ein feiner Geruch nach Gas!

Die mit grünem Tuch bezogene Tür, die in den Wirtschaftsteil des Hauses führte, war nur angelehnt. Sie stieß sie auf. Ein fahler Schein fiel aus der Küche. Der Gasgeruch war jetzt stärker.

Midge lief den Flur entlang und in die Küche. Edward lag am Boden, den Kopf im Backrohr. Alle Gasbrenner waren offen. Midge war ein praktisches Mädchen und reagierte sofort. Automatisch wollte sie die Fenster aufreißen, doch sie konnte

den Riegel nicht öffnen. Sie wand sich ein Küchenhandtuch um die Hand und schlug eine Scheibe ein. Dann bückte sie sich, zog und zerrte Edward aus dem Ofen und stellte die Brenner ab.
Er war bewußtlos und atmete flach und unregelmäßig, aber sie wußte, daß er noch nicht lange ohnmächtig sein konnte. Es mußte eben erst passiert sein. Der Wind, der durch die kaputte Scheibe hereinwehte, verteilte das Gas schnell. Auch die offene Küchentür half dabei. Midge schleppte Edward zum Fenster, wo ihn die frische Luft besser traf. Sie setzte sich und nahm ihn in ihre jungen, starken Arme.
Sie rief seinen Namen, erst leise, dann mit wachsender Verzweiflung: »Edward, Edward, *Edward*...«
Er bewegte sich, stöhnte, öffnete die Augen und sah zu ihr hoch. »Der Gasherd«, sagte er schwach. Seine Augen wanderten durch die Küche.
»Ich weiß, Liebling, aber warum – *warum*?«
Er fröstelte jetzt. Seine Hände waren kalt und ohne Leben. »Midge?« fragte er. Ungläubiges Staunen und Freude lagen in seiner Stimme.
»Ich hörte, wie du an meiner Tür vorbeigingst. Ich wußte nicht... da kam ich herunter.«
Er seufzte, ein sehr langer Seufzer, der klang, als käme er von sehr weit. »Der beste Ausweg«, sagte er. Und dann: »*News of the World.*« Erst als ihr die Unterhaltung mit Lucy am Abend nach der Tragödie einfiel, wußte sie, was er meinte.
»Aber warum, Edward, *warum*?«
Er sah zu ihr hoch, und sein kalter, leerer Blick erschreckte sie. »Weil ich weiß, daß ich nichts tauge. Ich war immer ein Versager, ein Schwächling. Es sind Männer wie Christow, die im Leben etwas erreichen. Sie schaffen es, und die Frauen bewundern sie. Ich bin ein Nichts – ich lebe nicht mal richtig. Ich habe ›Ainswick‹ geerbt und habe genug zum Leben – sonst wäre ich schon längst erledigt. Ich tauge zu keinem Beruf, nicht mal zum Schriftsteller. Henrietta wollte mich nicht haben, niemand will mich haben. Damals, im ›Berkeley‹, da dachte ich – aber es ist wieder dieselbe Geschichte. Du mochtest mich auch nicht, Midge. Trotz ›Ainswick‹ konntest

du es nicht mit mir aushalten. Da hielt ich es für besser zu verschwinden.«
»Liebling, Liebling, du verstehst nichts!« Ihre Worte überstürzten sich. »Es war doch wegen Henrietta – weil ich dachte, daß du sie immer noch liebst.«
»Henrietta?« fragte er benommen, als spräche er von jemandem, der ganz fern war. »Ja, ich liebte sie sehr.« Und von noch weiter weg hörte sie ihn dann murmeln: »Es ist so kalt.«
»Edward – Liebling!« Sie schloß ihn noch fester in die Arme. Da lächelte er und murmelte: »Du bist so schön warm, Midge. Schön warm.«
Ja, dachte sie, so war Verzweiflung, kalt, unendliche Kälte und Einsamkeit. Bis jetzt hatte sie nicht gewußt, daß Verzweiflung Kälte war. Sie hatte gedacht, es sei ein heißes, leidenschaftliches Gefühl, etwas Heftiges, Verzweiflung, die das Blut zum Wallen brachte. Doch es stimmte nicht. *Dies* war Verzweiflung – Kälte, Dunkelheit und Einsamkeit. Und die Sünde der Verzweiflung, von der die Priester sprachen, war eine kalte Sünde, eine Sünde, die einen von allen warmen und lebendigen menschlichen Kontakten abschnitt.
»Du bist so warm«, wiederholte Edward. Und plötzlich dachte Midge voll freudigem Stolz, ja, das ist es, was er braucht – Wärme. Diese Angkatells waren alle so kalt. Sogar Henrietta hatte etwas von einem Irrlicht, von dieser nicht greifbaren unwirklichen Kälte, die den Angkatells im Blut lag. Sollte Edward Henrietta lieben – wie einen unerfüllbaren, fernen Traum! Was er in Wirklichkeit brauchte, war Wärme, Beständigkeit, Geborgenheit. Und Lachen, Liebe und Fürsorge.
Edward sah Midges über sich geneigtes Gesicht, ihre rosigen Wangen, den großzügigen Mund, die klaren Augen, das dunkle, zurückgekämmte Haar, das wie zwei Flügel an ihrem Kopf anlag.
Er hatte Midge stets wie ein Bild aus der Vergangenheit betrachtet und in der erwachsenen Frau nur das siebenjährige Mädchen gesucht, das er zuerst geliebt hatte. Jetzt, während er zu ihr hochblickte, überkam ihn das seltsame Gefühl, daß er Midge in verschiedenen Stadien ihres Lebens sehen könne, als Schulmädchen mit abstehenden Rattenschwänzen, als die

Frau von heute mit dem dunklen, straffen Haar, und er wußte plötzlich auch, wie sie sein würde, wenn das Haar nicht mehr braun, sondern grau geworden war.
Midge ist echt, dachte er. Das einzig Echte, dem ich je begegnet bin... Er spürte ihre Wärme und ihre Kraft – hell, lebendig, wahr. Midge ist der Fels, auf den ich mein Leben bauen kann, erkannte er.
»Ich liebe dich so, Midge«, sagte er. »Du darfst mich nie mehr verlassen.«
Sie beugte sich hinunter, und er spürte ihre warmen Lippen auf seinem Mund. Ihre Liebe hüllte ihn ein und schützte ihn. Eine Blume des Glücks wuchs in der kalten Wüste, in der er so lange gelebt hatte.
Plötzlich lachte Midge unsicher und sagte: »Na, so was, da kommt eine Küchenschabe. Die will sicher wissen, was los ist. Ist sie nicht niedlich? Ich hätte niemals für möglich gehalten, daß mir eine Küchenschabe so sehr gefallen könnte!« Verträumt fügte sie hinzu: »Wie seltsam das Leben doch ist! Da sitzen wir auf dem Küchenboden zwischen Küchenschaben, es riecht noch nach Gas, und trotzdem fühlen wir uns wie im Himmel.«
»Ich könnte für immer hierbleiben«, murmelte Edward selig.
»Nein, gehen wir lieber hinauf, und schlafen wir noch etwas. Es ist vier Uhr. Wie sollen wir Lucy bloß die zerbrochene Scheibe erklären?« Glücklicherweise war Lucy ein Mensch, dem man außerordentlich leicht etwas erklären konnte, dachte Midge.

Sich Lucy zum Vorbild nehmend, marschierte Midge um sechs Uhr in deren Zimmer und kam sofort zur Sache.
»Edward ging heute nacht hinunter und steckte den Kopf in den Backofen«, sagte sie. »Glücklicherweise hörte ich ihn und lief ihm nach. Ich schlug eine Scheibe ein, weil ich das Fenster nicht schnell genug aufkriegte.«
Midge mußte zugeben, daß Lucy sich großartig verhielt. Sie lächelte, ohne jedes Zeichen von Erstaunen. »Liebe Midge«, sagte sie. »Du bist so praktisch. Ich bin überzeugt, daß du Edward immer ein großer Trost sein wirst.«

Nachdem Midge verschwunden war, lag Lady Angkatell da und dachte nach. Dann schlüpfte sie aus dem Bett und lief ins Zimmer ihres Mannes, der ausnahmsweise einmal nicht abgeschlossen hatte.
»Henry!«
»Meine liebe Lucy! Der Hahn hat noch nicht einmal gekräht!«
»Nein, aber hör zu, Henry, es ist wirklich wichtig! Wir müssen in Zukunft elektrisch kochen und den Gasherd rauswerfen.«
»Wieso, er war doch bisher ganz ordentlich, oder nicht?«
»Schon, mein Lieber. Aber die Leute kommen bei so was auf die komischsten Gedanken, und nicht jeder ist so praktisch wie die gute Midge.«
Sie schwebte hinaus. Sir Henry drehte sich brummend auf die andere Seite. Gerade als er wieder eindösen wollte, traf es ihn wie ein Schock. Er war hellwach. »Habe ich denn geträumt«, murmelte er. »Oder war Lucy wirklich hier und hat etwas von Gasherden geredet?«
Lady Angkatell ging draußen den Gang entlang, marschierte ins Badezimmer und stellte den Kessel auf den Gaskocher. Manchmal trank jemand gern eine zeitige Tasse Tee, das wußte sie sehr gut. Beflügelt von ihrer guten Tat kehrte sie ins Bett zurück und schmiegte sich in die Kissen, zufrieden mit sich und der Welt.
Edward und Midge in »Ainswick« – und die Voruntersuchung war vorbei. Sie würde noch einmal zu Monsieur Poirot gehen und mit ihm sprechen. Was für ein netter kleiner Mann...
Plötzlich schoß ihr ein Gedanke durch den Kopf. Sie setzte sich auf. Na, da frage ich mich doch, überlegte sie, ob sie *daran* gedacht hat!
Sie kletterte wieder aus dem Bett und hastete über den Gang zu Henriettas Zimmer. Wie gewöhnlich, begann sie bereits zu reden, ehe sie noch in Hörweite war.
»– und plötzlich fiel mir ein, daß du es übersehen haben könntest!«
Henrietta murmelte verschlafen: »Um Gottes willen, Lucy, die Vögel sind ja noch nicht mal wach!«
»Ja, ja, ich weiß, meine Liebe, es ist wirklich ziemlich früh, aber es war auch eine aufregende Nacht – Edward und das

Gasbackrohr und Midge und das Küchenfenster, und dann die Überlegung, was ich Monsieur Poirot sagen soll und alles –«
»Entschuldige, Lucy, aber ich verstehe kein Wort. Hat es nicht Zeit?«
»Es handelt sich bloß um das Halfter, meine Liebe. Weißt du, mir fiel plötzlich ein, daß du nicht daran gedacht haben könntest.«
»Wieso Halfter?« Henrietta richtete sich auf. Sie war jetzt hellwach. »Was ist das für ein Gerede um ein Halfter?«
»Der Revolver von Henry steckte in einem Halfter, das weißt du doch. Und man hat es nicht gefunden. Vielleicht fällt es jemandem auf – aber natürlich könnte es andrerseits –«
Henrietta schwang die Beine aus dem Bett. »Irgend etwas vergißt man immer«, sagte sie. »So heißt es jedenfalls. Und es stimmt!«
Lady Angkatell kehrte in ihr Zimmer zurück, kletterte ins Bett und schlief sofort ein. Das Wasser im Kessel auf dem Gaskocher kochte und kochte.

29

Gerda drehte sich bis zum Bettrand und setzte sich auf. Ihre Kopfschmerzen hatten sich etwas gebessert, trotzdem war sie froh, daß sie die andern nicht zum Picknick begleitet hatte. Alles war so friedlich. Ein tröstliches Gefühl überkam sie, weil sie endlich einmal eine Weile allein im Haus war.
Natürlich hatte sich Elsie von ihrer freundlichsten Seite gezeigt – ihrer allerfreundlichsten –, vor allem am Anfang. Sie hatte Gerda sogar überredet, im Bett zu frühstücken. Das Tablett wurde ihr heraufgebracht. Jeder schob ihr den bequemsten Sessel hin, man bat sie, die Füße hochzulegen und sich um Gottes willen nicht anzustrengen.
Wegen John tat sie allen so leid. Und dankbar hatte sie sich in diesem schützenden Nebel, der ihr Gehirn umhüllte, verkrochen. Sie wollte nicht denken oder fühlen oder sich erinnern. Aber jetzt – jeden Tag spürte sie, wie es näher kam. Sie würde

wieder anfangen müssen zu leben, zu entscheiden, was sie tun, wo sie wohnen sollte. Schon verriet Elsies Benehmen einen Hauch von Ungeduld. »Ach, Gerda, sei doch nicht so *langsam*!«
Es war alles wieder so wie früher, vor langer Zeit, ehe John auftauchte und sie fortholte. Sie hielten sie alle für dumm und langsam. Niemanden gab es, der wie John sagte: »Ich kümmere mich schon um dich.«
Ihr Kopf tat wieder weh. Ich werde mir Tee machen, dachte sie. Entschlossen ging sie hinunter in die Küche und stellte den Kessel auf. Das Wasser kochte fast, als es an der Haustür klingelte.
Den Mädchen war für den Tag freigegeben worden. Gerda ging öffnen. Zu ihrem Erstaunen entdeckte sie Henriettas schnittigen Wagen am Straßenrand. Henrietta selbst stand auf der Türschwelle.
»Nanu, Henrietta!« rief sie. Sie trat ein paar Schritte zurück. »Komm rein. Meine Schwester und die Kinder sind nicht da...«
Henrietta ließ sie nicht weiterreden. »Sehr gut. Ich bin froh darüber. Ich wollte dich nämlich allein sprechen. Hör zu, Gerda, was hast du mit dem Halfter gemacht?«
Gerda erstarrte. Ihre Augen blickten plötzlich leer und verständnislos. »Was für ein Halfter?« fragte sie. Dann öffnete sie rechts in der Halle eine Tür. »Komm lieber herein. Es ist ziemlich staubig. Wir hatten heute vormittag nicht viel Zeit, weißt du.«
Wieder unterbrach Henrietta sie energisch. »Hör zu, Gerda«, sagte sie, »du mußt es mir erzählen! Abgesehen von diesem Halfter ist alles in Ordnung – absolut wasserdicht. Nichts kann dich mit der Geschichte noch in Verbindung bringen. Ich fand den Revolver im Gebüsch beim Pool, wo du ihn hineingeworfen hattest. Ich hab' ihn an einem Ort versteckt, wo du ihn nie hättest hinlegen können – und es sind Fingerabdrücke darauf, die man niemals identifizieren wird. Nur das Halfter fehlt. Ich muß wissen, was du mit ihm gemacht hast.«
Sie schwieg und betete verzweifelt, daß Gerda sofort reagieren würde.

Sie wußte auch nicht, warum sie das Gefühl hatte, daß es eilte. Man war ihrem Wagen nicht gefolgt, davon hatte sie sich überzeugt. Sie hatte die Straße nach London genommen, getankt und dabei dem Tankwart gegenüber erwähnt, daß sie nach London wolle. Dann war sie kurz darauf auf eine kleine Landstraße abgebogen und Nebenwege gefahren, bis sie eine Hauptroute zur Südküste erreichte.

Gerda starrte sie immer noch schweigend an. Das Problem mit Gerda war, überlegte Henrietta, daß sie so langsam schaltete.

»Du hast es noch, Gerda, du mußt es mir geben! Ich werde es schon irgendwie los. Es ist die einzige Möglichkeit, wie man dich mit Johns Tod in Zusammenhang bringen kann. Hast du es, oder hast du es nicht?«

Ein kurzes Schweigen entstand, dann nickte Gerda.

»Begreifst du nicht, daß es heller Wahnsinn war, es zu behalten?« Henrietta konnte ihre Ungeduld kaum verbergen.

»Ich hab' es ganz vergessen. Es war in meinem Zimmer.« Dann fügte sie hinzu. »Als die Polizei in der Harley Street war, hab' ich es in Stücke geschnitten und in die Tasche mit meinen Lederarbeiten gesteckt.«

»Das war sehr klug von dir.«

»Ich bin nicht ganz so dumm, wie alle glauben.« Sie fuhr sich mit der Hand an den Hals. »John – *John*.« Ihre Stimme brach.

»Ich weiß, meine Liebe, ich weiß.«

»Aber du hast keine Ahnung! John war nicht – er war nicht...« Wie betäubt stand sie da, seltsam bemitleidenswert. Plötzlich hob sie die Augen und sah Henrietta voll an. »Es war nichts als Lüge – alles. Alles, was ich von ihm dachte, stimmte nicht. Ich beobachtete sein Gesicht, als er an jenem Abend hinter der Frau hinausging. Veronika Cray! Natürlich wußte ich, daß er sie mal gern gehabt hatte, Jahre, ehe er mich heiratete, doch ich nahm an, daß es vorbei sei.«

»Aber es war doch auch alles vorbei«, sagte Henrietta vorsichtig.

Gerda schüttelte den Kopf. »Nein. Sie tauchte im ›Eulenhaus‹ auf und behauptete, daß sie John jahrelang nicht gesehen habe – doch ich beobachtete Johns Gesicht. Er ging mit ihr weg. Ich kroch ins Bett. Ich lag da und versuchte zu lesen – ich versuchte den Kriminalroman zu lesen, den John mitgenommen hatte. Und John kam nicht. Schließlich lief ich in den Park...« Ihr Blick war nach innen gekehrt, als erlebe sie die Szene noch einmal. »Der Mond schien. Ich ging zum Swimming-pool. Im Pavillon schimmerte Licht. Sie waren dort – John und diese Frau.«

Henrietta stöhnte leise auf.

Gerdas Miene hatte sich verändert. Der Ausdruck einer etwas leeren Freundlichkeit war verschwunden. Sie sah grausam und unversöhnlich aus.

»Ich habe John vertraut. Ich glaubte an ihn – fast wie an einen Gott. Ich hielt ihn für den besten Menschen auf der Welt. Er verkörperte für mich alles, was schön und edel war. Und es war alles *Lüge!* Plötzlich stand ich mit leeren Händen da! Ich – ich habe John *angebetet!*«

Henrietta starrte sie fasziniert an. Hier, vor ihren Augen, wurde das lebendig, was sie geahnt und in Holz geschnitzt hatte. Das war ihre »Anbetung«! Blinde Hingabe, zurückgeworfen auf sich selbst, enttäuscht, gefährlich.

»Ich ertrug es nicht«, sagte Gerda. »Ich mußte ihn töten. Ich mußte – verstehst du, Henrietta?«

Sie sagte das in freundlichem, fast beiläufigem Ton.

»Und ich wußte, daß ich sehr vorsichtig sein mußte, denn die Polizei ist clever. Doch ich bin gar nicht so dumm, wie die Leute denken! Wenn man sehr langsam ist und bloß zusieht, glauben sie immer, daß man nichts begreift – und insgeheim lacht man über sie! Ich erkannte, daß ich John töten könnte und es niemand erfahren würde, denn ich hatte in dem Kriminalroman gelesen, daß die Polizei die Herkunft einer Kugel feststellen kann. Sir Henry hatte mir an jenem Sonnabend nachmittag ja gezeigt, wie man einen Revolver lädt und damit schießt. Ich würde zwei Revolver stehlen. Mit dem einen wollte ich John erschießen und die Waffe dann verstecken, den andern würde ich in der Hand halten, wenn man mich entdeckte. Zuerst würde man annehmen, daß ich ihn tötete, dann mußte man feststellen, daß er nicht mit dieser Waffe ermordet worden sein konnte. Dann würde man den Schluß ziehen, daß ich es doch nicht gewesen war.« Sie nickte

triumphierend. »Aber das Futteral vergaß ich. Es lag in meinem Schlafzimmer, in einer Kommodenschublade. Wie nennst du es – ein Halfter? Sicher wird es die Polizei *jetzt* nicht mehr interessieren!«
»Vielleicht doch«, antwortete Henrietta. »Gib es mir lieber. Ich werde es mitnehmen. Wenn du es nicht mehr im Haus hast, bist du sicher.« Sie mußte sich setzen. Plötzlich fühlte sie sich schrecklich abgespannt.
»Du siehst nicht gut aus«, meinte Gerda. »Ich wollte gerade Tee machen.«
Sie ging hinaus und erschien kurz darauf wieder mit einem Tablett, auf dem eine Teekanne, ein Milchkännchen und zwei Tassen standen. Die Milch war übergeschwappt, weil das Kännchen zu voll gewesen war. Gerda stellte das Tablett ab und goß eine Tasse ein. Sie reichte sie Henrietta.
»Ach, Gott«, sagte sie entsetzt. »Ich glaube, das Wasser hat nicht richtig gekocht.«
»Das macht nichts«, erwiderte Henrietta. »Geh und hol das Halfter, Gerda!«
Gerda zögerte und ging dann aus dem Zimmer. Henrietta beugte sich vor, stützte die Arme auf den Tisch und legte den Kopf in die Hände. Sie war so müde, so entsetzlich müde! Aber bald war alles vorbei. Gerda würde in Sicherheit sein, wie John es gewollt hatte.
Sie richtete sich auf, strich sich das Haar aus der Stirn und zog die Teetasse heran. Ein Geräusch an der Tür ließ sie aufblicken. Ausnahmsweise hatte sich Gerda einmal beeilt.
Doch es war Hercule Poirot, der im Türrahmen stand. »Die Haustür war offen«, bemerkte er, während er zum Tisch schritt. »Deshalb nahm ich mir die Freiheit einzutreten.«
»Sie?« rief Henrietta. »Wie kommen Sie hierher?«
»Als Sie so plötzlich aus dem ›Eulenhaus‹ verschwanden, wußte ich natürlich, wohin Sie wollten. Ich mietete mir einen schnellen Wagen und fuhr Ihnen nach.«
»Ich verstehe.« Henrietta seufzte. »Das sieht Ihnen ähnlich.«
»Den Tee sollten Sie nicht trinken«, erklärte Poirot, nahm ihre Tasse und stellte sie aufs Tablett zurück. »Tee, der nicht mit kochendem Wasser aufgebrüht wurde, schmeckt nicht.«

»Spielt so etwas Unwichtiges wie kochendes Wasser wirklich eine Rolle?«
»Es zählt alles!« erwiderte Poirot freundlich.
Hinter ihnen war ein Rascheln zu hören. Gerda kam herein, den Arbeitsbeutel in der Hand. Ihr Blick wanderte fragend von Poirot zu Henrietta.
»Anscheinend bin ich eine ziemlich verdächtige Person, Gerda«, erklärte Henrietta hastig. »Monsieur Poirot hat mich beschattet. Er glaubt, daß ich John umgebracht habe – doch er kann es nicht beweisen.« Die letzten Worte sagte sie absichtlich langsam und etwas betont. Hoffentlich verriet Gerda sich nicht.
»Das tut mir sehr leid«, sagte Gerda ruhig. »Möchten Sie eine Tasse Tee, Monsieur Poirot?«
»Nein, vielen Dank, Madame.«
Gerda setzte sich an den Tisch, vor das Tablett. Sie sagte in ihrer entschuldigenden, unverbindlichen Art: »Es tut mir leid, daß alle ausgeflogen sind. Meine Schwester hat die Kinder zu einem Picknick mitgenommen. Ich fühlte mich nicht wohl. Deshalb ließen sie mich zu Hause.«
»Ich bedaure, das zu hören, Madame.«
Gerda hob ihre Tasse und trank. »Es ist alles so schwierig – alles. Wissen Sie, früher hat John sich um alles gekümmert, und jetzt ist er nicht mehr da...« Ihre Stimme wurde leiser. »Jetzt ist John nicht mehr da.« Kläglich sah sie von einem zum andern. »Ohne John weiß ich nicht, was ich tun soll. Er sorgte für mich. Er nahm mir alles ab. Jetzt ist er nicht mehr da, und alles ist so leer. Die Kinder – sie stellen mir Fragen, die ich nicht richtig beantworten kann. Ich weiß nicht, wie ich es Terry erklären soll. Er fragt ständig: ›Warum wurde Vater getötet?‹ Natürlich wird er eines Tages den Grund herausfinden. Terry muß immer genau Bescheid wissen. Was mich erstaunt, ist, daß er ständig ›warum‹ fragt, niemals ›wer‹.« Sie lehnte sich in ihrem Stuhl zurück. Ihre Lippen waren sehr blau. »Ich fühle mich – ich fühle mich nicht sehr gut...«, sagte sie steif. »Wenn John – John...«
Poirot trat zu ihr und stützte sie. Ihr Kopf sank nach vorn. Er beugte sich über sie und zog das Augenlid hoch. Dann richtete er sich auf.
»Ein leichter und verhältnismäßig schmerzloser Tod.«

Henrietta starrte ihn entgeistert an. »Ihr Herz? Nein.« Ihre Gedanken machten einen Sprung. »Es war etwas im Tee. Sie hat es hineingetan. Hat sie diesen Ausweg gesucht?«
Poirot schüttelte langsam den Kopf. »O nein, es war für *Sie* bestimmt. Es war in *Ihrer* Tasse.«
»Für *mich*?« fragte Henrietta ungläubig. »Ich wollte ihr doch helfen.«
»Das spielte keine Rolle. Haben Sie noch nie erlebt, wie sich ein gefangener Hund benimmt – er beißt jeden, der ihn berührt. Sie begriff nur, daß Sie ihr Geheimnis kannten. Deshalb sollten auch Sie sterben.«
»Und Sie stellten meine Tasse aufs Tablett zurück. Sie wollten, daß *sie* – daß sie . . .«
Poirot unterbrach sie gelassen. »Nein, nein, Mademoiselle. Ich wußte doch nicht, ob etwas in Ihrem Tee war oder nicht. Es war nur nicht auszuschließen. Und wenn die Tasse wieder auf dem Tablett stand, standen die Chancen fünfzig zu fünfzig, daß sie aus Ihrer Tasse trank oder aus der anderen – falls Sie es eine Chance nennen wollen. Ich persönlich finde, daß es ein gnädiges Ende ist – für sie und die beiden unschuldigen Kinder.« Er schwieg einen Augenblick. »Sie sind sehr erschöpft, nicht wahr?« fragte er dann freundlich.
Sie nickte. »Seit wann vermuteten Sie es?«
»Ich weiß nicht genau. Die Szene war gestellt, das spürte ich sofort. Doch was ich lange Zeit nicht erkannte – daß sie von Gerda Christow arrangiert worden war. Ihre Haltung war gekünstelt, weil sie nämlich tatsächlich eine Rolle spielte. Mich verwunderte die Einfachheit einerseits und die gleichzeitige Kompliziertheit andererseits. Ziemlich bald merkte ich, daß ich mich mit *Ihrem* Einfallsreichtum herumschlagen mußte und Ihnen Ihre Verwandten halfen, sobald sie begriffen hatten, was Sie wollten.« Er brach ab und fügte dann hinzu: »Warum taten Sie es?«
»Weil John mich darum gebeten hatte. Das war es nämlich, was er mit seinem ›Henrietta‹ meinte. In diesem einen Wort war alles enthalten. Er bat mich, Gerda zu beschützen. Verstehen Sie, er liebte Gerda. Ich glaube, daß er sie viel mehr liebte, als er selbst wußte. Mehr als Veronika Cray. Mehr als mich.

Gerda *gehörte* ihm, und John liebte Dinge und Menschen, die ihm gehörten. Er wußte, wenn jemand Gerda vor den Folgen ihrer Tat schützen konnte, war ich es. Außerdem wußte er, daß ich alles tun würde, was er verlangte, weil ich ihn liebte.«

»Und Sie handelten sofort«, warf Poirot grimmig ein.

»Ja. Als erstes fiel mir ein, ihr den Revolver wegzunehmen und ihn ins Wasser fallen zu lassen. Das würde die Sache mit den Fingerabdrücken komplizieren. Als ich später entdeckte, daß er mit einer anderen Waffe getötet worden war, ging ich zum Pool und suchte danach, und natürlich fand ich ihn sofort, denn ich kannte Gerda und wußte, wo sie ihn verstecken würde. Ich war nur ein oder zwei Minuten eher als Granges Leute dort.«

Sie schwieg kurz und fuhr dann fort: »Ich behielt ihn bei mir, in meiner großen Handtasche, bis ich ihn mit nach London nehmen konnte. Dann versteckte ich ihn im Atelier, brachte ihn später zurück und deponierte ihn so, daß die Polizei ihn nicht finden konnte.«

»Das Tonpferd«, murmelte Poirot.

»Woher wissen Sie das? Ja, ich steckte die Waffe in ein Schwammsäckchen und baute die Drahtstützen darum herum, die ich dann mit Lehm bedeckte. Schließlich konnte die Polizei nicht gut das Werk einer Bildhauerin zerstören, nicht wahr? Wie kamen Sie darauf?«

»Weil Sie ein Pferd modellierten. Unbewußt dachten Sie an das Trojanische Pferd. Aber die Fingerabdrücke – woher stammen die?«

»Von einem alten, blinden Mann, der bei mir an der Ecke Streichhölzer verkauft. Ich bat ihn, die Waffe für einen Augenblick zu halten, während ich meinen Geldbeutel herausnahm. Natürlich wußte er nicht, was er da hielt.«

Poirot sah sie einen Augenblick stumm an. »*C'est formidable!*« murmelte er dann. »Sie gehören zu den besten Gegnern, die ich je hatte, Mademoiselle.«

»Es war schrecklich anstrengend, immer zu versuchen, Ihnen einen Schritt voraus zu sein!«

»Ich weiß. Ich begann, die Wahrheit zu erkennen, als ich

merkte, daß jedes Manöver geplant wurde, um nicht nur eine bestimmte Person zu verdächtigen, sondern alle – außer Gerda Christow. Jede Spur führte von ihr *weg*. Sie zeichneten Yggdrasil absichtlich, damit es mir auffiel und ich Sie verdächtigte. Lady Angkatell, die genau wußte, was Sie vorhatten, amüsierte sich damit, den armen Inspektor Grange immer wieder in die falsche Richtung zu schicken: David, Edward, dann sie selbst.

Ja, es gibt nur eine Methode, wenn man eine schuldige Person von jedem Verdacht reinigen möchte. Man muß die Schuld anderen geben, aber sich dabei nie festlegen. Deshalb sah jeder Hinweis zunächst so vielversprechend aus, verlief sich dann und endete im Nichts.«

Henrietta betrachtete die auf dem Stuhl zusammengesunkene Gestalt. »Arme Gerda«, sagte sie.

»Haben Sie immer so für sie empfunden?«

»Ich glaube, ja. Gerda liebte John abgöttisch, doch sie liebte ihn nicht so, wie er war. Sie stellte ihn auf ein Podest und stattete ihn mit allen erdenklichen noblen und selbstlosen Eigenschaften aus. Und wenn man ein Idol stürzt, *bleibt nichts*!« Sie schwieg nachdenklich und fuhr dann fort: »Aber John war etwas viel Besseres als ein Abgott auf einem Sockel! Er war ein echtes, lebendiges menschliches Wesen. Er war großzügig und warmherzig, und er war ein guter Arzt, ja, ein großartiger Arzt. Und er ist tot, und die Welt hat einen außergewöhnlichen Menschen verloren... Und ich den einzigen Mann, den ich je lieben werde.«

Poirot legte ihr seine Hand zart auf die Schulter. »Sie gehören zu den Menschen, die mit einem Schwert im Herzen leben können, die weitermachen und lächeln...«

Henrietta sah ihn an. Ihre Lippen verzogen sich zu einem bitteren Lächeln. »Das klingt ein wenig melodramatisch, was?«

»Das kommt, weil ich Ausländer bin und gern schöne Worte benutze.«

»Sie sind sehr gut zu mir gewesen«, sagte Henrietta übergangslos.

»Weil ich Sie immer bewundert habe.«

»Was machen wir jetzt, Monsieur Poirot? Ich meine, wegen Gerda?«

Poirot nahm den Bastbeutel und schüttelte ihn aus. Stücke von braunem Wildleder und andere farbige Lederflecken kamen zum Vorschein. Dazwischen waren Schnipsel von dickem, glänzendem braunem Leder. Poirot setzte sie zusammen.

»Das ist das Halfter. Ich nehme es mit. Und die arme Madame Christow – sie war überreizt, der Tod ihres Mannes war zuviel für sie. Man wird feststellen, daß sie sich in einem Augenblick geistiger Umnachtung das Leben nahm...«

»Und kein Mensch wird je erfahren, was wirklich passierte?« fragte Henrietta zögernd.

»Ich glaube, *ein* Mensch wird es erfahren: Dr. Christows Sohn. Eines Tages wird er bei mir auftauchen und mich nach der Wahrheit fragen.«

»Aber Sie werden sie ihm nicht erzählen!« rief Henrietta.

»Doch, das werde ich!«

»Nein!«

»Sie verstehen mich nicht. Ihnen ist der Gedanke, daß ich ihn verletzen könnte, unerträglich. Aber für manchen Verstand gibt es etwas noch viel Schlimmeres – nicht zu *wissen*. Sie hörten, was die arme Frau vorhin sagte: daß ihr Sohn alles genau wissen will. Für einen wissenschaftlichen Verstand kommt die Wahrheit immer an erster Stelle. Er kann die Wahrheit, wie bitter sie auch sein mag, akzeptieren und damit leben.«

Henrietta erhob sich. »Möchten Sie, daß ich bleibe, oder soll ich lieber gehen?«

»Es wäre wohl besser, wenn Sie nicht warteten.«

Sie nickte. Dann sagte sie, mehr zu sich selbst als zu Poirot: »Wo soll ich hin? Was fange ich an – ohne John?«

»Jetzt reden Sie wie Gerda Christow. Sie werden erkennen, wohin Ihr Weg Sie führt und welche Aufgaben Sie haben.«

»Wirklich? Ich bin so fertig, Monsieur Poirot, so müde.«

»Gehen Sie, mein Kind!« sagte Poirot freundlich. »Ihr Platz ist bei den Lebenden. Ich warte hier bei der Toten.«

30

Während sie nach London zurückfuhr, geisterten die beiden Sätze wie ein Echo durch Henriettas Kopf. »Wo soll ich hin? Was fange ich an – ohne John?«
In den letzten Wochen hatte sie unter Hochspannung gestanden, aus dem vollen geschöpft und sich keine Sekunde der Entspannung gegönnt. Sie hatte eine Aufgabe erfüllen müssen, eine Aufgabe, die John ihr übertragen hatte. Doch jetzt war alles vorbei. Sie hatte versagt, oder nicht? Man konnte es von beiden Seiten betrachten. Wie auch immer, ihre Aufgabe war jedenfalls erledigt. Und nun spürte sie die Gegenreaktion, eine schreckliche Müdigkeit.
Ihre Gedanken kehrten zu den Worten zurück, die sie in der Nacht auf der Terrasse zu Edward gesagt hatte, am Abend nach Johns Tod, als sie zum Swimming-pool gegangen war und im Schein eines Streichholzes Yggdrasil auf den Eisentisch gemalt hatte. Absichtlich hatte sie es getan, noch nicht in der Lage, sich hinzusetzen und zu trauern, zu trauern um ihren Toten. »Ich würde so gern um John trauern können«, so oder ähnlich hatte sie zu Edward gesagt.
Damals hatte sie noch nicht gewagt, ihren Gefühlen nachzugeben. Sie hatte Angst gehabt, daß Kummer und Schmerz sie überwältigen würden. Doch jetzt durfte sie trauern. Sie hatte alle Zeit der Welt. »John – John...«, murmelte sie leise. Bitterkeit und dunkler Aufruhr schlugen über ihr zusammen. Hätte doch ich nur den Tee getrunken, dachte sie.
Das Autofahren beruhigte sie etwas, gab ihr Kraft. Doch bald würde sie in London sein. Sie würde den Wagen in die Garage stellen und ins leere Atelier gehen. Leer, weil John nie mehr dasitzen und sie herumkommandieren würde, sich nie mehr mit ihr zanken, sie nie mehr lieben würde. Er würde ihr auch nie mehr von der Ridgewayschen Krankheit erzählen, von seinen Siegen und seiner Verzweiflung, von Mrs. Crabtree und dem Krankenhaus.
Plötzlich lichtete sich der dunkle Nebel in ihrem Kopf, und sie dachte: Natürlich! Da fahre ich hin. Ins St. Christopher.

Mrs. Crabtree lag in ihrem schmalen Krankenhausbett und blinzelte mit rheumatischen Augen zu ihrer Besucherin hoch. Sie war genauso, wie John sie beschrieben hatte, und Henrietta spürte, wie plötzlich ein warmes Gefühl in ihr aufstieg. Ihre gedrückte Stimmung schwand. Dies war die Wirklichkeit, das Leben würde weitergehen! Hier hatte sie ein winziges Stück von John wiedergefunden.

»Der arme Doktor. Schrecklich, nicht?« sagte Mrs. Crabtree. In ihrer Stimme schwang Begeisterung mit und auch Bedauern, denn Mrs. Crabtree liebte das Leben, und gewaltsamer Tod, besonders Morde oder das Sterben im Kindbett waren die Schmuckelemente im Teppich des Lebens. »Ihn so abzumurksen! Es hat mir beinahe den Magen umgedreht, wirklich! Ich hab es in der Zeitung genau gelesen. Die Schwester hat mir alle gegeben, die sie kriegen konnte. Sie war wirklich nett zu mir. Auch Bilder hab ich gesehen und so. Den Swimmingpool, alles. Wie seine Frau den Verhandlungssaal verließ, das arme Ding, und dann diese Lady Angkatell, der der Swimming-pool gehört. Ein Haufen Fotos. Wirklich geheimnisvoll, das Ganze, was?«

Henrietta war über die diebische Freude, die Mrs. Crabtree empfand, nicht empört. Sie gefiel ihr, weil sie wußte, daß es auch John gefallen hätte. Ihm wäre Mrs. Crabtrees Sensationslust sicherlich viel lieber gewesen, als wenn sie geschluchzt und gejammert hätte.

»Ich hoffe bloß, daß sie denjenigen erwischen und ihn aufhängen«, fuhr Mrs. Crabtree rachsüchtig fort. »Es gibt ja keine öffentliche Hinrichtungen mehr wie früher, schade! Ich glaube, ich hätte gern mal so was gesehen. Und ich würde noch schneller hinlaufen, wenn der Mörder vom Doktor gehängt würde, verstehen Sie? Der muß verrückt gewesen sein. So was wie den Doktor gab's unter tausend nur einmal. Wie klug er war! Und was für eine nette Art er hatte! Brachte einen zum Lachen, ob man wollte oder nicht. Was der manchmal für seltsame Sachen sagte! Ich wäre für ihn durchs Feuer gegangen, wirklich!«

»Ja«, sagte Henrietta, »er war wirklich ein kluger Mann, ein außergewöhnlicher Mann!«

»Im Krankenhaus hielt man große Stücke auf ihn. Alle Schwestern. *Und* die Patienten! Wenn er kam, hatte man immer das Gefühl, daß es einem besserging.«
»Sie werden bestimmt wieder gesund«, sagte Henrietta.
Die kleinen, listigen Augen verdunkelten sich für einen Moment. »Da bin ich mir nicht so sicher, meine Liebe. Jetzt habe ich so einen Leisetreter mit Brille. Was für ein Unterschied zu Dr. Christow. Nie lacht er! Dr. Christow, der war mir einer – immer bereit zu einem Späßchen! Aber seine Behandlungsmethoden haben mich fertiggemacht. ›Ich halt' es nicht mehr aus, Doktor‹, habe ich immer zu ihm gesagt, und er meinte dann: ›O doch, Sie halten es aus, Mrs. Crabtree!‹ So sagte er. ›Sie sind zäh, wirklich! Sie verkraften es. Sie und ich, wir beide werden in der Medizin Geschichte machen!‹ Und was er nicht noch alles redete! Für ihn hätte ich alles getan, wirklich! Er erwartete eine Menge von einem, aber man hatte bei ihm immer das Gefühl, daß man ihn nicht im Stich lassen durfte, verstehen Sie?«
»Ja, ich verstehe«, sagte Henrietta.
Die kleinen, scharfen Augen starrten sie an. »Entschuldigen Sie, meine Liebe, aber Sie sind nicht zufällig seine Frau?«
»Nein. Nur eine Freundin.«
»Ich *verstehe*«, sagte Mrs. Crabtree.
Henrietta glaubte es.
»Warum sind Sie hergekommen, wenn ich fragen darf?«
»Der Doktor hat mir viel von Ihnen erzählt – und über seine neue Behandlungsmethode. Ich wollte wissen, wie es Ihnen geht.«
»Ich mach' mich davon, ja, das tue ich«, sagte Mrs. Crabtree.
»Das dürfen Sie nicht!« rief Henrietta. »Sie müssen wieder gesund werden.«
»Ich möchte ja keineswegs abkratzen.« Mrs. Crabtree grinste. »Glauben Sie das bloß nicht!«
»Na, dann müssen Sie kämpfen. Dr. Christow sagte, Sie seien eine Kämpfernatur.«
»Hat er das wirklich gesagt?« Mrs. Crabtree lag eine Minute lang still da, dann sagte sie langsam: »Wer ihn auch erschossen hat – es ist eine Schande. So einen wie ihn gibt's nicht oft!«

Einen wie ihn gibt's nie wieder, dachte Henrietta. Mrs. Crabtree beobachtete sie scharf.
»Lassen Sie den Kopf nicht hängen, meine Liebe«, sagte sie und fügte hinzu: »Ich hoffe, er hatte ein schönes Begräbnis!«
»Ein sehr schönes«, antwortete Henrietta pflichtschuldig.
»Ach, ich wünschte, ich hätte dabeisein können!« Mrs. Crabtree seufzte. »Na ja, bald werde ich zu meiner eigenen Beerdigung gehen.«
»Nein«, rief Henrietta. »Sie dürfen nicht aufgeben. Gerade eben erzählten Sie mir, daß Dr. Christow Ihnen gesagt hatte, sie beide würden Geschichte machen. Nun, jetzt müssen Sie allein weiterkämpfen! Die Medikamente sind die gleichen. Nur müssen Sie eben Mut für zwei haben. Sie allein machen jetzt Medizingeschichte – für ihn!«
Mrs. Crabtree blickte sie lange schweigend an. »Klingt großartig«, sagte sie schließlich. »Ich werde mich bemühen. Mehr kann ich nicht versprechen.«
Henrietta erhob sich und ergriff ihre Hand. »Auf Wiedersehen. Wenn ich darf, komme ich Sie wieder besuchen.«
»Ja, tun Sie das. Es war schön, ein bißchen über den Doktor zu reden.« Ein anzügliches Funkeln trat in ihre Augen. »Ein richtiger Mann in jeder Beziehung war er, der Dr. Christow.«
»Ja«, sagte Henrietta, »das war er.«
»Quälen Sie sich nicht – was hin ist, ist hin. Sie können es nicht zurückkriegen.«
Mrs. Crabtree und Hercule Poirot, dachte Henrietta, alle beide hatten dasselbe gesagt, nur mit anderen Worten.
Sie fuhr nach Chelsea, stellte den Wagen in die Garage und ging langsam zum Atelier. Jetzt, dachte sie, jetzt kommt der Augenblick, vor dem ich solche Angst hatte, der Moment, wo ich wirklich allein bin. Jetzt kann ich es nicht mehr länger hinausschieben, Schmerz und Trauer sind da.
Im Atelier ließ sie sich in einen Sessel sinken und strich sich das Haar aus der Stirn. Einsam – leer – verzweifelt. Eine schreckliche Leere. Die Tränen brannten ihr in den Augen und rollten schließlich langsam über ihre Wangen hinunter. Trauer um John, dachte sie, ach, John. Und plötzlich hörte sie wieder seine Stimme. Was hatte er doch gesagt?

»Wenn ich tot bin, wirst du sofort mit tränenüberströmtem Gesicht irgendeine verdammte trauernde Frau modellieren, irgendein Symbol des Kummers und des Grams.«

Sie bewegte sich unbehaglich. Wieso fielen ihr diese Worte ausgerechnet jetzt ein? Trauer – Kummer ... eine verschleierte Gestalt, die Umrisse kaum wahrnehmbar, eine Kapuze auf dem Kopf. Aus Alabaster.

Sie konnte sie schon fast sehen – eine große, hingestreckte Gestalt, die Trauer verborgen, nur angedeutet durch die langen, klagenden Falten des Gewandes. Trauer, die aus schimmerndem Alabaster aufstieg.

»Wenn ich tot bin«, hatte John gesagt. Und plötzlich überschwemmte sie eine Welle der Bitterkeit. Ja, so bin ich, dachte sie, John hatte recht. Ich kann nicht lieben, ich kann nicht trauern – nicht mit jeder Faser meines Herzens! Menschen wie Midge, ja, die sind das Salz der Erde. Midge und Edward in »Ainswick«. Ja, das war das echte Leben, Wirklichkeit, Kraft, Wärme.

Aber ich bin gespalten. Ich gehöre mir nicht, sondern jemandem, der außerhalb steht. Ich kann nicht um die Toten weinen. Ich muß meinen Kummer nehmen und ihn in eine Gestalt aus Alabaster verwandeln ...

Nr. 58: Trauer – von Miss Henrietta Savernake.

»John, vergib mir, vergib mir, was ich tun muß!« sagte sie leise. »Ich kann nicht anders.«